逆風に抗して
ドロテー・ゼレ回想録

ドロテー・ゼレ［著］
三鼓秋子［訳］

Dorothee Sölle
Gegenwind.
Erinnerungen

新教出版社

Dorothee Sölle
Gesammelte Werke Band 12:

Gegenwind. Erinnerungen

Arrangement des japanischen Übersetztungsrechtes von
Meike Marx literary agent

Übersetztung ins Japanische von
Akiko Mitsuzumi

Shinkyo Shuppansha, Tokio
2020

息子マルティンに捧げる

「実存主義者」の息子
ユダヤ人の友人が彼に名前をつけてくれた
マルティン・ハイデッガーにちなんで
トゥールのマルティヌス（マルティン）にならって

戦争の準備よりも
老人たちの世話を好む
懐疑家の息子
名前をもらった三人目の、偉大なマルティン・ルターから
距離を置く息子
でも抗議なしには生きない
母親より丁寧で
妹たちより控え目で
家族の誰よりも信頼できる
今の今まで

前書き

二年前、私の友人であり校閲者でもあるヨハネス・ティーレが、私に自叙伝を書いたらどうかと提案した。「頭がおかしくなったの？　辞めさせられた政治家じゃあるまいし、私には他にやるべきことがある」というのが私の最初の反応だった。彼は諦めなかった。そこで、何が重要で語るに値するか、私の本の数か所あるいは対談ですでに述べられたり示唆されたりしたことの中から何を取り入れるか、何を素材として集めるか、何を省くかについて、生産的な激しい応酬が始まった。この激しい応酬、あるいは愉快な共同作業の結果が本書である。ヨハネス、ありがとう。どんな逆風にも上昇気流が潜んでいる。

古典的な自叙伝と比べれば、本書では多くのものが欠けている。父親については何も述べていない。ハンナ・アーレントやエルンスト・ブロッホやグスタフとヒルダ・ハイネマン夫妻あるいはヨハネス・ラウといった人たちとの出会いや、編み物嫌いについては何も述べていないし、大好きな水泳や歌うことについても十分には書いていない。いくつかの中心的なテーマについては、詩で表現するほうが良いと考えた。人生にはもう十分に散文があるからだ。

校正作業は、珍しい火山島であるランサローテの友人宅で行っている。目の前には、昨日私を拒絶した波がすばらしい音を響かせ、危険な輝きを見せている。波は私を少し傷つけ、血を流した私を浅瀬に投げ返した。

ヨットの操縦を学ばなかったのが悔やまれる。もし学んでいたら、私がひそかに愛するこの波と、もっとうまく付き合えたかもしれない。順風でも逆風でも。

ドロテー・ゼレ

一九九四年十月、ランサローテにて

目次

装丁　桂川　潤

逆風に抗して

ドロテー・ゼレ回想録

マッチ棒

確か小学校一年生のときだった。私は五歳半で、見るからに小さな子どもだった。「この子は大きくならない、絶対に大きくならない」と言う父の声が耳に残っている。学校の先生は私のことを「マッチ棒」と呼んでいた。半時間の通学路の最後のところは、一人で歩かなければならなかった。ある日ケルンの南にあるマリーエンブルガー通りで、一頭の犬が私に向かって走ってきた。その犬は私には巨大で止めようがないように見えた。走ってくる犬を避けようという考えをはねつけたことは、はっきり覚えている。もしそうすれば犬はきっと私を食べてしまうだろうと確信していたからである。恐怖の只中での冷静な大胆さを思い出す。それは、空爆の間、防空壕の中で感じたものである。危険の大きさへの洞察から生まれる一種の運命論を思い出す。

犬は私をよけて走っていった。私は泣きながら家に帰った。痛みではなく、恥かしくて泣いたのだ。三人の兄たちは、犬が私を「無視して」走り過ぎたとき糞を落としていかなかったかとからかった。その犬は私が知っているどの犬よりもずっと大きくて、まるで子牛みたいだったと私が言ったら、そのことで三人はまた大笑いした。

男の子であることが、ありとあらゆる点で長所であることを私は悟った。女の子がインディアンになることを妨げる何かがあり、女の子たちは白い顔をしていなければならなかった。母は、男の方がいい、でも一つだけそうではないことがある、男は子どもを産めないことだと言っていた。しかし、海に行ったり、うっそうとした林の中で道を作って木の家に住んだりすることに比べれば、子どもを産むことはそれほど重要なことではないと私は思っていた。

十二歳のとき、絨毯を干す竿にぶら下がって体を前後に揺さぶっていたとき、突然、自分の胸が膨らんできたのに気づいた。そんなはずはない。以前は平坦だったところがほんの少し盛り上がっているのだ。それは衝撃だった。それまで私は、いつか自分の中に骨の塊ができて、いっぺんに自分が強くたくましくなると信じ込んでいた。胸のふくらみとともに、この希望の夢は砕け散り、男の子の格好をすることもなくなった。私は女の子に生まれ、女の子になるように定められていた。後になって、「解剖学は運命である」とフロイトが書いているのを読んだが、それは当事者ではない者、すなわち支配者の視点から書かれた文章である。以後、私は竿にぶらさがらなくなった。

一九四三年の秋、ちょうど十四歳になったとき、ケルンの路面電車で大きな黒い目の少女が、じっと私を見つめていたことを思い出す。茶色の髪で太いお下げのその少女は、車両の後ろで私の近くに立っていた。彼女はとても素敵で、秘密めいて、物悲しそうに見えた。金髪を短く刈った小さな私は、その少女にどうやって話しかければいいのか、必死に考えた。目と目が合って、かすかな微笑が彼女の顔をよぎったように思えた。そのとき、前の乗車口から兵隊（あるいは警官だったのだろうか）が乗り込んできた。少女は繰り返し周りを見渡し、突然決心したように電車から降りていった。降りるとき、彼女がじっと胸に抱えていたカバンがずれた。

黄色の継ぎ布に黒く「ユダヤ人」と書かれた文字が私の目に入った。降りて彼女の後を追いたいと思ったが、電車はすでに走り出し、十一月の雨が窓ガラスに当たった。

このとき、感覚的かつ政治的な意味で私自身の臆病さの一片を知った。またゼヴェリーン地区を走る路面電車十一番の中で、自分の中にあるものに気づいて驚いたことを思い出す。私の心を動かした人の後を追うことも、電車を降りることすらもできないなんて、私はいったい何という人間なのか。

兄の級友が、自分の母親をしばらく私たちの家に住まわせてもらえないかと尋ねた。彼女はユダヤ人で、「アーリア人」との結婚でひとまず安全だったが、収容所に送られそうになった。この女性は約六週間、我が家の最上階にある客室に住んでいた。家政婦が来るとき、彼女は部屋に閉じこもり、物音一つたてることができなかった。

私はそのB夫人と親しくなり、屋根裏の彼女の部屋をよく訪ねた。空襲警報が鳴ると、私たちは通りを隔てた少し安全な地下室に移動した。もちろん彼女を一緒に連れて行くことはできなかったので、ひょっとして生き埋めになりはしないか、あるいは負傷した彼女を発見するのではないかと不安だった。彼女がどうなるのか私は心配だった。「心配することはないわ」と彼女は言った。「私をつかまえることなんてできないのよ」と。片時も離さずそばにおいてあるバッグを開け、何かを取り出すと、彼女はそれを私の手に渡した。それは小さなガラス瓶で、冷たい手触りだった。「私をつかまえることはできないのよ。わかる?」と彼女は言った。それは毒薬だった。今でも私の手の中にあった瓶の冷たさを感じることができる。この日、私は子どもであることをやめた。

当時、一九四三年から四六年の間、両親に対しても、また政治情勢に明確な視点を持っていた長兄に対しても、私は年齢相応の反抗をした。生活の苦しさを訴える大人たち、教師たちの無関心、ケルンの学校時代の大部分をすごした防空壕でぼんやりと座る無意味さから私たちを切り離すための言葉の一つが、「俗物的」という言葉だった。ドイツ青年運動〔二〇世紀初頭ドイツの都会の市民層の青少年の間に起きた運動で、産業化された都市生活に対して自然との調和を求めた〕の後を追い、見つけることができた歌は何でも歌った。それはヨーロッパの民謡だったり、青年運動の歌集の中にあった歌だったり、コラール、聖母マリアの歌だったりした。

私たちを夢中にさせた『馬上のコンラーディン』という本があった。オットー・グメリーンが書いたレクラム社の文庫本で、ぼろぼろになっていたが、次のような言葉で始まっていた。「君が馬に乗っているのを見た、それはまだ早朝のことだった」。「乗馬」こそ、私たちのキーワードだった。手紙の結語として、「心からの挨拶をこめて」ではなく、熱狂的に「さあ、馬上へ――ドロテーより」と書いた。これは現実とは何の関係もなく、私はそれまで一度だけ馬の背中に乗っただけだが、それは私たちの夢の言葉、私たちの「イエロー・サブマリン」だったのである。私たちの人間分類法は、「いい人だけど、馬には乗らない人」とか「あの人はきっと馬に乗る人だろう」という具合だった。

私の日記の世界は、「神のような」とか「唯一の」とか「巨大な」といった形容詞が頻繁に出てくる、夢見心地の内面的世界だった。「ドイツ」という偉大な神話を除けば、非政治的な世界だった。「ドイツを心に抱くのか、それとも忘れ去るのか」という熱狂が何なのかを見きわめるまで、非常に時間がかかった。戦争の終結はむしろ悲劇的神話を固定こそすれ、その仮面を剥がすことはなかった。

私の記憶では、一九四四年以降、飢えが中心的な役割を果たすようになった。私はベッドに横になって、スパゲッティを想像していた。私たちは田舎に行って、洋ナシを拾った。我が家には何も交換できるものがないことを悟ったあと、買出しに行きたくないのでこっそり姿を隠そうとした。一九四四年の終わりに自宅が焼け落ちたが、それ以前に我が家に山のようにあった古典文学全集やオペラの楽譜では、食べ物を手に入れることはできなかった。私は兄たちのお下がりの着古したコートにくるまって震えていた。

一九四五年秋に学校が再開したとき、私は両足のしもやけを我慢しながら、長時間路面電車を待った。一度、電車の踏み段に立って、外側に身を乗り出して何とか電車に乗ることができた。それが見つかって、父と一緒に軍事裁判所のようなところに行く羽目になった。私たちはそこで戒告を受けたが、私を驚かせたのは、法律家である父が私を戒めなかったことである。父はむしろ私の政治的確信を問題視し、私が本当にナチスを弁護するつもりなのかを昼食時に尋ねた。そのとき、父の言うことが真実であることはわかっていたが、しかし私自身はそれを認めることはできなかった。

私はドイツ、夢、私が例外なく不快あるいはどうでもいいと思ったナチスの間を区別しようと試みた。子どものとき、カリフォルニアに亡命中のトーマス・マンが我々にラジオで語りかけるのを聞いた。戦争開始時、両親は「国民ラジオ〔ナチス政権はプロパガンダの手段としてラジオを重視し、低価格でラジオを提供した〕」を買った。私たちが聞いていた放送はラジオ・ベロミュンスター〔スイスの公共ラジオ放送でナチス政権からは敵国放送として、受信が禁止されていた〕と、オランダがまだ占領されていなかったときのヒルフェルスム2〔オランダの公共ラジオ放送〕だった。両親には多くのユダヤ人の友人がいて、私は八歳あるいは九歳のころには、強制収容所が何なのかを知っていた。反ファシズム的両親の子どもとして、私たちは徹底的に二つの言葉で育った。一つは、射殺や拷問や連行を話題にする家庭内での言葉であり、それは学校や公共の場では生命にかかわる言葉だった。我が家では、「静かにしなさい、さもないと収容所に入れられるよ！」という言い回しがあった。奇妙なことに、私は戦争が終わったあとも、二つの言葉の中で生きているという感覚を失わなかった。

当時、私はアウシュヴィッツについて、多くのことを知っていた。確かにすべてではなかった。確かに何も知らなかった。しかし、ダルムシュタットにいる祖母が住んでいた家は、ユダヤ人夫婦の所有だったことは私にはわかっていた。貸主の夫人は私たち子どもにはとても優しくて、私たちも彼女を好きだった。ある日、私たちが訪れたとき、彼女の姿はなかった。彼女がどこにいるのか知りたかったが、収容所に連行されたという答えで十分だった。彼女から葉書が届き、「それなりに元気にしています」と書かれていた。祖母が書いたテレジンへの手紙は、「受取人死亡」という通知とともに戻ってきた。そのときの私は十二歳か十三歳だったはずだ。

ある青春の日記

私の幼年時代がいつ終わったのか正確に言うことができる。それは、突然楽園から追い出された孤立無援の状態という感覚だった。一九四三年、ある春の夜のことだ。急に、自分はもう子どもではないということを悟った。そして、花を咲かせている桜の木についての詩を書いた。私の窓の前に立っているこの木は、何か新しいもの、今まで聞いたことがないものを伝え、幸せと同時に痛みを与えてくれた。しかし、そのころの私はこれが「大人になること」だとは決して思わなかった。私は幼年時代の喪失を非常な痛みをもって受け止めた。幼年時代は七つの山を越えた向こうにあり、そこではすべてが順調だった。

私はとても長い間子どもだった。思春期は不安に満ちた始まりをもたらした。不安のない国をなぜ抜け出さなければならないのか。自分の中にある子どもを押し殺してしまった人は、私にとって不気味である。追放は追放であり、こうして私は突然、信頼と遊びと空想の世界から追放された。私は人形と遊ぶのがとても好きだったが、それでもベッドに持って行くとか服を着せるといったことは決してしなかった。そんなことは不必要に思えたのだが、人形と一緒に延々と行進したり、長い冒険旅行をしながら小説を考え出したりした。

これらすべてが一撃で終わり、世界の中で見捨てられた存在というあの感覚を大きな痛みとして体験した。若い人たちがしばしばそうであるように怖いものはほとんどなかったにもかかわらず、当時の私は大きな生への不安を抱えていた。人生の意義が見つからない、あるいは自分の人生をダメにするのではないか、自分が完全ではなく中途半端な存在ではないかという不安が鮮明に記憶に残っている。

本当に大人になる、つまり人生に根を下ろし始めたのは、恐らく私自身が子どもを持ったときであるが、そのとき私はすでに二十七歳になっていた。模索の時期、待つ時期、遍歴の時期、文字通り私はあちこちをさまよい、一つの場所に落ち着かず、大きな旅行もした。若さゆえの落ち着きのなさ、大人になる前の夢物語。子ども時代から大人になるまでのこの長い間を何と呼べばいいのだろう。

最近古い日記を見つけ出し、子ども時代の思い出と一九四五年から四十九年にかけての無益で満たされなかった青年時代の思い出にぶつかった。これはとても奇妙だった。あの年月の味覚と嗅覚の記憶が、若い少女の自分探しについての手記と合致しないのである。はっきりと目に見えるように思い出す事件、現実、出来事、体験、これらすべてが、うんざりするほど内面的な日記には出てこない。日記にはベルギッシェス・ラントの満開の西洋サクラソウ、ライン河での雷雨、ベートーベンのバイオリン協奏曲について多くのページを割いているが、爆撃の夜、燃え盛る市街の様子、食料品店の前の長い行列、石炭を盗む《フリングゼン》〔ケルンのフリングス枢機卿が困窮から石炭を盗んでもよいと言ったことから、枢機卿の名前をもじった fringsen（盗む）という言葉ができた〕といったことについては、何も書いていない。

女性教師や年上の女友達への愛情、男の子との初めての接近や同年代の男性との恋など、「良家の子女」の幸運な、ときには不幸な恋愛物語が、読みづらいジュッターリーン体の文字で数ページにわたって綴られている。『悲愴』、『マタイ受難曲』、『若きウェルテルの悩み』、リルケの『時祷詩集』などの知的発見は熱狂的に書かれているが、日常の政治的現実はわずかに垣間見えるだけだ。

この二重の記憶を前にして私は戸惑い、自問する。私たちが生きて編み出してきた友情、感情、文学、音楽が織りなす世界は何を意味するのか、現実からの逃避だったのだろうか、と。私たちの好きな詩の一つの題のように「世の慰め」だったのだろうか。このような極端なロマン主義の年月がなければ、私はどうなっていたのだろうか。ロマン主義はどれほど私を守り、成長を守る空間を作ってくれたのだろうか。どれほどロマン主義は見えにくくされたウソを見抜き、深く考えるように私を仕向けただろうか。

ナチスドイツからの「国内亡命」があったというなら、若者たちこそそうする最大の、すなわち自然な権利を持っていた。一線を画し、かかわりを持たないことは市民の特権であるばかりではなく、必要なことである。少なくとももう一つ別の国を夢見るという夢である。

こうして私は日記の中に、気恥ずかしくなるものや、愉快にさせてくれるものを見つける。生まれて初めて、私はある女の先生がとても好きになった。友達と私はその先生のことを詩に書いていたが、先生は転勤となった。こんな不幸なことはないと思えた。彼女への憧れは、やがて友情へと育っていった。彼女は私をとても支えてくれた。大人になるという初めての感覚は、彼女のもとで感じた。彼女には一九四五年に自殺した妻帯者の恋人がいたが、そのことを彼女は私に話してくれた。そのとき私は十五歳だったが、彼女が心を開いてくれたことを大きな信頼の徴として受け止めた。それまで私をまともに相手にしてくれた人はいなかった。私が本当に大好きだった先生、後には友人となったジェルメーヌを訪問した日の日記は以下のように書かれている。

ケルン、一九四四年六月十九日

彼女のところに着いたのは、だいぶ遅かった。私たちはまずすばらしい第二楽章を持つベートーベンのチェロソナタ（作品102）を聞いた。彼女は聞きながら靴下を繕った。私が手伝おうとしたが、彼女は要らないと言った。（お人好し）。私がコーヒーを淹れている間、彼女は何とかミルクを手に入れようとした。戻ってきたとき、彼女は私の両親が政治的な出来事についてどう話しているかを尋ねた。（侵略、報復）。両親はバカだから、政治的なことについて彼らとは話さないと彼女に言った。両親は戦争に負けることを望んでいた。彼女は少しだけ驚いて、兄たちはどう考えているのかを尋ねた。トーマスとオットーは望んでいないと答えた。カールは、お金が大事な俗物だ。しかしここで再び私の頭に浮かんだのは、彼女が言った（そのとき彼女はまだ靴下を繕っていた）美しい言葉である。彼女は、「報復はとても喜ばしい、「ドイツ民族がまだ滅亡には至っていないことがわかる」からだと言った。そしてすぐに靴下を見ながら付け加えた。「あなたもまだ負けることはないのよ」と。

イエナの学校の校長も私の日記には登場しない。その校長が一九四五年の春、毎週月曜日に集まった生徒たちの前で演説をした。「危険があるところには、救いもある」とか「困窮を踏み台にすれば、もっと高いところに立つ！」と言っていた。彼はヘルダーリンを引用したが、それが私のヘルダーリンと同じなのか、私を不安にさせた。アメリカ軍が進駐する前に、彼は自らの命を絶った。

イエナ、一九四五年四月十四日

とうとうイエナはアメリカに占領されてしまった。私たちは不安でいっぱいのまま二日間、防空壕や地下室で待っていた。彼らはやってきた。どこもざわつき、外国人労働者たちが略奪しながら歩き回り、食料品はほとんどなく、すべてが日ごとに困難になっている。二か月後には家に帰りたいと私たちは思っている。もはやドイツではなくなっているはずの故郷へ。それは私たちにとって辛いことだ。

イエナ、一九四五年五月三日

大戦は終わりに近づいている。総統はボルシェビズムに対する戦いで、ベルリンの残りの軍隊を率いて倒れた。ほぼ全軍が降伏した。

そのことを考えないように努力している。ヘルダーリン、シェークスピア、ソフォクレスを読んで、勉強する。

私は自分の武具を作るだろう。明日にはそれが私に必要になるだろう。

ケルンではすでに一九四四年に、アメリカ軍が進軍することを待っていた。彼らは三十キロ離れたところにいて、私たちは砲声を聞くことができた。私たちはずっと解放を待っていた。ところが私たちはテューリンゲンに逃げなければならなくなり、その地でアメリカ軍の戦車に制圧された。その後テューリンゲンはロシア軍に譲渡された。しかし私は兄のトーマスと一緒に、ロシア軍への譲渡よりも前にテューリンゲンを立ち去った。そのとき私は感じた。これは全面的な大惨事だ、もう学校には二度と戻れなくなる、モーゲンソー計画はドイツの人口を半分にしようとしている、産業は解体される、そうなれば知識人たちはもはや不要だ、と。これが私の頭に浮かんだおよその考えだった。

非ナチ化は私の政治教育には全く役立たなかった。それはヒトラーのもとでの実情を全く知らない勝者による、恣意的な対策だった。

諸聖人の日、一九四五年十一月一日

ジェルメーヌは教育委員会に行かなければならなかった。もしかしたらまたイギリス人のところ（CIC、市民拘置所）かもしれない。彼女が党員であり、ドイツ女子同盟にいたという理由で教職に就くことができないとしたらひどい。彼女が何年もの間、何のために働き、闘ってきたかが、一人のイギリス人の気分に左右されるなんて！　ひどい！　最近もRは、私たちが戦争に負けたことをいまだに理解していないと言っていた。私も彼女と同じ気持ちだ。敗北が最終的にもたらす結果について、私にはまだはっきりとわからない。ほとんど毎日、繰り返しその考えと闘わなければならない。この数か月間（降伏以後）、私は政治的なことを何も書き留めていない。そうするにはあまりにも多くの気力が必要だ。私は今、とても痛烈な本を手にしている。J・M・ヴェーナーの『時代への告白』という本をプレゼントされたのだが、この本を読むのは苦痛だ。一九三九年と四十年に書かれたこの本は、今こそ来るべきドイツ人の偉大な日について何度も述べている。嘲笑っているかのようだ！

ジェルメーヌは一九四五年十月、とりあえず「雇用許可」となって採用されたが、一九四六年六月には「あまりにもナチス的」という理由で解雇された。

受難日、一九四六年四月十九日

彼女は一度政治的なことについて話したことがある。強制収容所についてのニュースにとても動揺し、自分も罪があると感じていると言った。彼女はいつもこんな風に理想主義者だった。私は若すぎて、個人的に罪悪感を持たないからかもしれないが、この点では彼女のことを完全に理解することができない。

学校において論争が行われることはなかったし、またその後の大学においても全く同じように論争はほとんどなかった。誰も私たちに近代のドイツ史を説明せず、どのような伝統、傾向、本能がナチスと結びつくことができたかを明らかにしてくれなかった。私たちより多くの武器や爆弾を持っていた人たちに対する鈍い無力感、実は加害者であった偽りの犠牲者たちの傷ついた誇りを論じる人はいなかった。

ケルン、一九四五年九月二十三日

ラジオでエルンスト・ヴィーヒャートがドイツの青少年に向けて語っていた。私たちはとても悲しかった。彼は最も深いところで私たちの心に触れない事柄、無色で、響かない事柄を語ったからだ。フランツ・ヴェルフェルやトーマス・マンのような人物でも語れたかもしれない事柄だった。毎日、同じようなことが新聞に載っている。少し前には、「私たちの周りに壁を築け……」というのを一緒に読んでいたのに、今はこれだ!

その数か月後、私はエルンスト・ヴィーヒャート宛に手紙を書いた。主観に満ちた日記と共に残されていた手紙には、以下のように書かれていた。

ケルン、一九四六年四月八日

……信じていた人たちは本当に罪があるのですか。不完全なものを信じたことを後悔したからといって、悔恨が小さくなることはないとあなたは言いませんでしたか。他の人たちが疑っても信じる、他の人たちがダメだと言っても賞賛する、他の人たちが賢く見抜いているとしても自らを犠牲にする、これこそが若者にとって正しくかつ自然なことではないでしょうか。

私は彼らの一人ではありませんでした。私は見て、知っていました。私は大言壮語を信じていたのではありません。私が信じていたのはドイツです。だからこそ私は悲しいのです。あなたの言葉の中には、ドイツについて語る言葉が何もありません。

返事は来なかった。そしてこの文書を再び目にするまで、私は完全にこの手紙を記憶から押しやっていた。この上なく恥ずかしい。これは一人の十六歳の人間が、国民としてのアイデンティティの崩壊という惨事の感情と向き合おうとする試みであるが、今読んでみると何も見ていなかったことに唖然とする。「人間性、真実、正義、愛を確かに信じていた」善良で真面目なドイツ人は、私が書いたように、すべてこの夢に囚われていた。ベートーベンやバッハを愛している私たちは恐ろしい運命に打ち負かされた！　東欧からの追放、労働奴隷として拘留された戦争捕虜たち、産業解体といった私たちに加えられた不当な行為には憤ったが、その一方で私たちが他のヨーロッパ民族に加えたもっとひどい多くの不当行為はきっぱりと否定した。「身から出た錆」という意識、私が反抗的に絶望しながら誓いを立てたあの神秘的「ドイツ」が犯した罪の告白、悔恨、和解の徴、回心はなかった。私は今になって、どのような組織、どのような集団、どのような社会的勢力から回心が生じ得たのだろうかと自問する。少なくともその場にいた私の経験では、なぜ教会は黙っていたのか。私のような若い人間が当時のソ連占領区に住んでいたら、同じような手紙を書けたのだろうか。私のような若い人間が、困惑と悲しみ以外の何かを聞き取ることはできなかったのだろうか。そして大きな目的の悲劇的崩壊のみじめな香りが、私のような若い人間からもっとはやく吐き出されることはなかったのだろうか。

後に友人となった私のギリシャ語の教師は、状況を次のように解釈した。

一九四六年十一月九日

「今、多くの人が悲しんでいる。私も悲しい」。それから私は思い切って言った。この間、あなたは時々爆発するかもしれないと言いましたね。（彼女はすぐに何のことかわかった）。でもなぜ爆発しないのですか。

そこで彼女は私に語った。今の時代の子どもじみた楽観主義ではなく、大人の態度で、絶望ではなく真剣に。「私がドイツ女子同盟のリーダーだったとき、私も勝つ見込みのない戦いをしていたことはわかるわね。でも私はずっと戦った。それは私が指導した少女たちが何かを学び、成長したからよ」。彼女によれば、私たちにできることはごくわずかしかない。それでも彼女は我々を古代の世界に導きたいという。もしかしたらその世界から新しいことが生まれるかもしれない。ドイツの一体性を表す多くの言葉は掴みどころがなく、だからこそ使用不能にもならないだろう。破滅は私たちに用意されていたのかもしれない。しかしギリシャも滅亡したが、今でもまだ我々はギリシャがかつて持っていた意味から生きる糧を得ていると彼女は言う。

日記を読み直して最も恥ずかしいと思ったのは、多くの点で優遇されていた私のような人間でさえ、いかに深くダメージを受けていたかを示す書き込みだった。

一九四五年十一月一日

最近私は偶然、パパが四分の一ユダヤ人で、政治的に迫害されていたことを知った。まずは驚いたが、それから劣等感を覚えた。私は非常に「ナチ思想に染められ」、アーリア人でない存在に不純で劣ったものを見ている。私にすごく優しいジェルメーヌが、もしこのことを知ったらと考えてしまう。きっと彼女は失望するだろう。ああ、そんな馬鹿なことはない！　彼女はそんなこと見逃すかもしれない。だって私はたったの八分の一なのだから。

無力な十六歳の少女、これが私だったに違いない。この少女が書いた最後の文章は、最も吐き気を催すものだ。家庭では政治的なことも性的なこともあれほどオープンに話し合う雰囲気だったのに、両親はこの事実を我々五人の子どもには黙っていた。ただ母親だけは時々おどけて言っていた。「うーん、もしあなたたちにユダヤ人のおばあちゃんがいたら、どうなってい たかしら」と。そしてこのときに味わった否定的な感情は、後になって一種の誇りに変わった。私は根本から学びなおしたのである。

無の中へ閉じ込められて

ティーンエイジャーだった私の知的な分析作業において、二つの本質的な力を挙げておかなければならない。実存主義哲学とキリスト教である。戦争がまだ終わっていないころ、兄のトーマスが現存在を投げられた存在として記述する哲学者について私に話してくれた。私はこのマルティン・ハイデッガーの「現存在は無の中へ閉じ込められた存在である」という文章に心を奪われた。私はこの文章を書き留め、長い間私の机の上に置いてあったこのメモに支えを求めた。

大晦日、一九四六年

この年もこうして終わろうとしている。そして来る年が慰めも助けももたらさないことはわかっている、また期待もしていない。私たちはまだ深淵の最深部には達していない。クライストやギリシャ史の本の中に没頭しているが、時々目を上げ、そして耳をそばだて、戦争捕虜たちが帰還を許されないこと、ザールラントはもはやドイツではないこと、産業解体が進んでいること……に聞き耳を立てる。

私は自分の道を行く。希望なしに、少しの信仰を持って。やや疲れている。毅然とした態度だけは捨てない、私たち「投げられた存在」にはあらゆる勇気が必要だ……

一九四八年の春、ジャン＝ポール・サルトルについての講演を聞いた。私はすっかり魅せられた。自分自身の中で静止しているという即自と、自分自身を越えて出ていく対自との区別、さらにサルトルの劇作品は、私がハイデッガーの袋小路から抜け出す道を予感させた。

一九四八年三月

すべてのことが日ごとに変わっていく！

「見よ、わたしは万物を新しくする」

私の机の上には、ジャン＝ポール・サルトルの『蠅』と並んで、ギリシャ語の新約聖書が置いてある。不気味なもの、すばらしいもの、高尚なもの、深いもの、強いもの、大きなものって何だろう。私はローレと一緒にサルトルについての講演を聞いた。「自由が雷のように私を打った。自由こそ私だ！」それによって何も簡単になることはない、しかしすべてがもっとわかりやすく、明らかになる。それに続いてＢ（彼こそ巨匠）との深い対話があった。彼は「私を打ちのめし」、私を完全にやり込めた。「君たちの理性がそれに説得されても、心には響いていない。何ごとも証明不可能だが、わかっている、まぎれもなく。僕はバッハとベートーベンの後ろに身を隠す、それはサルトルのいない場所だ」。ああ、どれが私の道なのか。プラトンで私が見つけたのは、「山の上にいるような人生」だ。

それは偉大な音楽家であるドイツ人の非合理主義者との議論だった。彼を中心にした対話集会が作られたのだが、参加していた私たちの学校の六人の少女がそうだったように、私も彼に恋していた。この対話集会も精神的な内面世界の空間で行われ、ここ数年の政治的決断との接点はほとんどなかった。私の町ケルンでは瓦礫はまだ撤去されていなかったし、何よりも私の心象風景の中のドイツの瓦礫はそれ以上に片付いていなかった。ライン河の向こうからこちらに吹いてくるものが、実際私を雷のように打った。深さと頑なさを誇りにしていた虚無主義が徐々に消えて行った。

一九四五年から、私が大学入学資格を得た一九四九年という時期は、後から思うと、私には始まりのない暗闇のようだった。ドイツの惨事をドイツの解放として理解するように手ほどきしてくれる人は誰もいなかった。崩壊において第三帝国だけが倒れたのではなく、第三帝国を止めるあるいは妨げることができなかった世界、ドイツ市民の世界も崩れたのである。私の両親が一九三三年以前にいたリベラルな市民階級と再び接点を見つけようとすることは、私にはますます不可能に思えた。

私のキリスト教との関係は批判的かつリベラルだったが、私が全く意識しないやり方でナチスによって損なわれていた。教会がいろいろな形で異議申し立てをした限りにおいて、私は教会に敬意を払った。異議申し立ての形を「抵抗」というのは、私には大きすぎるように思えた。当時の私はまだディートリヒ・ボンヘッファーを知らなかったのだ。とはいうものの、信仰がその本質において、耐えられない暗黒からの許されざる逃げ道のように私には見えた。キリスト教徒たちは臆病で、虚無主義を見つめることができなかった。私はキリスト教に対して、皮相なニーチェ的軽蔑を持っていた。

十八歳の誕生日前夜（一九四七年）

Bはピアノに座り、『悲愴』のアダージオを弾いている。彼は何度も道を示し、指摘し、空間を作り出す。それでも彼はキリスト教徒で、どこかに逃げ、青ざめる。ときどき、私はどうしようもなく孤独だ。私は孤独そのものの人に来てほしい。

カトリック的反動派との出会い、私がいた女子校に蔓延していたあのライン地方独特の勝ち誇ったカトリック的愚かしさが私にとどめを刺した。学校での宗教の授業はあまりにもひどく、一学年上の最も親しい友人たちのクラス全員が授業から出て行ったほどだった。私は彼女たちのボイコットに従うことはなかったが、それは私にはもっと知りたいことがあったからだ。何よりも拷問にかけられながら、虚無主義者にならなかったイエスについてもっと知りたかった。

しかし私の市民的かつリベラルな傲慢さがまだ優勢を占めていて、山上の説教を理解するためには処女からの降誕を信じなければならないことが納得できなかった。宗教担当の新任の女性教師が日記に登場する。彼女は私たちと一緒にハイデッガーを読み、アデナウアーのカトリック的復古主義とは真っ向から対立するキリスト教理解へと導いてくれた。ローマの信徒への手紙にあるパウロの人間像に対して、私はゲーテのイフィゲーニエを弁護したことを思い出す。

一九四八年六月九日

そして「それでもあなたたちはイフィゲーニエでありなさい！」というのは嘲りではなく、旗印であった。彼女は「信じようと努力しなさい、そうするしかないのだから」とは言わずに、「あなたの道を進みなさい。あなたの理想と人間存在の高貴さを実現しなさい」と言った。

生きることの唯一の意味は愛である。それ以外はすべて滅び、消え去り、取るに足りない。何も残らない。意味があるとすれば、それは愛だ。人生の意味である愛を生きることしかない。それはイフィゲーニエであること。

本当だろうか。私たちは皆いつも「扉の外」にいるのではないだろうか。気が狂ったように扉をたたき続けるのに、扉は閉まっている。答えはない。屋根の下にいるのか風雨の中にいるのか、慣れ親しんだところにいるのか不安を抱えているのか、知っているのか途方にくれているのかというのとは少し違うのだ。

私は当時、この途方にくれていることを形而上的に文章化した。そのときすでに我が国が進む路線——中立と独立における真の新たな始まりに反対する路線——が敷かれていたことは私の意識になかった。一九四九年、相変わらず文化の魅力にとらわれたまま、私は大学で古典文献学の勉強を始めた。ギリシャ人の国を探し求めることに熱中したのである。しかし、勉学の中で見つけたのは、ブルジョワ的文献学が提供するものでしかなかった。それは生きていくためには足りなかった。それ以前の年月の虚無主義が私を貪欲にしていた。危機から目覚める中で、私は生きることのもう一つの形を探し始めた。私は神学を学び、「真実を探し出そう」とした。神学は長い間、私から離れたところにあった。徐々に私の中にラディカルなキリスト教が根付いた。

実存的な虚無主義は、そこに留まり、住みつくところではなかった。虚無主義を忘れてしまった人もいれば、起こりつつあった豊かな社会に順応していく人々もいた。繁栄が我が国の再軍備によって支払われたことは大きな問題ではなかった。悔恨のための時間、回心のための時間は無駄に過ぎ去った。キルケゴールが名付けたように、私は敢えて「跳躍」を試みた。絶対的なものへの情熱、神の国への跳躍だった。あのとき、私はキリスト者になることを始めた。

目覚め

私はアンネ・フランクと同い年である。彼女の日記を読んだのは二十歳のときだった。一九五〇年にドイツ語版が初めて出たとき、彼女が亡くなってすでに五年が経っていた。死者は年をとらない。せいぜい色あせるぐらいだが、アンネが色あせることはほとんど想像できない。アムステルダムの裏部屋で運河を見やる彼女と一緒にいたかのように、私は彼女の日記を読んだ。私にとってアンネはずっと探し求めていた友人だった。ユーモア、旺盛な好奇心、理知的で、機知に富む、活発なアンネ。家に残してきた磁器の食器への大人たちの嘆きに、辛辣に口元を歪めるアンネ。凡庸な愚かさに対して軽蔑を我慢できないアンネ。悲しみに満ちた、でも嘆いているのではない目をしたアンネは、写真で世界中に知れわたった。

教育レベルの高い家庭の少女たちの多くが、私と同じように、若いということの不安と絶望について率直に書かれた少女たちのための本として、この本をむさぼるように読んだと思う。その当時、私はまだ「思春期」という言葉を知らなかったが、この本に描かれた孤独の形は、私には身近なものだった。そして、アンネはまさしく私が経験したことをずばりと書いていた。「わたしが口をきくと、みんなから利口ぶってると言われます。黙っていると、ばかみだいだと言われます。口答えすれば、生意気だと言われます。なにか名案が浮かぶと、悪賢いと言われます。疲れていれば、怠慢、一口でもよけいに食べれば、身勝手。まだそのほかにもとんま、臆病、狡猾、エトセトラ、エトセトラ。一日じゅう、わたしの聞かされるのは、おまえはかわいげのない赤んぼだということだけ。笑いにまぎらして、きにしないようにしてはいますけど、ほんとうは傷ついているんです」。〔一九四三年一月三十日〔深町真理子訳『アンネの日記　完全版』より〕〕

私の経験も同じようなものではなかったか。子どものころ、私は三人の兄に対して自分を主張しなければならなかった。私はいつも「おチビ」、「おバカ」として扱われた。何かを言いたいときは、その論拠を述べなければならなかった。

この心理的現実は自分の体験との一致で私を圧倒したが、それは表面的なもの、愛すべきもの、気を引くものでしかなかった。とても奇妙に聞こえるかもしれないが、アンネの別の声である真の内面、彼女の真摯さ、揺るぎなさは、個人主義的心理学に支配された文化の中にいる我々現代人が最も探そうとしないところ、すなわち外面の不可避の残虐さの認識に現れるだろう。アンネの物語は、多くの犠牲者のうちの一人の例を示す物語である。〝身を隠す〟ことが何を意味するのか、人間がどのように迫害を逃れようとするのかを物語っている。何度かの疎開を通じて私は多くの学校を知り、「新しい子ども」として転校しなければならなかったが、これらの疎開とは比べることはできない。私が最も親近感を覚えたのは、大人になりかけの人間の恐ろしいほどの孤独だった。

アンネは日常と不安に抗って考え、感じ、呼吸し、希望を持つ。この少女が書き留めている一つ一つの日だけではなく、一つ一つの文章も、殺人者たちから盗み取って、命に取り戻されている。ここに半世紀前のドイツのファシズムの時代を越えるすべての人々への負託がある。人々が迫害され、連行され、殺され、埋められるところには、子どもと若い女性が相半ばするアンネ・フランクの声、殺人公務員の正当性に異議を唱えた彼女の声が今も存在している。ドイツ人としてアンネ・フランクを体験することは、やはり何か特別なものがある。彼女が引き渡された死の機械装置は、わが民族によって考え出され、設計され、作られ、注油され、その苦々しい終わりまで動かされてきた。ぼろぼろになるまで読んだ私の本の中で、私が線を引いた箇所にはこのように書かれている。「まったくごりっぱな人たちです、ドイツ人というのは！　しかもやりきれないのは、このわたしも本来はドイツ人のひとりなんだってこと！もっともヒトラーのおかげで、とうに国籍はとりあげられてしまいましたけど。じつのところ、ユダヤ人とドイツ人とは、不俱戴天の敵なんです」と（一九四二年十月九日〔同上訳〕）。

ヒトラーがこの私からも「国籍をとりあげて」くれていたら、私がその一員でなかったらと何度願ったことだろう！　アンネ・フランクは「これらの」ドイツ人たちと、そうでないドイツ人を区別した。そしてそのことは、違いを付けて、正確に表現する彼女の能力を証明している。しかし、ドイツ人である私にとって、それはそんなに簡単ではない。抵抗しなかった人たちはすべて、結局、多様な形をした共に信じること、共に行動すること、共に利益を得ることに組み込まれていた。そして見ないふりをする、聞かないふりをする、声をあげないという技を身につけた人たちすべてが、広い意味でこれらの「共犯者たち」になっていた。集団としての罪や責任について、多くの議論がなされてきた。私の基本的感覚はむしろ消し去ることのできない恥の感覚である。この民族の一員であること、強制収容所の監視人と同じ言語を話すこと、ヒトラーユーゲントやドイツ女子青年同盟で歌われた歌を歌うことの恥である。この恥に時効はない、そう、この恥は生き続けなければならない。

戦後、アンネ・フランクを受け入れた国であるオランダに初めて行ったとき、私は集団としての恥を理解した。そこで私は、ドイツ人とは話そうとしない人たちに出会った。通りすがりの女性にドイツ語で道を尋ねたとき、彼女はくるりと背を向けた。ナチスの組織で積極的な役割を果たすには私が若すぎたことを彼女は見て取ったが、それは彼女にとって本質的なことではなかった。こうして私の内にあった恥に、さらに外からも恥ずかしいと思わされることが加わった。

私は成長の時期に当たるほぼ十年の青年期を、私の世代の問いを抱えて過ごした。その問いとは、どうしてこれが起こったのか、私の両親はそれに対して何をしたのか、私の先生たちはどちらの側に立っていたのか、私の国のどの伝統が「それ」(私たちはそうとしか言わなかった)を準備したのか、ルター、ワーグナー、ニーチェは関係したのか、あるいはハイデッガーも関係したのか、学校は兵舎と同じだったのか、家庭は国家の下僕を作り出すためにあったのではないか、というものだった。「それ」が起きたときあなたはどこにいたのかと、私たちは大人に問いただした。私たちは何年もこれらの問いを発することしかしなかった。ギュンター・グラスの『ブリキの太鼓』に出てくる太鼓叩きのオスカーのような気分だった。大人になりたい、デスク犯罪者〔自分の手を汚さず犯罪の命令を下す人〕あるいは殺人者、密告者あるいは拷問者、関与した鉄道関係者あるいは看護婦の一人になりたいなどと誰が思っただろう。

私たちの多くの問いに対する最悪の答えは、事実の否定であり、およそこんな答えだった。「私たちは何も知らなかった。私たちはユダヤ人との接触はなかった。私たちの村では〝そんなこと〟はなかった。強制収容所についてのひどい話は聞かされたけど、それは犯罪者と同性愛者だけが対象だった。それから、そう、ユダヤ人」。多くの場所で耳にしたこの答えは、恥をいっそう耐え難いものにした。私は「アンネ・フランクの日記を読んだことがありますか」と問い返すのが精一杯だった。

いつ、どこで、どんな方法で、誰によってユダヤ人たちが殺されたのか、私は非常に厳密に知ろうとした。私と同世代で同じ教養層の人間で、ツィクロンBが何かを知らない人に出会うと私は不安になる。私はその後、アウシュヴィッツ以後の神学、つまりこの出来事の前や、この出来事を越えたところでの神学ではない神学を展開しようと試みた。私の民族の最大の惨事についての知識が生きていない、あるいは生かされることができない文章を書きたくなかった。

どのようにして私はこの立場に立つようになったのだろうか。政治的な説明で私が知ったこと、悲劇的に非理性的なドイツ人であることの暗い霧の中からゆっくりと私を引き出してくれたのは、教会や学校や政党のような体制から出てきたものではなかった。両親、目撃者である証人たち、生き延びた人たちから学んだ。オイゲン・コーゴンの『SS国家——ドイツ強制収容所のシステム』を発行直後に読み、ドイツのロマン主義的な教養市民層的青春時代の暗闇が徐々に解き明かされていった。

私は比較的遅く過去を見つめなおすプロセスに入り込んだが、このプロセスは結局生涯続くものとなり、深い恥の感情から生まれたものだった。集団としての恥は、ドイツのような歴史を持つ民族が必要とする最低限のものである。この恥には同時に前進させ、変化させる要素が含まれている。ある偉大なドイツの哲学者が言ったように、恥は「革命的な徳」なのである。実際、恥が私の民族の中で変えたものがあると私は信じている。八〇年代の平和運動が始まったころ、ドイツでしか言われることができないような文章が、家々の壁のポスターに書かれていた。「今度こそ知らなかったとは誰も言えない」と。軍備の後には戦争が、警察権力の増強の後には国家による市民への国家テロの可能性が、他の人種や集団への誹謗や中傷の後には迫害への準備が続くことが我が国で理解されたのは、かなり時間が経った後であり、しかも少数の人々によってのみだった。

こうして私は今も、ドイツの企業がイスラエルの敵たちに提供した毒ガスについて、またコレラで苦しんでいる国々に飲料水を配給するのではなく、湾岸戦争のために費やされた百八十億ドイツ・マルクについて、恥ずかしさを感じる。私の民族についてのこの恥を私は必要としている。私は何も忘れたくない。なぜなら、忘却は死者なしに人間になることができるのではないかという錯覚を育てるからである。事実、私たちは死者の助けを必要としている。私は友人であるアンネ・フランクをとても必要とした。

教師を選び……

両親のもとで大事に育てられた経験のせいで、私には現実に対する実感が不足していたことを認めなければならない。全く単純に事実を知りたい、だから大学に行くのだと考えていた。学んだことで金を稼ぎ、職業に就かなければならないということは、私には全く縁遠いことだった。ただ、文学と神学を専攻していつかは教師になるかもしれないとだけ考えていた。牧師になるという考えは全くなかった。私はとてつもない回り道をして哲学を学んだ。神学部での女子学生は少数派だったが、全員が並外れた才能を持っていた。

高校の最後の学年のころ、私は教会的キリスト教ではないラディカルなキリスト教に非常に引きつけられていた。すばらしい感動的な授業をしたマリー・ファイトという宗教担当の女性教師は、この問題でも私をとても助けてくれた。その当時の私の日記には、今の私を笑わせる一文がある。「新しい宗教の先生は驚くほどいい先生、でも残念ながらキリスト教徒！」という文章だ。十八歳だった私の傲慢さ、キリスト教徒はまさしく愚かで、遅れていて、臆病で、明晰ではないという私の考えが現れている。私を惹きつけていたものが私の知恵よりもはるかに強かったということを自分が認めるまで、もう少し時間がかかった。アテネへの途上で、私が行きたかったのはエルサレムだと突然気づいたのである。最初からそうだったのに。

マリー・ファイトはドイツ語圏の最良の女性神学者の一人である。それが彼女の（そして私の）世代で意味するのは、今ならできたはずの出世が当時のドイツでは不可能だったことである。かなり遅れて、彼女はやっと高校から大学へ転職できたが、もっと遅れたのが出版だった。この遅れは女性特有のものである。

マリー・ファイトは解放の神学者であり、その言葉が広まるようになる前からすでにそうだった。それはラテンアメリカからの輸入という意味での解放の神学ではなく、ドイツのファシズムを経験した後には今までと違うキリスト教が必要であるという意味での解放の神学である。この歴史的な状況の中で、一九四七年、彼女がケルンの女子ギムナジウムの十二年生〔最終学年の一年前〕を受け持ったとき、私は彼女と出会った。彼女は私たちより少しだけ年齢が上で、ルドルフ・ブルトマンのもとで博士号を取得していた。何ごとにも惑わされず、緻密な思考の努力と誠実さを要求し、自らの生き方を通じて模範を示す教師だった。

あの世についての長話や卑屈な謙遜を私が攻撃すると、彼女はいつも、それはパウロのことか、ルターのことか、それとも福音書のことかと、丁寧に尋ねることを通じて、誰にも真似のできない方法で、キリスト教に対する私の憤懣を鎮めた。私の小生意気な無駄話を禁じることなく、私に説明するように求めたすばらしい先生だった。今になって考えると、彼女は私の怒りを尊重し、私の傲慢さを苦笑しながら受けとめ、私たち生徒の知性を引き出した。人間は洞察し、善悪の判断ができるということを彼女が信頼していたからだった。

こうして当時の私たちは寒さに震え、学校給食に感謝しながら、ハイデッガーにサルトル、ボンヘッファーにパウロ、後には放課後にヘルベルト・マルクーゼやフロイトを読んだ。数年後、私たちはケルンで「エキュメニカルな作業部会」を立ち上げたが、これは「政治的な夜の祈り」へと発展していった。マリー・ファイトは、助言と行動、専門的知識と神学的知識、組織と実行において、この集団の「柱」だった。齢を取った教会の会員たちに、キリスト教的な信仰と市民的な品行方正との違いを理解させる誰にも真似のできない彼女の能力も思い出す。貧しい者と豊かな者、武器を持たない者と軍備で利益を得る者、聖書的信仰と権力に関与する教会との間の大きな論争についてのマリー・ファイトの考えは、ここ数十年間成長し、実証されている。彼女は社会主義的に考える。彼女において「市民的」というのは、正確さ、精密さ、学術的信頼性ということに過ぎず、いわば表現方法の初期市民的な謙遜に過ぎない。

マリー・ファイトという教師がいなければ、私は決して神学の道に入ることはなかっただろう。彼女は私にとってここ数年、ますます希望の教師としての模範となっている。

戦後私が知りあったその他のキリスト者たちも、また抵抗運動をやっていた人たちも私を助けてくれた。彼らは啓蒙主義の伝統から出発していた。超自然的出来事と呼ばれる何らかの奇跡を受け入れなければならないキリスト教は、私の意識の中には全くなかった。少しばかりの啓蒙主義と非神話化がなければ、キリスト教に儀礼的関心以上のものを持つことはなかっただろう。

これに代わるものは、私にとって実存的虚無主義あるいは実存的キリスト教だった。私の世代で中流階級の伝統の中にいて、市民階級とその曖昧さに戻りたくなければ、虚無主義者になるしかなかった。ニーチェ、ゴットフリート・ベン、ハイデッガー、カミュ、サルトルが対話の相手だった。

しかし、この虚無主義に取ってかわるものがあったのだ。二千年前に死に至る拷問を受けても、虚無主義者にならなかった一人の人間の顔があった。

私を神学に向かわせたものはキリストだった。何が大切かと言えば、それは愛だと主張できるだろうか。情熱の人、献身の人の手本やイメージは、いつも私を魅了した。たとえば、五人の子どもを持つ囚人の身代わりとなって、自ら地下牢に向かったマキシミリアノ・コルベである。無関心によって魂が失われる、それぐらいのことは私にも予想はついていた。

セーレン・キルケゴールを発見したのは、私が二十歳のときだった。私は、私たちの文化の中で若者たちを苦しめている、意味とアイデンティティをめぐる深い危機の中にいた。それは一九四九年のことだった。私の世代が、それ以前のヨーロッパでの出来事に対する哲学的帰結の一つとしたのが実存的虚無主義だった。私たちの立ち位置を明確にしてくれたのは、サルトル、カミュ、ハイデッガーであった。キルケゴールは、これらの父たちの父とされていたが、最初の二十頁を読んで、彼は父たちが継承しなかった何かを持っている、あるいは隠している、あるいは取り去った、あるいは間接的にしか伝えていないことがあるのを知った。それは、ラディカルな宗教、超越そのもの、絶対的なものへの情熱である。

福音書にある愚かなおとめたちは目の前で扉を閉められてしまう。彼女たちがともし火用の油を準備していなかったためである。私が愚かなおとめたちについてキルケゴールの著書で読んだのは、彼女たちが「絶対的なものへの情熱を失って」いたために、「霊的な意味で認識不能となっていた」ことだった。

キルケゴールは私を宗教へと引き込んだ。私はむさぼるように彼を吸収した。今になってみれば、私はセーレンに恋したと言えるだろう。何かを学ぶのに、これ以上良い方法があるだろうか。当時の私であれば、この表現の仕方は不適切だと拒否したであろう。しかし読んでいる間の私の空想、数か月にもわたるセーレンとの密度の濃い対話は、完全に非学術的方向に向かった。もし私がレギーネだったら……、なぜ婚約解消が必要だったのか……、誰かが「自分の範疇」を見つけたらセクシュアリティは何を意味するのか……、粗暴でもなく、通俗的でもないセーレンが、女性についてどうしてこんな侮辱的なことを言うのか……。私はキルケゴールにのめりこんでいた。

何度も読むたびに、彼の文体の外的な傲慢さと内的な謙遜が私を惹きつけた。傲慢さ、すなわち「凡庸さを追いかけることに対する、許された、何よりも神の意にかなう正当防衛」は、一八四四年のコペンハーゲンでの不安を中心的テーマにすることの一つではなかったのか。「無知の中にはいかなる不安も存在しない、不安を感ずるにはそれはあまりにも幸福である、あまりにも自己満足的であり、あまりにも無知である」。数十年後、『不安の概念』に書かれたこの文章を自分自身の宗教的・政治的状況と関連づけながら再読し、私の命を管理しているNATOの指導者たち、防衛大臣、政治家たちのことを考えた。「無知の中」には、本当にいかなる不安もないのだ。

キルケゴールは詩人でも哲学者でもなかった。彼は世俗化された社会にあって、キリスト教信仰を説明し、弁護した説教者だった。それは、市民社会化されたキリスト教にとっても、利益追求に長けた社会にとっても不条理な試みだった。

キルケゴールにとって不安は自由の側にあるもので、必要性の側にあるのではない。これは私にとって極めて重要な認識だった。私が彼から学んだのは、「不安なしに不安を放棄する」、つまり信じることで初めて我々は全く自由であるということだった。不安の中で我々は罪を探し、罪から逃げる。信仰において我々は罪を告白する。だから不安のない無知な人間は、信じることができない。信じさせようとするものが何もないからである。こうしてそのような人間は爆弾と株にしがみ続ける。

神を必要とすることは人間の最も偉大な完璧さである、これは古典的な神学的文章である。キルケゴールが私に教えたことは、不安の経験と不安を受け入れることなしには人間になることはないということだった。ある意味で、神は不安によって私たちを引き寄せると言える。不安にとらえられ、不安を試し、最も強力な除去剤でも不安を取り除けないなら、神の天使から離れることはない。

私のもう一人別の教師がフリードリヒ・ゴーガルテンだった。内容的には彼の基本的思想をほとんど継承しなかったが、考えるということについて彼はすばらしい教師だった。本を通じてだけではなく、講義室やセミナー室で彼に出会った。十九歳のときに、弁証法神学の創始者の一人であり、世俗化論争の主唱者だった彼の本を読んだ。それは『イエス・キリストの告知』という本で、私が買うことのできた最初の本格的な本だった。それは独特の言葉で書かれており、神学の一つの原則を表していた。私はそれをまさしく吸い取った。我々は神とキリストについて「伝統的な言葉ではなく、我々自身の言葉においてのみ正しく語ることができる。我々自身の人生に属し、そこにおいて真実であることすべてについて語ることもそうである」というのである。後にゴーガルテンが次のように言ったのを聞いたことがある。お行儀の良い子どもは一つも「流儀」を持たない子どもで、言うことを聞かない子どもこそ独自の流儀を持っている、と。この独自の流儀はかけがえのないものであり、少しの厚かましさも持っていた。

ゴーガルテンは、何か丸覚えしたことを無批判に口まねしているのか、何か自分が経験したことや体験したことを途切れながらも自分の言葉で言おうとしているのかを見抜く鋭い感覚を持っていた。経験という範疇は彼にとってとても重要だった。彼がどんなに憤慨していたかをよく覚えている。当時の流行語は「終末論的」という言葉で、すべては終末論的に理解されるべきだということだった。ある日、ゴーガルテンは「終末論的と言うが、あなたたちがそれで何を言いたいのか私には全然わからない。そんなことを言われたら、終わりのない無駄話しか思い浮かばない」と。つまり彼は概念を非神話化し、その概念を本当に自分が責任を持つことができるものへ取り戻した。

ある夜のこと、ゴーガルテンはゲッティンゲンの街はずれにあるローンスのレストランで、「ああ、ひどいことだ。恥ずかしい」と私たちに話した。ある会議で人間は善への能力がないことが話題となった。会議の参加者の一人が駅のプラットホームで、ゴーガルテンに「でも我々はなぜ善への能力がなければいけないのですか」と尋ねたというのだ。それに対してゴーガルテンは、もう動き出した列車の窓から答えた。「そういう問いには、あなたをじっと見つめることだけが必要だ」と。

ゴーガルテンは嫌になるほど傲慢になることができた。彼のゼミの一つで起きたことを思い出す。一人の学生が、ゴーガルテンの無害で単純に聞こえる質問にひっかかり、よく考えることなく、教会的愚直さで答えた。そこでその学生の頭に襲いかかった雷鳴に私は驚いた。このような鋭さは必要だったのか。学生の答えは本当にすべてが間違っていたのだろうか。対話が進むにつれ、単純に聞こえた質問はいくつもの部分から成り立つ複雑なものであることが明らかになり、一つ一つの段階の積み重ねを経た上に、さらに矛盾した弁証法的な方法でしか答えられなかった。対話はソクラテス的なままで、ゴーガルテンは問いを発する無知な存在に固執した。話がようやく終わりになるころに、彼は自分はもう葬られたと思っていた学生の方を向いた。そして、これがさっき言いたかったことなのかと尋ねた。かなり不愉快な教師だが、ゴーガルテンは二百人の学生の中でこの学生を視野に留め、その学生の関心事を取り上げたのだった。

彼自身が語ったもう一つの話は、ある学会で、彼が鋭く批判してきたパウル・アルトハウスと同じ部屋に泊まらなければならなかったホテルで起きた話だ。真夜中にアルトハウスが灯りのスイッチを探していたのに、ベルのボタンを押してしまった。ゴーガルテンは、「先生、あなたはいつもそうだってことが分かりますか。灯りを点けようとして騒音を出しましたね」と言った。

この批判は、謝罪の対象となるような失言ではない。ゴーガルテンは自分自身に対してもこの手の失言がよくあり、「本当に私がそんなバカなことを言ったのか」と言うことがよくあった。彼は好んでいくつもの概念を取り換え、言いたいことを別の用語で言い表そうとした。前の学期に用いられた語彙がまだ耳に残っている学生が、その本当の意味を理解せずに繰り返したら、ゴーガルテンは不機嫌になった。ゲッティンゲンでは、「お行儀のよい子ども」になるようには教育されなかったのである。

ゴーガルテンは対話に生きた。彼は粘り強く、注意深く聞くことができた。毎週月曜日のゼミの後、彼は学生を一人自宅に招いた。彼の妻と一緒に夕食の席に着き、おしゃべりをした。その後、二つの分厚いドアによって家の騒音から遮断された彼の書斎に移った。ゴーガルテンはパイプにタバコを詰め（彼は後に私にパイプをプレゼントしてくれたが、私は長い間そのパイプを愛用した）、沈黙した。彼は若い学生が質問を始めるのを待った。現在の教育の場では想像もできないこの慣習は、十年以上続いた。私がこのことを語るのは、哲学的に「人格主義」と呼ばれているもの、すなわち汝と我の関係、与え合うことと受け取ること、対話の原則を明らかにするためである。

この現実から、教師を持つということの意味を私は理解した。このような経験はますます希少になるだろう。教師とは何か。それはまず私自身が選んだ人間である。誰かがその認識と見識だけによって教師になるのではなく、他者から選ばれることによって初めて教師となる。他者からの指名ではなく、私自身が自分に選んだ教師は、教えるべきものを持っていなければならない。その知とは、教師が人生の中で自ら獲得した知だけではない。しかし、その知は人物としての教師とはあまり関係はない。教育者は知的鋭さ、理性、知識以上のものを必要とする。それ以上に、何かに対して責任を持ち、証人として語らなければならない。何を愛すべきか、何を軽蔑すべきかが明らかになっていなければならない。

生き生きとした伝統との関係は、私の主観的認識を越えて教師を信頼できるときにのみ生じる。これは教師の提案に対する妄信ではなく、基本的な懐疑や不信の克服を意味する。私は教師に耳を傾ける。古めかしい言葉で言えば、私は教師に聴従する。好意から褒めるときでも、無関心で怒りのない叱責においても、教師が私に嘘をついていないことが原点にある。私が信頼できることは、教師が私に教え、自らの在り様を私に与えようとしていることである。

今になって教師であったフリードリヒ・ゴーガルテンのことを思い起こすと、暗黒の神の他者性や世俗的世界責任といった彼の神学的中身はどんどん後退していった。恐らく私はこれらを自分の考えの中に取り入れてしまったのだろう。彼が教えたことのあれやこれやではなく、責任を持った実存的思考が私の記憶に残っている。彼が私たちに教えたのは、現実について驚くことだった。私たちの疑いに対して、彼はよく「そんなことがあるのです」と言った。

そして彼は、私が知らなかった古いドイツの言葉を教えてくれた。それは「フライディヒカイト」(Freidigkeit) という言葉だ。新約聖書の中のパレーシア (*parrhesia*) という言葉のルターによる訳語であり、しばしば、率直、大胆、自由意志、あるいは確信と訳されている。ゴーガルテンは、これは「自由」と「厚かましさ」が結びついたものだと私たちに説明した。ある学生がこのすばらしい言葉を、聖職者的な思い入れで「喜ばしいこと《フロイディヒカイト》」（Freudigkeit）と解釈しようものなら大変なことになった。ゴーガルテンは実際のところ、この種の教会的な澱んだ空気を嫌っていたので怒ったのである。神学において、裁きの日に神が私たちに向ける愛の徴（Iヨハネ四・一七）であるこの自由な勇気の一片が輝いているのを、時として見ることができる。私は自分の教師から恐らく新しい言葉以上のものを学んだのだろう。

……そして教師になる

私はまずケルンとフライブルグで古典文献学、ドイツ文学、哲学を専攻し、その後ゲッティンゲンで神学と文学を専攻した。一九五四年に国家試験に合格し、私は生まれ故郷のケルンに戻り、六年間、ケルンのミュールハイム地区にあるゲノフェーファ校の教師を務めた。学校を支配していた気風はケルン的で、のんびりしていた。政治的には我々こそ中心、というのが当時のケルンの精神的風土だった。おとなしい、カトリックの影響が色濃い、ライン河右岸の女子校だった。女性の教師も、また数少ない男性教師も、全員が聖体祭の行列に参加していた。出勤してから二日目、私は休憩時間の見回りをしていたところ、年上の女性教師から「どうしてこんなところに立っているの。さっさと教室に戻りなさい」とひどく叱られた。私はとても若く見え、生徒たちと変わらなかったため、よく冗談の種になった。

この年月の間に、私は自分の勤めている学校では歴史が一九一四年で終わっていることを確認した。ドイツ・ファシズムは授業には出てこなかった。女性教師たちの一部は自身が当事者だった。それ以外の教師たちはそのことについて全く学ばず、どう向き合えばいいのかわからなかった。いずれにせよ最も簡単に済ませようと、すべてを無視して黙っていた。

ある日、私は十四歳の女生徒たちに何かを説明するために、ナチスの実例を利用した。一週間後、生徒たちが授業で、「私の父は、ナチスはそれほど悪くなかった、アウトバーンを建設したんだと言っています」と私に言った。そのとき、私のクラスだけではなく学校全体がナチスの時代について全く何も知らないことに気づいた。これが五〇年代の現実だった。

後に友人となる一人の同僚と一緒に、自主的に連続授業を企画し、第一学年から最上級学年まですべての学年でナチズムについての授業をした。宗教の授業の構成について、私たちにはかなり自由があった。異議があれば、教会職の人たちには我々は教育上の理由からこうするしかないと言い、州の教育監督の人たちには私たちのやり方は神学的に不可欠であると言った。二人の異なる主人に仕えなければならないことにはこういう長所もあった。

とても能力のある十四歳の生徒たちのクラスのことを思い出す。そのクラスで、ナチスの時代について議論した。親たちからは、ヒトラーは失業者をなくした、インフレを克服した、秩序を回復したなど、ナチス正当化の申し立てがあった。プロテスタントの宗教の授業には偶然十八人の生徒がいた。何とか生徒たちに説明しようと、私は生徒たちを立ち上がらせ、一、二、三と点呼させた。「今、三と言った人は全員消えなければならないということを考えてみて。その人たちはガス室に行ったのです。ヒトラー以前のヨーロッパには千八百万人のユダヤ人がいました」。後になって、この方法は教育的には問題があると思うようになったが、生徒たちから忘れられることはなかったようだ。

同時に私はベルトルト・ブレヒトを発見した。大学で文学を学んでいたころブレヒトは扱われなかったし、西ドイツの多くの劇場では彼の作品の上演が禁じられていた。私はブレヒトがとても好きだった。特に彼の古典的作品に登場する肝っ玉おっ母、シェンテ、グルシェといった女性像が、ブレヒトを好きになった理由である。人間の尊厳、たとえば役に立たない「無価値な老婆」の尊厳について、明るく現実的な手法で語るという彼のやり方は私を惹きつけた。私は、これを生徒たちに伝えたいと思った。『空想と服従』という私の小冊子は、このブレヒトの物語を中心に展開した。私はよくブレヒトを用いて宗教を教えた。これらすべてを、それまでゲルトルート・フォン・ル・フォールやエルンスト・ヴィーヒャートの作品しか読んでいなかった学校でやったのだ。私が辞めさせられなかったのはまさに奇跡だった。

ファシズムの世界観の根底と関わっている間に、いくつかのことが私には明らかになった。たとえば強制収容所に入れられた最初の人たちは共産党員や社会主義者だった。教会の人たちが当事者となったとき、ようやく教会は遅ればせながら何かしようとした。友人と私はいろいろな資料からこれらの知識を独自に得なければならなかった。時として私たちに語られたいわゆる教会の抵抗は、もはやそれほど重要ではなくなった。

私の神学への歩みは政治的にも歴史的にも、そのころの私自身が意識していなかったある感情と関連していた。それは、リベラルなプロテスタンティズムも、聖書よりもゲーテを読む私の家庭のドイツ文化も無力であり、一九三三年を防ぐことはできなかったという感情である。この二つは一九三九年以降も何も防ぐことはできなかった。そして一九四五年には、私たちは以前にいた場所から再出発するのだ、と考えるほどナイーブだった。

教師として過ごした年月で、私はなぜドイツブルジョワ階級は変節し、本来のリベラルな思想や理念を裏切ったのかを問うことを学んだ。どうして親や教師たちは、アウシュヴィッツで完全に最後を迎えた市民的文化が、復興、再教育、古い所有関係の再生、再軍備など、「再」を付けることで救われたと受け止めることができたのだろうか。彼らにとってナチスは悪夢に過ぎず、今は再びその悪夢から目覚めたということか。そして、ナチスはドイツの歴史の帰結ではなかったのか。ラディカルな断絶なしに、どうして彼らは「再び」つながることを望めるのか。

私はまた彼らのキリスト教との関係が冷たく煮え切らないと思った。この遺産に代わるものは何も出てこなかった。私にとって真剣さが不足していた。キリスト教で私を惹きつけたのは、命を得るか失うかはあなた次第だという一つ一つの命の尊重だった。あの有名な、何も聞かない、何も見ない、そして何よりも抵抗しない三匹の猿のように、人々が政治に無関心のままでいるなら、それは人間の尊厳の破壊である。

連邦共和国の発展は私の不信を裏づけた。アデナウアーによる再軍備は私にひどい衝撃を与えた。そもそも再軍備をすることなど私には全く理解できなかった。突然すべてが元どおりになるなんて。軍隊で戦争を体験し、私と一緒に大学で学んでいた多くの仲間が、前線での体験やスターリングラードについて夜通し語ってくれた。私は年上の友人たちがたくさんいるグループの中で、彼らの体験を追体験した。彼らは私のことを「ゴミバケツ」と言っていた。自分たちの恐ろしい体験を、何とかして吐き出さなければならなかったからだ。当時の一般的な風潮は、「再び戦争は起こすな！」というものだった。そして、もう少し深く考えていた人たちの間では、それは同時に「再びファシズムを起こすな！」ということを意味した。

その後すぐにアデナウアーは私たちに西ドイツの奇跡の経済復興を差し出した。膨大な資金の流れ、マーシャルプラン、産業の隆盛。そしてこれらのために私たちが支払わなければならなかった唯一の犠牲が、私たちが手にした非軍備の放棄であり、当時の多くの人たちが夢見ていた中立の放棄だった。この中立は同時にドイツ再統一を望ませるものだった。ところが私たちはその代わりに経済復興、軍備拡張、西側諸国との同盟への加入を手にした。

その後、私はマルティン・ニーメラーの話を聞いた。街頭に出る一握りの人々の集団が私を惹きつけた。私は母と、以前の平和運動について長時間話し合った。彼女は熱心な反戦主義者で、一九三八年の夏のズデーテン危機のときには、滅多に泣かない彼女が激しく泣くのを目にした。母は規則正しい家庭生活の中で、とても普通とは思えないことをした。つまり、私たち五人の子どもを真夜中に起こし、戦争は起きないわよ、チェンバレンがミュンヘンに来て、卑劣な奴らを押さえ込んだのだからと言った。

五〇年代には母と私は、再軍備について、またそれに対して何ができるかを話し合った。

「まずその場に出かけ、人々をじっと観察する」と私が言うと、母はそれに対して「やってもいいけど、それでは成功しないことを覚悟しておかないとだめ」と言った。私はこの言葉について、その当時も、ムートランゲンやその他の場所で座り込みをした時も、二つの相反する観点からずっと考えていた。母が正しいということについては疑う余地はなかった。同時に、それでも私は「その場」に行き、自分がそこにいる変な人たちの一人であることを知っていた。成功は最終的な基準ではない、そのことを私はすでに当時から予想していた。後になって、「成功という名の神はいない」（マルティン・ブーバー）ことが明らかになった。

　このグループは小さな集団で力のない少数派だったため、ＳＰＤ〔ドイツ社会民主党〕がゴーデスベルグ綱領の現実主義に方向転換したとき、つまり再軍備を支持したとき、忘れられた少数派となった。このとき私は初めて街頭に出て、キリスト教徒たちの抵抗グループとの接点ができて、イースターの行進に参加するようになった。

　私が初めて投票に行ったとき、兄のトーマスと一緒にＧＶＰ〔全ドイツ人民党〕に一票を投じた。この党は平和主義の政党で、プロテスタントで批判的精神を持つ告白教会の一員だったグスタフ・ハイネマンが指導者だった。全く望みのない試みだったが、ないよりはマシだった。再軍備は私を明白な現実に押し出した。

ルドルフ・ブルトマン

ルドルフ・ブルトマンに論文を送ると、いつもハガキが返って来た。私が保存しているそのハガキの中の一枚は、「心をこめて、いわば祖父のような気持で」で終わっている。当時、これは私をとても幸せな気持ちにした。偉大な神学者と私の関係を非常に的確に表現しているからである。揺るぎのない感謝の気持ちで彼のことを考える。ルドルフ・ブルトマンを教師として直接に経験することはなかったが、しかし私は彼の孫弟子を自認している。彼がいなかったら決して神学への道、そしてそれよりはるかに大きなものである信仰への道を見出すことはなかっただろう。

私たち兄妹は、聖書あるいはルターよりも、カントやゲーテがはるかに大きな役割を果たしたリベラルでプロテスタントの市民階級の子どもとして成長した。このような啓蒙主義の雰囲気の中では、教会が教える内容への知的な疑いは私には自明のことだった。処女の降誕、空っぽの墓、奇跡の物語、教義など、こんなことが誰の関心を呼び起こすことができただろうか。ただ、私を捕えて離さない何かがこの伝統の中にあった。それは、イエス・キリストだった。死に至る拷問を受けても、虚無主義者あるいは冷笑的になることのなかったイエス・キリストは、ドイツの悲劇の後、私の周囲にいる多くの人とは違って見えた。しかし、ナザレ出身のこの男は、教会の伝統によって偽りの姿に変えられてしまった。その伝統とは、信仰告白のための授業での月並みの言葉、礼拝の退屈さ、権威主義的な要求、神は我々のあらゆる考えとは「全く違って」いなければならないと主張した宗教の授業で出会う新正統主義であった。キリスト教的な実質があったとしても、教会的に包装された中で、私はそれを認識することができなかった。

このことに関して私を助けてくれたのがルドルフ・ブルトマンだった。それは私が一九四九年までいた学校時代の最後の二年間のことで、彼の教え子の一人だったマリー・ファイトの仲介によるものだった。ファイトからは、彼がキリスト教徒でありながら同時に進歩的であるということを学んでいた。自分の理性を教会の扉の前で預ける必要はなかった。彼は教師であり、後には、著作を通じてもっと彼のことを知るようになった。潔癖な率直さを持ち、レッシングの伝統の中にいる思想家、教会のような組織にも聖書のような伝統にもひるまず、同時に敬虔であり、日曜日にはマールブルグの教会で献金係をする世界的に有名な教授だった。思考と信仰、批判と敬虔、理性とキリスト教はどうすれば相反することがなかったのだろうか。

ブルトマンはこの問いに対して、非神話化のプログラムで答えた。これは、聖書とそれに続くキリスト教の宣教が、神話的思考に裏づけられた一つの世界から来ていることを明瞭に認めることを意味する。この世界像は過去のものであり、世界を説明するために神話が果たしていた役割は、今では科学が担っている。有名なブルトマンの言葉に、「電灯やラジオを使い、病院では近代的医療手段を用いながら、同時に新約聖書の霊の世界や奇跡の世界を信じることはできない」というのがある。

ブルトマンにとっての問題は、神話を遠ざける、あるいは解消することではなく、聖書の使信が科学の時代の子どもたちにも関係するものとして神話を解釈することだった。私たちは科学の時代と神話の時代に同時に生きることはできない。この矛盾が理性を無責任にさせ、信仰を現実から逃避させる。だからこそ聖書は「非神話化」、すなわち神話的思考の呪縛から解放されるべきなのだ。

実際、私や多くの人がブルトマンの考えを解放と受け止めた。ディートリヒ・ボンヘッファーは一九四二年三月に次のように書いている。「ブルトマンは自分のためだけではなく、非常に多くの人々のために、猫を袋の中から出した〔中世の市場ではウサギあるいは子豚だと偽って、猫を袋に閉じ込めて売っていたことから、隠されていた真実が明らかにされたことを意味する〕のであり、私はそのことを嬉しく思っています。多くの人たち（私も含めてですが）が克服しないまま自分の中に封印してきたことを、彼は敢えて口に出したのです」と。

神話という袋の中から猫が飛び出してきたのだ。遺体のない空っぽのイエスの墓や、恐らく映像化すら可能な復活についての物語は伝説であり、最初の弟子たちが自らの信仰を彼らの世界観の枠組のなかで表現した形式なのである。弟子たちが言おうとしたことを真剣に受け止めれば、それをそのままオウム返しに言うことはできない。信仰の秘密、信仰の力は、私たちの疑いを封印することを含む単なる繰り返しの中で失われてしまうだろう。人間が自らを安心させようとしている過去から自由になって、愛の未来に向かう信仰の神秘性こそがブルトマンの課題なのである。教師として、また神話的なものから解放された存在の思想家として、彼は繰り返し敬虔さへと勇気づけてくれた。

ブルトマンの思想は六〇年代の半ばまで議論の中心にあった。それに続く歩みをキリスト教的良心の政治化と呼びたいが、ブルトマンはもはやこの歩みに取り組むことはなかった。一九七一年に出た私の『政治的神学』という本には、「ブルトマンとの論争」という副題がつけられた。つまりブルトマンは、私が自らの神学的思考の基本的特徴について自覚することに本質的に力を貸してくれた。

「政治的神学」という言葉は、現在ではすでに教会史に属している。この本は、私たちが一九六八年以降のケルンでの「政治的な夜の祈り」で得た経験、ベトナム戦争が私たちに及ぼした影響、学生運動の経験から生まれた。六〇年代終わりの私たちの実践の神学的背景を考察した本である。

この本に対して、ブルトマンは四枚にわたる批判的な手紙を書いてきたが、その中の一箇所を引用したい。「社会構造のある特定の変化によって、罪を犯すことを私たちに強いる強制力を減らすことができるかもしれないという点では、私はあなたに同意します。しかし罪を犯すというのはどういうことでしょうか。私の〝個人主義的〟な理解では、社会構造の強制によって引き起こされる罪が問題なのではありません。私は罪を人間の人間に対する過ち、すなわち嘘、信頼の裏切り、誘惑、それらに類するものと理解していますが、これらに対する集団的な過ちとして罪を理解していません。しかしあなたの意図は正しいです。ただ、あなたが罪としているものを、私は責任と呼びます。あなたは罪と責任の間に違いを設けていません。あなたのバナナの例で明らかにしてみるなら、私がバナナ農民を殴り殺して略奪するのと、バナナをユナイテッド・フルーツの仲介を通して買うのとでは違いがあります。ユナイテッド・フルーツの仲介を通すことでバナナ農民が手にする金額があまりにも低くなるなら、バナナ農民は法的手段に訴えるかストライキをすることができるでしょう」。

この手紙を読んで、私は笑うと同時に泣かなければならなかった。自由主義の思想の偉大さはその希望であり、私たちが固執しなければならない遺産の一つである。しかしこの希望は全く世間知らずで、現実からかけ離れている。なぜならカンペシーノと呼ばれる搾取された奴隷であるバナナ農民は、ストライキも法的手段に訴えることもできないからだ。自由主義の思想はここでは完全に非現実的に見えるが、それでも同時に、いかなる状況でも決して放棄することのできない正当性を併せ持っている。

このブルトマンの意見に対して、もちろん私は懐疑的かつ批判的である。責任と罪の相違について、責任とは集団的なもので罪とは個人的なものである、と理解されることはないと私は考える。まさに私自身の経験から、そして私たちの国民の運命やドイツの問題やアウシュヴィッツ以後ドイツ人であることの意味についての考察から、このような分け方は全く間違っていると思う。私をブルトマンから引き離すものは、このアウシュヴィッツという一語だと言うことができる。神学を行なおうとする私の試みの根底には、アウシュヴィッツ以後に生きているという自覚がある。それに対してブルトマンは市民的理解の範囲の中で、学問とは時代に関係なく客観化するものとして考えている。

私が引き出した結論の一つが、まさに罪を問題とすることであり、殺害された六百万人のユダヤ人のことを考えれば個人的な罪から背を向けることはできないということである。もし簡単に言わないといけないというなら、私の全体的な罪の意識は私の国、私の町、私のグループの中で起きている集団的なことに基づいている。私自身が疚しいと思う罪はもちろん私の人生において問題ではあるが、それでもその罪が占める位置ははるかに低いとはっきりと言っておきたい。これは要するに私の経験なのだ。私が苦しみ、赦しを求め、赦しを必要とするのは、私たちの社会が最も貧しい人たちと母なる地球に加えている悲惨についてである。

その際、すべての必要な解明以上に、そもそも何が問題なのかを明らかにするためには、説明、定義、批判に用いられる言語とは別の言語を必要とする。そしてこの点こそ、私がブルトマンを少し越えることを試みた点だと思う。つまり、聖書絶対主義的なナイーブさや、すでに解明されてしまっている世界に戻るのではなく、解明を通り抜けた後、私たちが今解放の神学の中で作りだそうと求めている新しい言葉へと進もうとしているのだ。

偉大な神学は、常に語ることと祈ることを鍛えてきた。ブルトマンの講演を思い出すが、そこでは全員が敬虔な気持ちになった。彼は講壇、つまり大学での講義は教会の説教とは同じではない、二つの違ったものであることを要求し、またそれを明確にした。そのとき、誰かがブルトマンに対して「しかし、あなたが今なされたことは、私にとっては祈りのようなものです」と言った。そして、実際にそうだった。ブルトマンはそれを認めようとしなかったが、彼の神学は、彼の神学についてのこの見解よりも優れていた。彼の神学は、絶対なるものへの情熱の中で宗教の多様な言葉を語るという偉大な神学の質を持っていた。宗教の言葉とは語り、祈り、議論である。

私が言いたいのは、ブルトマンは神学に制限を設けたにもかかわらず、事柄自体を通じ、知性に支配された論証の制限を越え、自らの神学において繰り返し祈ってもいたことである。現代の人間が生きている命の証しは、統計や政府の発表にまとめることはできない。祈りと語りは、このような伝達の形式を拒絶する。その冷たさに死んでしまうからだ。

神話的なものの正当性をめぐる現在の議論について、ルドルフ・ブルトマンは何と言うだろうかと考えると、それはきっと然りであり否であるだろう。うまくできた神話で、芸術的に重要であっても、私たちが解明ということで考えてきたものを完全に否定する非理性的なものへの単なる回帰という神話に対しては否。その力を恐怖に感じながら経験し、その内容についてもはや批判的に識別できない神話に対しては否。非神話化とは、この世の支配者について解明する手段であり、これからも手段であり続ける。そしてナイーブな信仰から、解放的で非神話化する批判を経て、神話において約束されたすべての人間への希望を取り戻させる三つ目の歩みである神話、もはやナイーブさを克服した私たちを支える神話に対しては然りだろう。

神学的歩みのいくつかの節目

一九六五年に私の最初の本である『代理』が出版された。神学的伝統と取り組み、イエスが現代の私たちに持つ意味を検証し、それを明らかにすることを試みた本だった。この本は、二つの基本的主張を持っていた。一つ目は、法廷の場で弁護士が被告を代理するように、キリストが神の前で私たちの代理をするというかなり伝統的なものだった。二つ目は、キリストが私たちの中に在す神、それも不在で見えない、旅に出かけているかもしれない神、多くの人間が「死んだ」と感じている神の代理をするというものだった。「『神の死以後』の神学の一章」という副題がこのことを表していた。私の文学研究の博士論文を出版したゲッティンゲンの有名な出版社はこの副題のために刊行を断ったのだが、だからと言って私はこの副題を変えることはできなかった。

私はこの本で業績をあげようという意図はなかった。何よりも自分のための自己浄化だった。最初の夫と別れ、彼が私のところに戻って来るかもしれないというありもしない希望を持っていた暗い時期にこの本を書いたのだった。「外はあまりにも寒く、ただどこかに身を置きたかっただけ」の、ある妻帯者との新しい関係の中で、私はようやく安定を取り戻した。そして、どんどん書き始めた。当時はまだ神学にも門戸を開いていた「ヨーロッパ思想のための雑誌」である『メルクアー』に私の論文がいくつか掲載されたことに勇気づけられ、私は更なる明確化を模索していた。

今でもはっきりと覚えている。ある晩、作家ヘルムート・ハイセンビュッテルと対話する羽目になった。どういうわけか、私たちは神学について話すようになった。そこでハイセンビュッテルが言った。「でも今さら神学というのはどうしてですか。神はもう死んでしまっているじゃないですか」と。私も同じことを言えたし、彼とはそんなにかけ離れているわけでもないのに、同時になぜ私が神ということから離れないのかを明らかにする必要を感じた。その当時、私は「神は死んだ」、あるいは神の死のメタファー、中でもジャン・パウルの『宇宙の妙高より亡きキリストが説く、神はいないとの教え』〔前川道介編『ドイツ・ロマン派全集8』〕と若きヘーゲルに取り組んでいた。これは教会という公の場で、私に大きな困難をもたらした。多くの人たちが、私にとって何が問題であるのかを理解しなかった、あるいは理解しようとしなかった。私が問題視したものは、恐らく彼らにとって、彼らの意味で信仰を高めるものではなかったからだろう。

私は、キリスト教内部の至る所に枯枝としてぶら下がっていた神の像を明らかにし、それから自分を解放しようとしていた。アヴィラのテレサが言ったとされているが、神は何かをなすために「私たちの手以外の手」を持たないことを私ははっきりと感じていた。この世から遠いところにある超自然的な力としての神の存在の介入を期待するという思考の可能性は、私には全くなかった。この介入は常に私たちによって、つまり（神学的に言えば）受肉の歴史の中で起きる。キリストの命が全うされた結果、キリスト、つまり史的イエスではなく信仰のキリストはさらに受肉し、悪魔と闘い、苦しむ。こうして私は「イエスはこの世の終わりまで苦しみの中にいる。彼はこの苦しみの間も眠ることはできない」というパスカルの有名な文を理解した。神の歴史は私たちを通じて進む。厳密に言えば、抽象化され、時空を越え、さらに何とも理解できないように介入する神は一種の偶像であり、それは二度の世界大戦でドイツ軍のベルトの留め金に付けられた「我らと共に在す神」である。

『代理』はすでに、一九七五年に出版された『内面への旅——宗教的経験について』と同じように、多くの神秘主義的要素を持っていた。神秘主義者たちはそれぞれの時代にあって、支配的だった教会とは違う神の定義を試みた。すなわち一つは支配的教会よりも包括的に（神秘主義者たちはいつも神の言語を超越した）、もう一つはより内面的（神秘主義者たちは「私の内なる神」と表現した）に定義しようと試みた。神秘主義は物事を整理する上で、最も私を助けてくれた言語であることは確かだ。それはまた、神秘主義が哲学的・形而上学的な神の言葉を用いた闘いに怯まず、同時に神について教義的ではなく物語として語る聖書の言葉により近かったからでもある。

私を批判する人たちは最初から、私が「神は死んだ」と言いながら、「神」ということばを使っていることを非難した。この論理的矛盾に気づくことは難しくなかった。私はただ、私たちは神を必要とするが、すべてを上から操作する妖怪はいらないと言いたかっただけだ。私のキルケゴール理解は、神を必要とすることは人間の最高の完璧さであるということだった。神を必要とするこの正当性を放棄することは、私たちを生かしている痛みへの裏切りのように私には思えた。こうして私の中で、生活の場での近代性の認識が、人生の歩みの中で見えなくなるのではなく不可欠になってきたいわば「前近代的」あこがれと格闘していた。「すべてのものを越えて、心の底から、私の中にあるすべてを用いて」神を愛することを放棄することは私にはできない。世界の根底、命の源泉、あるいは私たちよりも前にあり、私たちを越えて行く真実、私たちに貸与された贈り物としての命を見つめさせる真実があるから、神について語ることは必要なのだ。

「無神論的に神を信じる」ことのこの難しさを「力」という概念で考えることができる。スイスの文化哲学者であるヤーコプ・ブルクハルトは、「すべての力は悪である」と言った。これはプロテスタンティズムに深く根差しており、私にはわかりやすかった。私は必死になって無力なキリストに自分を重ねた。私が神学に入っていったのは、キリスト中心的であり、決して父なる神を通るのではなく、神の子、兄のような存在を通してだった。もし全能の神だけが対象となっていたなら、自分がキリスト教徒になるだろうとは思いもしなかった。力と無力は、伝統が明らかにしてきたのとは違った理解がなされなければならなかった。私は「世界における神の無力」を見て、この無力に私たちが「参加」するというボンヘッファーの考えをさらに進めようと試みた。

私の神学的歩みの中で、この厳格なキリスト中心的アプローチから命の根本である神への省察へと広がる道が徐々に開かれた。そして今私は、たとえばユダヤ教や、あるいはキリストによってではなく、多くの声を持つ一人の神によって呼びかけられている他の諸宗教との出会いがいかに必要であるかを見ている。これは私にとって一貫した歩みである。一つの言語を淀みながらでも話そうと努力することは、単調に話すことよりも聞く力を高める。私にとってキリストは神のはっきりとした声ではあるが、だからと言って他の人たち、たとえば禅僧にとっては神的なものの別の声がないというわけではない。これを理解しないかぎり、宗教的帝国主義の罠に陥ってしまう。

啓蒙主義と取り組んできたことが、これらのことを私の中で整理するのに役に立ったことは確かである。啓蒙主義以前に逆戻りすることはできない。無神論と信仰の間の緊張は手放せない。しかし、脅威にさらされた地球のために、私たちはこの緊張感を越えて行かなければならない。

啓蒙主義は理解と理性を区別し、理性の概念の中にいわば旧来の西洋的伝統を保存した。「理性《フェアヌンフト》（Vernunft）」という言葉には「聞き取る《フェアネーメン》（Vernehmen）」という意味が隠されている。そこでは聞いたのだ。つまり、誰かが何かを言ったはずであり、そうでなければ「理性」という言葉は意味を持たなくなる。人間は神の似姿であるために、理性は不可侵と考えられた人間の尊厳と結びついていた。ところが、それから理性はどんどん自己破壊していった。現在では技術的・道具的理性が支配し、カントにおけるドイツ的啓蒙主義において創造と明確に結びついていたその他の理性を完全に否定した。徐々に拡大する生態系の脅威を知ることで、私の中に創造の神学に対する思いが育った。それだからこそ、啓蒙主義への批判も今では神学の不可欠な課題である。

二、三年前、私はジュネーブで開かれた第三世界の神学者たちの集まりに参加した。彼らがヨーロッパとその植民地主義に批判的な立場をとっていることは当を得ていた。突然、私は彼らに対して啓蒙主義を弁護する立場にいた。というのも啓蒙主義こそがキリスト教徒としての私を、使徒的権威の強制下で考えることから解放したからである。このことを、全く単純な聖書絶対主義に対して放棄することは何があってもしたくない。私がこう語ったとき、女性たちから拍手が沸いたのに対して、数人の黒人男性たちはためらいがちに額にしわを寄せた。これは私にはとても興味深く思えた。二重に抑圧されている人たちこそ、啓蒙主義から得るものがあるのだ！

私たちの知的状況において、宗教の三つの段階が認められる。私は最初の段階を村の宗教と名づけている。問われることなくこの段階に生まれてきてしまう。私たちのほとんどが子ども時代にこれを体験する。教会は村の中心にあり、その権威、儀式、礼典、倫理的価値は疑われることなく認められている。しかしこの先祖伝来の宗教は、村の世界から出ていくことで忘れ去られるか、あるいは拒否される。ほとんどの人間が住んでいる世俗の都会は、村の風俗習慣、言い伝え、民謡を否定する。信仰は迷信になり、希望は取り残されたものに対する幻想になる。宗教は忘却されるか、意図的に批判の焦点になる。

私自身は、先祖代々の宗教、あるいは強要され、運命づけられた宗教から切り離されるという第二の段階に生まれ落ちた。私の両親は高等教育を受け、教会に対してはある種の「伝統から自由な」寛容さを示すドイツ中流階級に属していた。

大学での勉強を始めるに当たって私は哲学と古典文献学を選んだが、それは私の市民的な家庭の由来に応じるものだった。自覚的にキリスト教徒だった数名の友人よりも、パスカル、キルケゴール、シモーヌ・ヴェイユのような急進的なキリスト教思想家たちに多くの挑発を受け、私は五学期が終わった後、実存的危機に陥り、その結果神学を専攻するようになった。この専攻の変化が第二から第三の段階への移行の始まりとなった。

第三の段階の、啓蒙主義以後の宗教の形をもっと的確に記述することが、神学的著述者としての私が自分に課した課題の一つである。村に対する懐古趣味を持たず、かといって大都会の冷たさにも落ち着きを見出せない。この宗教性の形が今までと違うのは、個人的であり、自由意志で選ばれたからである。私はプロテスタントであるが、それは私の両親がそうだったからではなく、私がこの伝統に従うことを選んだからである。このことは私が伝統の中で選び出す権利、選択的な態度を持つ権利を持っていることを意味する。聖書の一つ一つの言葉、女性敵視の言葉を呑み込む必要はない。この第三段階での宗教は自発的であり、全能を夢見ることなく明白な少数者意識を持ち、支配するのではなく奉仕する。

このような宗教の生きた現実を私の経験の中に求めるなら、初期の東ドイツのプロテスタント教会を挙げることになるだろう。権力の剥奪は、教会と宗教の死ではなく、自己浄化、客観化、謙遜という結果をもたらした。多くの人々が熱望していた親資本主義的教会からの離脱を意味した「社会主義における教会」という慣用句は、今では歴史的に時代遅れになったが、正しい方向への一歩だったと思う。ドイツの教会の自己理解が「資本主義における教会」であるとするなら、これは非常に明らかだろう。

全世界の教会から人々が集まり、それぞれ異なる出身や方言を持ちながら同一の事柄に当たるラディカルなキリスト教を解放の神学と呼ぶのが最善であろう。私は啓蒙主義の要素を失いたくない。啓蒙主義が私たちに与えてくれた一片の批判能力があるからだ。平和運動やエキュメニカル運動の中で聖書の伝統を獲得しようとする多くの底辺での努力によって、私の神学理解は徐々にある種の反アカデミズム的感触を得るようになった。人々の信仰が生きて実践されているところで、神学はその信仰の省察と解明に役立つべきだというのが私の見解だった。神学者にとっての対話および質問の相手は、女性運動、平和運動、生態学や難民保護の問題で、キリストの教えに従って生きようとする教会信徒のグループである。

私の神学上の父であるカール・バルトやルドルフ・ブルトマンは、労力の大部分を教会で働くこと、牧師の会議に出かけること、憤る牧師たちの手紙に答えることに費やした。彼らは教会のために存在していたが、現在の支配的な神学は学術上のパートナー、たとえば自然科学分野からのパートナーを持っている。神学はそこでトップレベルでの協議として行われていて、南アフリカのための女性たちの活動のようなグループは何の役割も果たすことがない。私は連帯する共同体、信仰共同体、闘う共同体としての教会に関心を持つが、科学に取り入ろうとする神学は多くの点で非建設的であると感じている。現実に世界で起きていることを眼前にして、西ドイツの神学の最も賢い人たちは、神学はどれほど学術的でありうるか、あるべきかといったような長く論争の的となってきた問いにおいて、最も些細な点を詮議するために、彼らの最も鋭い刀を用いてきた。

私にとってこのことが明らかになるのが、聖書と取り組むために何を選び出すか、私にとって何が重要で、なぜそうするのかという問いである。ルイーゼ・ショットロフが七〇年代の後半、ある学会で新約聖書における貧困について研究しようと持ち掛けたことを私に語ったことがある。彼女の提案に対して、困惑した沈黙があったという。特にドイツの若い新約聖書学者たちの中に、自分自身のキャリアをこのようなテーマに賭けようとする者は誰もいなかったからである。このテーマが新約聖書のどのページにも出てくるとしても、これが不都合な内容的結果をもたらしうることは誰もが十分すぎるほど知っている。

なるほど神学には学問の分担が必要であるが、しかし神学は学問よりも実践、詩、芸術にもっと近いと私は考えている。何世紀もの間、より良い神学者だったのは神学者よりもむしろ芸術家である。たとえば私はミケランジェロのことを考える。彼はシスティナ礼拝堂の天地創造の絵において、神に触れられて命へと目覚めるアダムの様子を示しているが、同時にその前からずっと神のもとで、神に抱かれているエバを描いている。レッシング、ハーマン、パスカル、またカフカといった神学的に興味深い作家たちは、言葉との向き合い方が他の作家たちとは異なっている傾向がある。これこそが、神学的に神の国を想像するときに私が望む神学である。しかし、そのような神の国ではもはや神学は全く必要ないだろうと思う。

政治的な夜の祈り

「政治的な夜の祈り」は、信仰と政治は不可分であるという文章を実践しようとしたグループの実験だった。それは下からの教会一致を模索する私たちの最初の表現だった。カトリックかプロテスタントか、あるいはそれ以外か、どこから来ているのかという問いは、どこの方言かという問いと同じようなものだった。どこから来ているかという問いは、もちろんある種の意味を持ち、ある種の色合いをもたらしたが、その問いは本質的ではない。
ある土曜日の夕方、私たちが聖餐式を行なっていたとき、友人が後に私の夫になるフルベルトに、「明日、ミサに行かないとだめかしら」と尋ねた。彼はそのときはまだマリア・ラーハのベネディクト会修道士だった。後になってフルベルトがこの話をしたとき、私にとってはもはや問題とならなくなって久しいことが、かなり親しい私の友人にとって未だに疑問となっていたことにとても驚いた。私たちはグループで一緒にこの問いに答えた。神の霊の真実は、人間を間違った問いから導き出す、と。

一九六八年にこのグループを始めたとき、私は「大学正教師」として、ケルン大学でドイツ文学を教え、三人の子どもを持つ母だった。神学者である、神学の教育を受けている、あるいは神学に興味を持つプロテスタントとカトリックの信徒数人の友人関係をもとにしたつながりは、最初は内輪同士で夕方に集まることに限定されていた。仲間が入れ替わり、外からゲストが来たかと思えば去って行った。信仰告白の新しい形、結婚、礼典に関する新しい理解についての神学的対話があった。

やがて私たちは、神学的問題との取組みに共和主義クラブ〔ベルリンで設立された議会外野党の団体〕が名づけたような「火急の時事的問題」への積極的関与が続かないなら、私たちの活動は言葉だけで終わってしまうという見解に達した。一九六七年から六八年の火急の時事的問題はベトナムだった。この問題では、グループの仲間たちによって様々な行動が行われた。聖アルバン教会の前でのべトナム戦争についての討論会、いろいろな都市でも印刷されるようになったビラの送付、ケルンのノイマルクトでの受難日の礼拝など。この礼拝では初めて政治的な祈りの形が試された。私たちがやったことをティーチ・イン、ゴー・イン、あるいは行進と呼ぶべきか、当時の私たちにはわからなかった。

この間に、エキュメニカルなグループの仲間はおよそ十人から三十人ほどに広がった。彼らは、政治的な一貫性なしに神学的思考を重ねるのは偽善に等しいことを明確に認識したキリスト教徒たちだった。私は、どんな神学的文章も政治的でなければならないと書いた。一九六八年、エッセンでのカトリック教会大会で私たちの典礼を実施するように申し入れたところ、二十三時以降にずらされてしまった。その結果、後に「夜の」という文字が付けくわえられるようになった。そこでは政治的な情報、これらの情報と聖書のテキストとの対照、短い演説、行動への呼びかけ、最後に教会との議論を行った。それ以後の夜の祈りでも、情報、瞑想、行動が、基本要素であり続けた。

私たちは多彩な人たちが集まった共同体だった。テーマの選択、情報の収集、祈りの形成、スペース確保のための教会役職者との交渉、報道の協力を得た新しい方法の礼拝宣伝などなど、異なった能力を持つ人々がこれらの多様な任務のために、各自が自分たちの場で参加した。弱い人たちが何かを形づくる過程に組み込まれ、集団の中で強くなることを私たちはケルンで経験した。夜の祈りを作り出す各グループは、それぞれのテーマに応じて専門家の助言を得たほうが良いとされたが、集めた情報をまとめ、行動を計画し、祈りを書くためには専門家である必要はなかった。この礼拝のテーマはできるだけ明確、限定的、具体的であるべきだった。テーマが限定的であればあるほど、正確に情報を得る可能性が高まった。テーマが具体的であればあるほど、議論も行動もより豊かな成果をもたらした。

こうしてチェコスロバキア、サント・ドミンゴ、ベトナム、差別、死、教会における権威主義的構造、女性差別、土地投機、共同決定、東ドイツ、犯罪的なキリスト教徒、一九六八年の改悛、刑の執行、開発援助、信仰と政治などをテーマにした一連の礼拝が行われた。

『ケルナー・シュタットアンツァイゲ』紙が一九六八年十月二日に、政治的な夜の祈りについての記事を掲載した。

昨夜二十時、シルダーガッセのアントニータ教会は人々で埋め尽くされた。そして二十時三十分には教区の牧師であるイョルク・アイヒャートがマイクを通じて「まだ多くの人が外に立っています。みなさん、もっと詰めて座りましょう。これこそエキュメニカルな礼拝にふさわしいことです」と語った。十分後にはもう立錐の余地もなかった。千人以上の人々が政治的な夜の祈りのために、このプロテスタントの教会にやってきた。アントニータ教会の座席は辛うじて三百人が座れる。参加者は、カトリックの助任司祭、プロテスタントの牧師、生徒、学生、社会に関心を持って参加する人々、たとえば聖アルバン教会のベトナムあるいはビアフラに関して活動するグループの人たちである。人々は全くくつろいだ様子で、普段着でやってきていた。テレビカメラのライトを避けるためにサングラスをかけ、祭壇の前の床に座り、説教壇にもたれていた。教区の牧師の挨拶の後、エキュメニカルな作業部会の一員が「政治的な夜の祈り」の進行を引き継いだ。マリア・ラーハ修道院のベネディクト派のフルベルト神父が、議論を通じて主催者のグループと共にこの政治的な夜の祈りに一つの形を見つけるように出席者に依頼した。多くの聴衆が神学のセミナーのように文章を書き留めていた。（中略）礼拝開始前に匿名の電話による脅迫があったが、妨害活動はなかった。

「政治的な夜の祈り」に対するマスコミの反応はケルンに留まらず、広範囲に行きわたった。『フランクフルター・アルゲマイネ』紙は、一九六八年十月、「キリスト教徒はひっそりと祈祷を行うのが普通だが、ケルンでの夜の祈りは稀有なほど参加者の思いがこめられていた」と書いた。週刊誌『シュテルン』は、一九六九年四月、「政治的な夜の祈りでは『一緒に行動する』ことが最も重要なのだろう。ここで礼拝を行うのは、牧師ではなく信徒である。司祭の職を養成する大学がまだなかった時代に、キリスト教共同体がそうだったように」と報じた。

一九六九年一月、『ケルナー・ルントシャウ』紙は「手と足による礼拝――ルター時代の荒々しさに戻った礼拝」と書いた。他の新聞では「政治的な夜の祈りでは、神については語られなかったが、神が語られる頻度が大切なのだろうか。その上、真剣に人間が問われるとき、いつも神がそこにいるとは限らない」と書いた記事もあった。

実際、私たちは討論と行動という二つの要素に大きな意義を認めた。語られたテキストを新しい論拠で攻め、また確認する討論を、私たちの礼拝の全体に欠かせない構成部分として受け止めた。夜の祈りが学校のような場になることを防いだのも討論だった。主催者と参加者の間の区別をなくし、その結果全員が討論の対象に対して同じ責任を負うことになる。ただ、私たちを完全に満足させる討論はなかったという経験をしなければならなかった。一つには後期ゴチック建築の教会の空間と音響の関係、さらに参加者の多さ、そして神学的かつ政治的に異なる立場が原因だった。それでも礼拝の中で、また沈黙を守るべきとされている教会空間の中で、討論がハイドパークのスピーカーズコーナーにやや類似していたとしても、人々が自分の言葉で表現できたことを私たちは計り知れないプラスだと感じた。

すべての礼拝の後に行われた反省会で、私たちのグループは行動について最も厳しい自己批判を行った。礼拝の有効性は、現実的な行動の可能性が示されることにかかっていた。ある社会状況について夜の祈りで明らかにされても、それと同時にその状況を変える可能性が示されることができなければ、それは無力な諦めという結果になってしまった。したがって夜の祈りを作り出すグループは行動計画にも責任を持ち、ほとんどの場合、礼拝の前にはもう参加者に計画が配られていた。計画は具体的で範囲が決められていなければならなかった。多すぎる提案が来ないようにするためだった。ケルン市社会福祉局の局長との面会、投書活動、問題に困惑している人たちとの接触などが、このような行動への提案だった。政治的な礼拝の後に、寄付を集めるといったような純粋に慈善的な行動の申し出がなされる危険を避けようと努めた。夜の祈りの参加者たちの中から出てきた良い提案は、すぐに取り上げる努力がなされた。たとえば「人間の土地《テルデゾム》」(Terre des Hommes)、「隠れ家《ツーフルヒト》」(Zuflucht)、「アムネスティ・インターナショナル」といった既存のグループが注目されたのは当然で、これらの団体の代表者が礼拝に来て自分たちの活動を紹介した。

多くの問題が複雑に絡み合っていることに気づいた結果、討論と行動の中で政治的な夜の祈りのための新しいテーマが常に出てきた。たとえば刑執行についての夜の祈りの準備をしていたときには、ホームレスの家庭の子ども、その子どもたちの学校での状況、刑法の改正、かつての受刑者の世話について話す必要があることを感じた。

これらの礼拝に向けて一緒に作業をすることで、私たちの政治的注意力は鋭くなった。その結果、一人一人が自分の問題を作業に持ち込み、そこから新しいテーマが生じてきた。つまり状況についての討論だっただけではなく、全員がそれぞれ状況に直面した人間として語り、行動したのである。このことがまたグループを束ね、客観的な事柄を通じて強い人間的繋がりを獲得した共同体を作り出した。

いくつかの特徴が、政治的な夜の祈りを伝統的な共同体の礼拝とは違うものにさせた。たとえば教派の違いは、その重要性を失っていった。一緒に働いている人たちの間では、他人がどの教派に属しているかを知ることすらなかった。非キリスト教徒との境も、もはや障壁あるいは防護壁ではなくなった。礼拝を聞き、共に討論はするが、祈りの態度を取らず、共同の訴えには参加しない人々がいた。彼らはそれでも繰り返しやってきた。彼らは、正統信仰ではなく、キリストが私たちの命に対して投げかけた問いの上に作られた新しい意味での共同体の一員だった。

都市における伝統的な教会は「生活の座」を持たず、やりがいのある任務がほとんどないという困難を抱えている。神の言葉を生活から抽象化してしまったため、教会は退化している。このように感じた多くの人たちが夜の祈りに来た。ここでは彼らはなすべきことを求められているように感じたからである。そこで彼らは事態に即した、今までとは違う言葉を知ることになったのである。情報を与えることなしに祈ることは許されなかった。したがって宗教的言語が人工的に現代化される必要はなかった。中身が説明していた。だからこそ伝統的な形式や歌さえ許された。

政治的な夜の祈りは、私たちを押し黙らせる間違った礼拝のあり方から私たちを切り離す実験だった。話す人は誰もが嘲笑、口笛によるヤジ、反論を覚悟したが、拍手や同意を受けることもあった。ここから生まれたのが、多くの人たちが今の時代に可能な敬虔さとして受け止めた緊張感、誠実さ、強靭さだった。

私たちと一緒に活動したのは、牧師や助任司祭（彼らが禁止されるまで）、教師たち、社会福祉事業従事者、建築家、ジャーナリスト、主婦、あらゆる学科の学生たちだった。大学の講師、職業政治家はいなかった。多くの人たちの代表者として、メヒトヒルト・ヘーフリッヒとマリア・ミースに触れておきたい。二人ともケルン社会事業専門学校の講師だった。マリア・ミースは後にフェミニストの社会学者として国際的に認められるようになる。彼女と一緒に「女としていつも下にいる」という夜の祈りを行ったが、ここからフェミニズム的批判をさらに進める作業部会が育った。
政治的な夜の祈りは、その立ち上がりから集中攻撃を受けた。一九六八年十月一日に私がケルンで語った信仰告白も、批判と反批判に火をつけた。ラインラント州教会会議議長のヨアヒム・ベックマンにとっては教会で大きな声になることが許されない異端だったが、他の人々にとっては敬意を払うべき個人的な信仰表明だった。

信仰告白（クレドー）

私は神を信じる
ずっとそのままあり続けなければならない
完成品のように世界を創造されたのではない神を。
変更不可能とされている
永遠の法則によらず
貧しい者と豊かな者の
専門家と情報を持たない者の
支配者と無防備な者の
当然の順列によらず
支配される神を。

私は神を信じる
生きている人々の反論を望み
私たちの労働と
私たちの政治によって
あらゆる状況の変革を望む神を。

私はイエス・キリストを信じる
私たちと全く同じように
「何もできない一人の人間として」
あらゆる状況の変革に働き
そのために倒れたときに
正しかったイエス・キリストを。
私はイエスを尺度にして認識する
いかに私たちの知能が働かず
私たちの空想が行き詰まり
努力が無駄になったかを
私たちは彼が生きたように生きていないから。

私は毎日不安になる
イエスが無駄に死んだのではないかと
イエスは私たちの教会に無造作に埋められているから
私たちがイエスの革命を裏切ったから
当局に対する
服従と不安の中で。
私は、私たちの命の中へとよみがえる
イエス・キリストを信じる。
私たちは偏見と尊大から
不安と憎悪から自由になり
イエスの革命を彼の国を越えて
さらに進めることを信じる。

私は、イエスとともに
この世に来た霊を信じる。
すべての民族の共同体
そして私たちの地球がどうなるのかに対する
私たちの責任を信じる。

嘆き、飢え、暴力の谷か
それとも神の都か。
私は作り出すことが可能な
公正な平和を信じる。
すべての人間にとって
意味のある人生の可能性を
この神の国の未来を信じる。
アーメン

この信仰告白のテキストをめぐる争いは、「政治的な夜の祈り」に関する論争の長い歴史の一つである。ここで私はそれを再現するつもりはないが、カトリックの聖ペトロ教会を私たちのために使わせることをヨゼフ・フリングス枢機卿が拒否したことがこの論争の発端だった。論争を詳述する代わりに、当時私たちを非常に励ましたハインリッヒ・ベルの手紙の紹介に留める。

友人たちへ！
あなたたちのテキストをカトリックの教会で祈ることが今まで拒否されていることは、理解できません。あなたたちは、一つ一つの催しを慎重に準備されてきました。またケルンの大司教およびその代理人と、丁寧かつ真摯に交渉されてきました。その慎重さと真摯さを考えると、あなたたちがほぼ豚に真珠を投げるところまで行ったことを非難します。神学はほとんど芸術と同じようになってしまいました。神学がどこで始まり、どこで終わるのか、まだ神学はあるのか、もはや誰にもわからなくなっています。すべての面に向けて最も恥ずべき譲歩がなされ、一九六〇年ごろまで緩慢ではあっても留まることなく忠実に伝えられ、引き継がれてきた神学的意識と自意識がぼろぼろと崩れてきています。そして、この「政治的な夜の祈り」の作成者たちに対して、この祈りをカトリックの教会で祈ることが拒否されたのです！

理解できません。あなたたちの案が受け入れられる前に、あなたがたが交渉を止めることが望ましいのではないかと私は思っているからです。この場合の受け入れるということは、学生たちが「勝手に変える」と呼んでいることに他ならないのです。もっと荒っぽく言えば、強引に手に入れるということです。「聖別された」空間にどうしても受け入れられようとするあなたがたの熱意が私には理解できません。それはまだ重要なことですか。あなたたちに耳を貸す人々、あなたがたの周囲で形成されたケルンの共同体をむしろ怯ませるのではありませんか。教会税を払っている自由な人間が、どうして教会当局と交渉するのかも私には理解できません。あなたがたは最初の「政治的な夜の祈り」をカトリックの主任司祭に提言しました。彼は賛成したところ、逆に非難を受けました。そしてまさしくこの事実の中に、永遠から永遠へと鍛えられた公教会の行動の基本法則の一つである冷酷さが現れています。無礼な人たちに対しては、もはや丁寧さは不要でしょう。アンフェアな人たちにフェアである必要もないでしょう。カトリック教会の公式とおぼしき代表者たちに対する謙遜の時代はもう終わらせるべきでしょう。ケルンの大司教が、この夜の祈りの主催者であるカトリック教徒の税金を平然と徴収するなら、信徒たちも平然と自分たちの真剣な活動を続けるべきでしょう。この問題について、これ以上言うことはありません。

テキストを注意深く読めば、テキストが徐々に無駄なく書かれるようになり、主張が明確になっていくことがわかります。また芸術的でも文学的でもない催しで、共同体が育っているという成果があなたがたの正しさを証明しています。情報、瞑想、討論という三つの要素が、四つ目の行動という要素を自明のものとしています。単なる内面性（ここでは教会の内面性を意味します）を避けるというのは、論理的であるだけではなく、これらの催しが持つ意義でもあります。つまり、催しはそれ自体では終わりではないのです。これはすべての今までのカトリックおよびプロテスタント教会の内面性だったのです。「政治的な夜の祈り」の催しでは、自分が励まされること、自身の良心の浄化はごくわずかな役しか演じていません。慈善的なものに留まらず、社会・政治的な行動が起こされるべきです。そういった点で「政治的な夜の祈り」は議会外、教派外であり、人々を動員する中心へと発展する可能性を持っています。一つ一つの弾劾されるべき出来事への反応に限定せず、行動を起こすための時事的契機を必要とせず、示威的にとどまらない中心です。中心自体が活動的であり、瞑想を要素として取り入れたために、このような力を維持しているのかもしれません。あなたがたは既成の教会からの批判に対して敏感になったり、ましてや怒ったりすることをやめるべきです。あなたがたが行い、計画することは、どんな教会（いずれにせよ今のところ組織に属している教会）にも統合されることはできないのです。あなたがたは、組織に属する教派ならどの教派でも行わなければならないこと、つまり「利益を得ること」を行っていないのですから、客人、見慣れぬ客人でしかあり得ないのです。キリスト教的な話し方を人間の言葉にする、社会の人間化を進めるというあなたがたの主体的取組みは必然的に異質なものであり、古典的な「利益代表者」は「政治的な夜の祈り」において、好きなだけ嗅ぎまわるかもしれません。でも彼らは間違ったものを嗅ぎつけるのです。なぜなら彼らはここで起きていることを感じ取る感覚器官を持っていないからです。だから公的とおぼしき教会の何らかの批判についての怒りは、時間の無駄遣いであり感情を失ってしまうのです。

政治は教会のものではないという非難は、まさに不条理な厚顔無恥です。改善の余地のない暗愚と、聞き逃すことのできない良心への脅しで、説教壇から威圧的に政治を行ってきたのはいったい誰なのでしょうか。非人間的な偏狭さで、連邦共和国の社会政策、教育政策を二十年間も教会において妨害してきたのは誰でしょうか。この問いに私が答える必要はないでしょう。答えは自ずから明らかです。

一九六八年の秋、政治的な夜の祈りはケルンのアントニータ教会で始まった。その数か月後、フルベルトと私はある日、「生粋のケルン訛りの男性」から連絡を受けた。その男性は、逃亡した職業訓練生、薬物依存者、刑期を終えた出所者たちとどのように付き合うかを知っていて、ベトナム反戦運動に積極的に関わっていた。

その後すぐにフェルディとエファ・ヒュルザー夫妻と知り合ったが、彼らのところにいると自分の家にいるように感じた。とくに私たちが——多くの「口先左翼」(この言葉を当時習った)の冗舌に疲れ、昼夜を問わず問題の最も細かな社会経済的原因に立ち入る用意ができていなかったため——フェルディのようなすばらしい性格を持った理性的な人間を必要としたとき、彼らがいるとほっとした。多くのインテリたちが、問題はできるだけその大きさ、複雑さ、解決の困難さをそのままで見なければならないと考えているのに対して、フェルディは問題をコンパクトにまとめて、克服可能なものにするという能力があった。そして実践的に提案し、失敗しても勇気を失うことはなかった。

もう一つ、私たちが好きだったフェルディとエファの特徴がある。それは満たされていることへのライン地方独特の社会主義的喜びだった。彼らのところでは、いつも食べるものがたくさんあった。彼らの家には、私たちが名前を聞いたこともないワインがいつもおいてあった。彼らはプロイセン風のプロテスタント的かつスパルタ的な昔ながらの左翼とは全く違っていた。フェルディももちろん古くからの左翼だったが、マルクーゼのスローガンや反権威主義的なおかしな行動に対する健全な不信感を持っていた。彼にはファシズムの経験があった。時には、非常に言葉少なに彼自身の経験を語ってくれた。彼はことあるごとに私たちを招待してくれたが、労働組合で働いている反ファシストのアンネマリーとヴァルター・ファビアンも一緒にいることがよくあった。そこではベトナムやチェコなどの世界情勢について、そしてまたケルン独特のコネによる人間関係や、当時生まれた新しい路線のグループなどケルン特有のテーマについても議論された。

フェルディ・ヒュルザーは、フルベルトと私が親しくなった初めての共産主義者だった。最初に会った直後に、彼は共産主義者だと言ったのだが、正直であることを重視する私たちはとても感銘を受けた。全員が彼のようであれば！　彼は時々私たちに自由思想家運動について語り、当時、ナチスを前にして、自由思想家たちを埋葬するために村から村へと移動した様子を話した。これらの会話は、フルベルトがフェルディはすばらしいキリスト教徒になるだろう、いつか私たちはフェルディの意志に関係なく彼に洗礼を授けるだろうということで終わることが多かった。それはすばらしいお祝いとなっただろう！

一度、延々と続いた会議の後、ヒュルザー夫妻の車で家に帰った。というより、夫妻は彼らの家とは全く逆方向にあるケルン＝ブラウンスフェルトまで私を車で送ってくれた。運転席にいたフェルディが顔を歪めた。「今日は特に具合が悪い」と彼がつぶやいた。エファが背中の具合を尋ねた。そこで私は勇気を出して、彼の背中がどうしたのかと聞いた。彼は多くを語らなかったが、ただ彼が刑務所にいたとき、ナチスが背中を思い切り踏みつけ、そこで彼の肋骨が折れたということだった。当然治療は何もなされなかったため、折れた肋骨は正しく治癒しないままで、特に湿った天候ではひどく痛むということだった。医師はモルヒネの服用を勧めたが、彼はどうしようもない場合にだけ服用するという。

彼が嫌そうにこの話をしていた間に、突然二つのことが私に明確になった。一つは私が社会主義者だということ。これはだいぶ前から準備されていたことで、責任の一端はトリアー出身のあの偉大なカール〔マルクスのこと〕にある。このことはずっと前から頭ではわかっていた。しかし、何かがつながって、突然否定しようのない確信となる瞬間がやってくるものだ。この確信に至ったのはフェルディ・ヒュルザーのおかげだ。

二つ目は、今さら言うまでもない。私の隣で運転している背中に問題を抱えるこの男性と、後部座席に座って私の食生活が正しくないと憤慨するこの女性は、私の友なのだ。

社会主義との距離が縮められていくこと、多くの人々にとってスキャンダルと受け止められたキリスト教と政治の結びつきは、当然のことながら影響なしには終わらなかった。私たちのグループが活動を始めてすぐに、ほとんど全メンバーの身辺で予期せぬ困難が起きた。近所の人たちが挨拶をしなくなった、会話が途絶えた、友人関係が壊れた、仕事の関係がうまくいかなくなった、などなど。非難されたり、チラシを配っているときに歩道から押し出されたりする人たちもいた。多くの人々が、学校や大学で政治的な夜の祈りを知らせるポスターが決まってはがされたり汚されたりする経験をした。電話に出た私の子どもたちには、「お前の母親はブタだ、共産主義のブタだと母親に言っておけ」という声が浴びせられた。私たちの社会にいまだに憎悪と怒りというファシズムの残滓があることは、当時の私には新鮮だった。

こうして私たちは学生運動といくつかの経験を分かち合ったが、私たちの運動は成人した職業に従事する市民としてのものだった。弾圧が起きた。私たちの場合は二つの大きな教会という組織からの弾圧で、注目すべきことに両教会が結束して動いた。施設の使用禁止、誤った報道、口頭の誹謗中傷、マスメディアに対する組織的圧力、左遷、若い牧師・司祭の任命拒否があった。最後の二つは両方の教会で数多く起きた。職業訓練中の生徒たちに対して彼らの権利を説明していた職業学校付の牧師は、教会から関連会社への圧力によって異動させられた。

左翼的立場に立つ神学者に対する教会当局の厳しさは、ドイツのプロテスタント主義の多様性に応じて、州教会によって異なった。それでもたとえばドイツ福音主義教会のレベルでの教会の集会では、政治的な夜の祈りの一員というだけで、「我慢ならない」、「お話にならない」存在になるには十分だった。

ベトナム、わが愛

自由主義者からラディカルで民主主義的な社会主義者へという私の発展の重要な部分は、ベトナム戦争の文脈の中で起きた。左翼に加わることは、三〇年代のスペイン内戦に似ていて、多くのヨーロッパの知識人にとって重大な役割を果たした出来事だった。私は幸運にもエーリッヒ・ヴルフの友人だった。彼はベトナムで医師として働き、毎年ヨーロッパで休暇を過ごしていた。すでに六〇年代の初めには、何が起きているのかを私は繰り返し聞いていた。

その後エーリッヒ・ヴルフは『ベトナムの修業時代』という重要な本を、〝ゲオルグ・アルスハイマー〟というペンネームで書いた。この本の中で、彼は自由主義者から社会主義者への自身の変遷を記述している。彼は秀でた観察者であり、多くの一つ一つの物語や事細かな出来事を話してくれた結果、私はイメージを得た。彼は、ベトナムではなぜ中間的な立ち位置あるいは中立の立場を維持することができないのか、自分がどんどん政治化していく様子を書いた。この関連で、私たちは多くの第三世界の問題を理解した。第三世界、新植民地主義、従属理論といった今では自明のことになった様々な言葉がその当時に出現した。

私たちはこれらすべてを、指導者ホー・チ・ミンがアメリカの憲法を下地にした憲法を起草した国であるベトナムを例にして学んだ。フランス人たちがベトナムを去ったとき、やっと（アメリカの承認を得て）自由選挙が行われるだろうと人々は心から信じた。しかしそうはならなかった。その代わりにアメリカ人が進駐してきたのだ。

そのとき私に明らかになったのは、ベトナムがどんな国なのか、私たちがどんな国の支配のもとに生きているのかということだった。否定的なことは帝国主義に関わることであり、肯定的なことはベトナム戦争に反対する私たちの闘いの中で、最も良い情報は北アメリカのクエーカー教徒たちから来ることだった。優れた状況説明資料を送ってくれた、恐れを知らない、真実を愛するキリスト教徒たちだった。

私たちが情報を広めると、いつも「そんなのは全部共産党のプロパガンダだ！」と言って攻撃を受けた。「いや、そうじゃなくてウィスコンシンのクエーカーたちが書いたものだ」と説明できれば、説得に大いに役立った。ここで私自身の階級、家族、背景にある偏見も含めて、私は多くを学んだ。母と大きな葛藤に陥ったこともあった。母は、「どうして反アメリカなんかになれるの。私たちをヒトラーから解放してくれたのはアメリカ人じゃないの！」と言った。ここでは彼女は全く正しい。しかしニクソンたち（歴史的に見れば殺人者なのだ）に反対することが、明らかに反アメリカ的だという理解は私には全くなかった。

時期的には学生運動と重なった。私は学生運動をすばらしいと思った。突然、私たちは多人数になった。私たちは少人数で、同じ考えを持つ人たちを見つけるために、至るところで探し回らなければならないことに慣れていた。どこに行っても少数で、嫌われ者、無意味な存在、何かを公表することはほとんどできなかった。私たちには困難しかなかった。

この感覚は、私が非常に積極的に関わっていた平和運動において私を疲弊させていた。ところが突然、多くの人が同じことを考え、すべてを理解していた。これほど多くの人が同じことを考え、そこから結論を出そうとしていることが、この国で可能だとは私は夢にも思っていなかった。これは、非常に強い敵に対して手本となるような戦いをしたベトナムの民衆のおかげだ。このとき以来、私はベトナムに大きな愛情を抱き、この愛情は私の人生の一部となっている。この民衆が、人類とそして私自身になしたことは恐るべきことである。

エーリッヒとの会話がすべての始まりだった。その中で彼が私に語ったのは、アメリカ人は拷問せず、他のアジア諸国出身者が拷問している横で録音機材を持って立ち、脅されたベトコンの自白の録音をしていたことだった。そして、これがゲリラ戦と対反乱作戦の理論に組み込まれたと語ったのだ。会話の間、私はずっと抵抗し続けた。そんなことはあるはずがない、エーリッヒは間違っている、嘘をついている、プロパガンダだ、アメリカ人がそんなことをするはずがない、と。しかし、私はこの情報の真実、また私がほとんどあり得ないと思っていたそれ以外の多くの真実に納得せざるを得なくなった。拷問するという経験を持つドイツ国民の一人として、私はこのようなことがどこで、どんな目的で行われるのかを知らなければならないと思うようになった。

それ以後の年月で、ベトナムはとても私に近いものとなった。解放運動、帝国主義理論、第三世界で何が起きているのかという認識と取り組むようになった。ベトナム戦争は私自身の歴史への新たな理解を助けた。つまり、アウシュヴィッツはアウシュヴィッツで終わっていない、それは続いていたという教えだった。この教えはそれ以後決して私から離れることはなく、もっと社会主義に近づくようにという決定的なひと押しを与えた。そこから育ったのが一九六八年から私たちが実行した「政治的な夜の祈り」、さらにそこから「社会主義のためのキリスト教徒」のヨーロッパ部門が生まれた。

一九七二年の晩秋、私たちの多くには間近になっているように見えたベトナムでの平和が、再び遠のいてしまった。アメリカ合衆国と北ベトナムのパリ秘密交渉が決裂した。それからアメリカ合衆国は北ベトナムに対する空爆を再開し、ハノイやハイフォンといった都市に大規模な爆撃を行ったことを新聞で読んだり、ラジオで聞いたりした。

その少し前、私は「ベトナム救援活動隊」（デュッセルドルフ）の代表団とともにベトナムに行き、戦争の影響について情報を得た。その後、私の印象を文章にまとめた。それは一つの体験報告であって、ベトナム戦争についてすべてを語るものではなかった。しかし、西側のメディアが南ベトナムについて連日のように報道するのに対して、北についてはごくわずかしか知らされていない状況の中での報告だった。

雨が降っていた。私たちはハイフォンに行き、街を視察した。チェコ・ベトナム友好病院では、頭部に爆弾の破片が刺さった赤ちゃんのフン・ミンク・トゥクを見た。トゥクは生まれる前から危険に晒されていた。彼の家族全員が、四月、防空壕で生き埋めになった。彼は避難先で生まれ、ちょうど生後三カ月に当たる一九七二年八月十五日、母親の腕の中で負傷した。祖母は死亡、姉は重傷を負った。トゥクの脳損傷は化膿していた。膿瘍と爆弾の破片は手術で除去しなければならなかった。トゥクのように小さな子どもの場合、空襲警報や空爆や封鎖がなくても極度に困難な手術だった。

医師たちのここでの働きを耳鼻咽喉科の手術室で見ることができた。窓も扉もなかったし、床は破片で覆われていた。「看護師の寮が爆撃されたちょうどそのとき、私たちは手術中でした。風圧で私たちは窓の方へ吹き飛ばされ、破片が飛び散りました。補助医師は負傷しました。こうして、私たちは二重の仕事をすることになったのです」と一人の女医は話した。

ここの病院にいるほとんどの子どもたちは、地中貫通爆弾によって負傷していた。建物や地下防空壕でも、七十センチから八十センチほど地中を突き抜けた後に爆発する爆弾である。コンクリートや家など地上にある建物は、この爆弾では破壊されない。人間を殺すために特別に設計された爆弾なのだ。微小な、つまり手術が困難な破片に砕け散り、たとえば肺や肝臓に侵入する。一九七二年の四月十六日から十月一日までの間に、このような爆弾が七万五千発ハイフォンに落とされた。

私たちは八台のベッドが置かれた病室に座り、医長のささやくような声に耳を傾け、世界の超大国の最新かつ完璧な発明によって、小さな農業国の民衆に与えられた運命とでも言える入院患者たちの話を聞いた。

暫定革命政府の一人で、一九五七年から一九六二年までサイゴン政権のいろいろな収容所や刑務所に入れられていたという人が、トラの檻つまり囚人房について話した。それは高さが二・七メートル、幅が一・四メートルで、その房に少なくとも十八人から最高三十二人が入れられたという。扉が閉められてしまうと完全な暗闇だった。多くの人たちは床がどこにあるかわからず、他人の上に横たわった。衣服を持ち込むことは許されず、短パンだけだった。小さな箱がトイレになっていた。五人が気を失えば、やっと扉を叩いて、看守を呼ぶことが許された。

私は彼に尋ねた。「もし今、あなたを苦しめた人に会ったなら、どうしますか。あなたが受けたのと同じ仕打ちをしますか」と。彼は両手を振って私の質問をはねつけた。「僕たちはあんな人たちとは違います。彼らだってしばしば自分たちの意に全く沿わない行動をしていました。侵略者たちから強制されたのでしょう。彼らが今、僕たちと一緒に歩き、民衆のために闘うなら、彼らに手を差し伸べる用意はあります。彼らがこのような犯罪をさらに続けるなら、僕たちは彼らを罰するでしょう。でも彼らが変わるなら、罰することはしません」。

四月十六日以降、ハイフォンでは百人の子どもたちが孤児になった。子どもたちはいろいろな家庭に受け入れられた。多くの子どもたち自身も負傷していた。これらの子どもたち、その医師たちや看護師たち、ベトナムの人々が私たちの援助を待っていた。そのため「ベトナム救援活動隊」が真っ先に実現しようとした事業は、ハイフォン市のための子どもも病院だった。

しばしば私はベトナムに積極的に関わるのにはどんな個人的な理由があるのかを尋ねられた。この国は、当時の最も進んだ武器を人間に対して試す実験室となったのだ。私の頭の中に繰り返し浮かんできた映像は、ベトナムで私が見た一人の女性の写真で、彼女は川べりを歩きながらナパーム弾から逃れようとしていた。彼女は多分五歳ぐらいの子どもを背負っていた。たとえこの子どもが無事に弾を逃れて生き延びたとしても、不安や痛みは決して消されることはないだろうと私は思った。

当時、十五歳、十四歳、十一歳、そして二歳だった私の子どもたちを見ていると、ふとベトナムの子どもたちが思い浮かんだ。母性というものがあるとすれば、それは分けることができないものだと私は思う。一人あるいは二人あるいは三人の子どもだけの母親であることはできない、ただそれだけのことだ。数人の子どもたちは愛するけれども、アメリカの爆撃によって焼かれた学校の子どもたちの背後にベトコンがいるからという理由で忘れ去り、軍事的必然の残念な犠牲者として子どもたちの存在を消すことはできない。数人の子どもたちに心を配りながら、同時に多くの子どもたちを焼き殺し、飢えさせ、収容所で放置したままにする政策を支援することはできない。

私がベトナム人たちに積極的に関わるもう一つの理由は、個人的で同時にキリスト教徒としてのものだった。自分はキリスト教徒であると言ったときには、それが何を意味するかがわかっていると思っていた。キリスト教徒であると言うことで、二千年前に生き、真実を語った一人の人間との関係を表現したのだ。彼の物語は今に至るまで影響を持っていると考えたから、私はこの人間を真摯に受け止めようと努力したのだ。

イエスの荊冠と、風向きによっては催涙や嘔吐だけではなく窒息も引き起こす催涙ガスとの間に、私は特記すべき違いを見つけることはできなかった。新たに試される弾丸や毒ガスと、人間を十字架に釘で打ち付けて殺す昔の方法との間に、私は特記すべき違いを見つけることはできなかった。

私の世代にとって、ベトナム戦争は二つのことをなした。資本主義の仮面をこれほど剥がしたことは今までにはなかった。そして同時にベトナムの民衆は（他の民衆に代わって）私たちに生きること、これから生きることについての新たな幻を与えてくれた。

　実質的にキリスト教徒によって担われたアメリカの反戦運動が、私にとって大きな役割を果たした。クエーカー教徒や伝統的な平和教会だけではなく、教会の既成勢力にまで及ぶ広い運動だった。この幅広い運動が公民権運動や環境保護運動も起こした。これが私をとても強くアメリカに引きつけた。アメリカに行ったとき、少し家に戻ったような気持ちを持った。西ヨーロッパでは、平和主義的市民運動とキリスト教がかけ離れていることが多かった。ドイツでは社会主義者の間では（ベトナム反戦運動においてでさえ）、神学者であることを申し訳ないと思う気持ちをいつも持っていた。ところがアメリカではそれは当たり前のことだった。ラディカルなキリスト教の伝統があったのだ。政治的なラディカルさはキリスト教から生まれ、キリスト教徒と共に進んできた。

左翼以外に何が

　私の政治的立場への質問に対して、私はいつも余計なことは言わずに「左翼以外に何がありますか？」と即座に答えてきた。

　よりラディカルになることは、私にとって神学的かつ政治的な次元を持っていた。敬虔さと革命的意識（これらの言葉が大げさでないなら）において成長することを意味した。しかし黒人女性奴隷と、決して解放されていない彼女たちの孫が「主よ、私はイエスのようになりたい」と歌うことができたのなら、私たちもまた大げさな言葉に対する不安を持つ必要はないだろう。

私にとってラディカル化していく途上での中心的経験は、ラディカル化の二つの次元がますます分離できなくなるというものだった。しばしば私は伝統とは何か、私たちが今「神学的」と「政治的」の間に付けるハイフンが何を意味するのかについて思い悩んだ。いずれにせよラディカル化は、「神学的」と「政治的」のどちらが先かということを実存的に許さない。私たちはまず心を、それから世界情勢を変えるわけでもなく、またその逆の順序で変えるのでもない。「何よりもまず、神の国と神の義を求めなさい」（マタイ六・三三）。これこそが神学的－政治的なラディカル化であり、私は数十年にわたる自分の活動の中でこのことに専心してきたのである。

私は社会主義とは疎遠な世界、すなわち教養市民層の出身である。いくつかの回り道をして、ようやく私は左翼的な正義のビジョンを受け入れるようになった。私がキリスト教を選ぶことに決めたのは私の世代が受けた衝撃からであり、労働者階級あるいは「この世の永劫の罰を受けた者たち〔『インターナショナル』の歌詞より〕」との関連は考えたこともなかった。しかし、市民的リベラリズムという私の育った家庭の知的土台では不十分だということは理解していた。私が社会主義者になったことは私たち家族にとって悲劇となった、少なくとも混乱を招来した一因だった。得体のしれないオーストリアのペンキ塗り〔ヒトラーを揶揄している〕を私たちに襲い掛かった嵐として片づけようとすることが、いかに間違っていたかを私は感じていた。そこにははるかに深い根があり、私はそれを徐々に掘り下げていった。

その後、信者たちが「あなたはマルキストですか？」と私に尋ねるたびに、いらいらすることがよくあった。その問いに対して思い浮かんだ最善のものは「あなたは歯磨きをしますか？歯ブラシが発明された後だからですか？」と反問することだった。アモスやイザヤは読めても、マルクスやエンゲルスは読めないというのはどういうことか。これこそ、ヤハウェを知ることは正義を訓練することだという使信を預言者に託した神への感謝を完全に忘れているだろう。私たちは不公平の原因を自分たちにわからせると同時に、不公平の犠牲者こそが加害者と犠牲者の両者にとって、抑圧の呪縛を打ち破る変化への可能な力であることを明らかにする分析的道具を利用しなければならなかったのではないのか。注意深く見ている人なら誰でも第三世界の窮状は明確なはずであり、資本主義が飢えを鎮めることはできなかったし、鎮めるつもりもないことは明確なはずの時代において、私たちはマルクスを無視することができたのだろうか。

私に影響を与えた認識は、私たちの経済システムは豊かな人々に好都合に働き、それ以外の三分の二の人間のためではないというものだった。もし私たちが宗教と伝統と人間の尊厳に関する人類学的仮定に立つなら、少なくとも歴史的な代替的選択肢を求めるべきではないだろうか。私の中では、正義の神への聖書的信仰から徹底的分析の必要が生じた。経済理論の必要を呼び起こさない神学教育は、自らの目的を裏切っていると私は思った。

キリスト教徒と社会主義者とその他の人道主義者たちが手を携えて歩むことが、抵抗する流れのように、軍事化を進める連邦共和国の戦後史を貫いている。再軍備と、それに抵抗した「最初の平和運動」が、私にとって非常に重要な出来事だった。実体としては「核兵器による死に対する闘い」であるこの平和運動の中で、私は初めて共産主義者、社会主義者と一緒になった。

私たちはここで自らの伝統を新たに理解することを学んだ。私たちはやっと信仰の最大の知的挑戦の一つに対して向き合い、共産主義を敵による平穏な国への侵入と見なすことを止めた。トーマス・マンはかつて反共産主義を「世紀の最大の愚かさ」と呼んだ。ほぼ一世紀にわたる憎しみ、恐怖、自己欺瞞、誹謗と虚偽の後、キリスト教徒たちも自らの影を出て、社会主義との対話へと入って行った。

しかし私たちは市民的あるいは小市民的知識階級として、そもそも労働者階級の伝統を相続する権利を持っていたのだろうか。私たちは簡単に自分の殻や特権から抜け出すことができたのだろうか。

この問いにおいて、私はフランスの左翼から多くを学んだ。ジャン＝ポール・サルトルを特徴づけていたのは、避けることのできない「自らの階級への裏切り」という言葉だった。私は兄妹や母親との会話で、自分を「裏切り者」と感じることがよくあった。夜の祈りの仲間で階級の帰属について討論したとき、ルイ・アルチュセールの基本的思考が私を助けた。このフランス人マルクス主義者は、階級的境遇と階級的立場との間に興味深い区別をした。階級的境遇とは出生、すなわち運命の問題である。私のように教養ある両親を持ってしまったことに対しては結局何もできないのだ。このことは、人生の決断を下すこと、連帯すること、自らの立場を決める重要な関係からは区別されなければならない。階級的立場という意味で、私は自分がキリスト教的社会主義者であると言おう。

理論的論争は六〇年代の終わりと学生運動とともに始まった。「マリーエンバートの対話」も始まりの一つである。これは主にオーストリアのカトリック信仰から出てきた。そこでは女性はほとんど登場しなかった。私はそこに行ったことはなかったが、議論され、公表されたテーマは私にとって重要だった。たとえばキリスト教徒はそもそも社会主義者であり得るか、つまり根本的信条としての無神論を放棄する社会主義があるのか、それとも社会主義というのはこの無神論を前提とするのかという問いだった。これは長い間議論されたが、ヨーロッパ以外で展開された「解放の神学」を前にして、今や時代遅れとなった。解放の神学の運動は、「民衆のアヘン」とは全く関係のない宗教理解を発展させた。マルクスから残るものは、彼の市民的宗教への批判ではなく、「自由市場」という偶像への問いかけである。

七〇年代の初頭にはアジェンデが率いるチリで、「社会主義のためのキリスト教徒」が結成された。一九七二年、オランダ、スイス、西ドイツのいろいろな都市にあった夜の祈りのグループによる大きな会議の場で、私たちの活動がどのように継続されるべきか、私たちをどのように呼ぶべきかという問いについて議論したことを思い出す。「宗教的社会主義者」、「キリスト教的社会主義者」あるいは「赤い明星」といった名前について、議論は延々と続いた。最終日には、「社会主義のためのキリスト教徒」に属する二人のチリ人司祭が会議にやってきた。

彼らは、グループ二名のメンバーがチリのサンティアゴのスタジアムで殺害されたと語った。そのとき、私たちの議論は突然終わった。「社会主義のためのキリスト教徒」という名前が全員によって採択された。

こうして私は「アガペー」、「隣人愛」あるいは「連帯」と呼ばれる実践の中で、全く違った伝統との出会いを通してアイデンティティを求めた。カトリックとプロテスタントの違いが薄れていったように、社会主義者かキリスト教徒か、どんな社会運動の出身者かといった問題は重要ではなくなっていった。私たちは新しい教会一致の中で生きていると感じた。ある日、私たちは政治的な夜の仲間で修養会を開き、自分自身を見つめなおした。仲間は増え、百人ほどが集まったが、自己紹介で「私はカトリックです」と言った人たちに対して「エッ、あなたは厳格なプロテスタントだとずっと思っていた」という声と、その逆のケースもあって、大きな驚きが広がった。また「私はクリスチャンではありません」という人たちの告白もしばしば驚きを引き起こした。私たちの政治的な自己認識において、左翼についてかなり幅広い考えがあり、速かに理解し合うことができた。

しかし忘れてならないのは、キリスト教徒とマルクス主義の対話、「社会主義のためのキリスト教徒」やその他のグループは、会議室ではなく、ファシズムの刑務所と強制収容所で始まったということである。監房や収容所でキリスト教徒とマルクス主義者が出会い、苦しみ、希望、たばこ、情報を分け合ったのだ。知識階級の間での対話（ヨーロッパでは七〇年代の初めにようやく始まった）は、少なくともヨーロッパでは遅れてやってきた。

第三世界ではこの対話は全く違った条件のもとで始まった。宗教と社会主義の接近の条件は、どちらも権力だけには弾圧させないという歴史的経験だった。東ヨーロッパの社会主義の国々では宗教は生き延びただけではなく、その重要性が増していった。そして社会主義は強制収容所によってもＣＩＡの陰謀によっても滅ぼすことはできなかった。十五年前にこう言われたこの思想を、私は国家社会主義が破綻した今でも維持したいと思う。

対話は私にとって、ともに成長すること、互いに学び合うことを意味した。多くの出会いの中で社会経済的な分析を知っただけではなく、私の神学自体が変化していった。じっくりと考えるキリスト教徒（保守的な陣営の人たちも含めて）の増加とともに、豊かな消費者として私たち自身が様々な形の抑圧に加担していることをやっと理解するようになった。

解放運動に参加する、あるいは少なくともひどい人権侵害に対する闘いに参加するキリスト教徒たちが、どこよりもまず第三世界において増えていった。六〇年代、ロジェ・ガロディはキリスト教とマルクス主義の出会いを「破門から対話」への運動として特徴づけた。七〇年代にはこの過程は「対話から同盟」へと進んだが、多くの人たちにとってはもっと進んだ。つまり、多くの場所で新しいキリスト教‐社会主義的なアイデンティティが生まれたのだ。

私たちが理論的かつ実践的にここから学んだことについて考えると、神学的には次のように言うことができる。私たちは新しいやり方で受肉の意味を知った、と。マルクス主義との出会いは、人間存在の歴史的かつ社会的次元における私のキリスト教理解を深めた。

キリスト教の神はしばしば非肉体的な天上の存在に留まり、歴史の勝利や敗北の外にあって、個人的な幸福のために、あくまでも個人によって経験される。このような神は理念的な神であり、肉体的かつ社会的な次元を持たない。このような神は、身体、物質、社会的構造によって起きることに関わるつもりがないことは確かだ。私は哲学的唯物論との対決で、物質的存在を身体と社会という二重の意味でより真剣に受け止めることを学んだ。こうして飢えと失業、日常生活にとっての軍産複合体とその帰結が、私の神学的作業の周辺から前面へと出ていった。

私は、神が人となることを一回きりの、すでに終わった出来事としてではなく、歴史の中で進行するプロセスとして理解し始めた。歴史の中で、神はアウシュヴィッツにおいてそうだったように見えなくされることもあるが、解放の経験では神が自らを現すこともある。マルクス主義者たちは、ディートリヒ・ボンヘッファーが述べたキリスト教信仰の深い現世性の理解を助けてくれた。

このようなキリスト教徒とマルクス主義者の対話は、ソ連軍がプラハに行進し、アレクサンダー・ドゥプチェクが「人間の顔をした社会主義」と名づけたものを弾圧した一九六八年に突如として終わった。それはドゥプチェクのように人間的な社会主義の夢を持っていた私たち全員には、恐ろしい敗北だった。対話は即刻禁止され、東側の参加者の数人は刑務所に入れられ、最高に厳しい報復措置を受けたり、脅迫されたり、発言を禁止されたりした。マルクス主義と民主主義を互いに和解させるという歴史的な試みは、帝国主義的な超大国の一つによって粉砕された。これと同じことが四年後、別の超大国の介入によってチリでも起きた。

強烈な逆風がやってきた。カトリック教会の内部では、最もオープンで進歩的な第二バチカン公会議の立場は修正され、薄められた、いや撤回されてしまった。七〇年代初頭にめざましく開花したオランダでのカトリック改革運動は、ローマによって弾圧され、破壊された。反抗した司祭たちは左遷され、ラディカルな著作はカトリック系出版社での出版を妨害された。進歩的なカトリックの週刊新聞『プブリーク』は廃刊された。教皇パウロ六世はヨハネ二十三世よりもはるかに硬直した方針を取った。希望の時代は終わったように見え、すべては硬直化してしまった。

しかしこの間、キリスト教徒とマルクス主義者の間には別の形の協力が生まれていた。この協力は知識人、大学教授、ジャーナリストたちというよりは、西側およびそれらの諸国に支配されている国々の政治的かつ社会的な問題をめぐって抵抗する集団の人たちから出てきた。資本主義社会においてどんどん悪化する生活条件、インフレや失業や生態系の破壊、ベトナム戦争とその公然のあるいは隠された軍事的、財政的支援に反対するグループである。中でも最も重要なものが第三世界の諸国への経済的搾取への抵抗だった。七〇年代には、社会主義者とキリスト教徒が闘いの多様な形態の中で同志として頻繁に出会った。

第三世界全体で対話における接近があった。それは理論的な次元だけではなかった。これらの国々、中でもラテンアメリカでは民衆はキリスト教的だったのに対し、知識階級では激しい反教権主義に貫かれていた。この両者の距離は、実践的活動においていろいろな形で縮められていた。「低位の聖職者」、つまり地域の村の司祭や、保健センターにいる修道女たちのほとんどが民衆の側に立っているという事実は、ヨーロッパの歴史から私たちも知っている。フランス革命の前にも偉い聖職者は支配者側に立ち、下級の聖職者はどちらかと言えば民衆とつながっていた。

キリスト教と社会主義の対話は「断ち切られた」のではなく、場所を移したのである。対話はラテンアメリカの拷問部屋に移り、別の場所と別の歴史的現実の中で継続した。キリスト教徒は社会主義者でなければならないか。七〇年代の半ばには、『ドイツ日曜新聞〔ドイツ福音主義教会が発行していた週刊紙、二〇〇〇年に廃刊〕』のような週刊新聞で、この問題について何週間も議論することができた。五〇年代には、このような質問をすること自体が不可能だっただろう。

この結束と闘いを学んだ人たちの源泉となったのは、キリスト教の伝統であり、マルクス主義の伝統だった。彼ら自身にとっても、動機を区別し、目標設定を「キリスト教的」か「社会主義的」かに分けることがますます困難になり、無意味になった。多くのグループがそれぞれ受け継いだ言語と象徴の世界が明らかになったとき、このプロセスはさらに進んだ。私が難民保護の闘いを支援するのは政治的な理由からか、それとも宗教的な理由からかについて、アリゾナからのラジオ記者が尋ねたとき、聖書を一度なりとも読んだことがあるのか、と私は彼に反問した。もし読んだことがあるなら、どうしてそんな質問をすることができるのか。この記者の考えでは、ヘロデの殺人部隊からイエスを守るために両親が彼をエジプトに連れて行ったとき、イエスは政治的難民だったのか、それとも宗教的難民だったのか。そして、イエスは政治的あるいは宗教的な理由で十字架にかけられたのか。聖書を読めば読むほど、この種の質問がますますわからなくなった。

キリスト教徒はよくボルシェヴィズムの「役に立つ馬鹿」であると非難されてきた。解放の神学の現実は、このような間違った不安とは相容れない。キリスト教徒は、自らを全知と信じるイデオロギーのために利用されたことは一度もなかった。むしろ逆で、キリスト教徒はマルクス主義理論が用意した解放の手段を利用したのだ。私たちは分析の手段を用いた。搾取への批判、階級闘争、虚偽の意識、剰余価値などを分析した。私たちはこういった用語を用いたが、現実認識のための分析という卓越した手段から、「学術的無神論」、全知全能の党の指導的役割、階級の敵に対する人権無効化と手を携える新たなイデオロギーを作り上げることはなかった。

私が関わった解放の神学は、変革のために利用できるものをマルクス主義から採用した。理論をイデオロギー化するのではなく、再利用したのだ。このことが非常に明らかになるのは、解放の神学者たちが「下層プロレタリアート」、「周辺化された人々」、「革命的階級」について語るのではなく、聖書的な用語の「貧しい人たち」に固執したことにおいてである。「貧しい人々」をより広い意味で用いることで、彼らが「神のいとし子」であるという事実と、彼らの尊厳が保持された。

その後、私たちは同じように生まれてきているエコロジー神学で、「自然」の代わりに「被造物」という言葉を用いた。かけがえのない、「内在的」で、手段として利用することが許されない創造されたものの価値を言い表すためだった。ニワトリは確かに卵を産む存在だが、それはニワトリの利用価値である。しかしニワトリは自由に動き回り、コッコと啼く権利、つまりすべての被造物に「内在的」な生存権を持っている。この例で、いかに私たちが——不可分の人権の問題だけではなく、人間による搾取の場であり対象である自然の役割に関する哲学的な基本見解においても――イデオロギーに硬直化してしまった正統的マルクス主義と距離を置いているかが明らかになるだろう。かつてマルクスが「私はマルクス主義者ではない」と言ったように。

東と西の同行者

キリスト教と社会主義の同盟への道を共に歩いたのがミラン・マホヴェッツだった。一九八四年八月、数人の友人と私はこのチェコ人哲学者であり、『無神論者のためのイエス』の著者をプラハ近郊にある彼の別荘に訪ねた。

彼の著書で私が感じたある種の葛藤を覚えている。「超宗教的」な問いかけと、このキリスト教とマルクス主義の対話の先駆的思想家の中に私が気づいた一種の宗教性との間の葛藤である。彼は何を考えようとしたのか。職業を禁じられ、検閲を受け、尾行され、監視されることは、個人の人生の意義に何を意味するのだろう。マホヴェッツ自身の言葉で尋ねるなら、人間が「貧しくされたり、宗教の歴史的水準以下に戻ったりすることなく」、古ぼけた宗教的信仰に代わる何かがあるのだろうか。宗教の特質を錯覚として決めつけず、宗教の価値を伝承しながら、その価値を新たに定義する宗教の代用品はあるのだろうか。

私がミラン・マホヴェッツに尋ねたかったのは、プラハの春よりも前、一九六八年よりもずっと前に冬を打ち破りだしたときと全く同じように、今でも人生の意義を言い表せるかということだった。しかし私は全くこの問いを持ち出すことができなかった。質問する間がなかったのである。この訪問の間に湧き出し、熱中し、問われ、答えられたことは、私が尋ねようとした少し素朴な宗教的問いよりも強烈だった。話の流れの中で、自分の質問を忘れてしまったというのが事実だ。

その後、「人間の顔をした社会主義」の後に、ミラン・マホヴェッツが人間的な生き方の意義について何か語るものを持っていたのだろうかという点について、自分なりに整理しようと試みたとき、前述の葛藤以上のものは出てこなかった。今ではこの葛藤を次のように言い表そうと思う。「ポスト宗教的」でマルクス主義的思想家であるマホヴェッツが前提としたのは、私たちは人生に意義を与えることしかできないということだ、と。これで十分だろうか。私は常に意義を「与え」、意義によって「支えられている」点に到達したいと思っている。

ミラン・マホヴェッツに対する私の受け止め方を一つの言葉にしようとするなら、彼は「敬虔だ」と言いたい。ここでの「敬虔」という言葉は何を意味するのか。英語で言うなら *pious* より *devout* だろう。献身、主体的関わり、生きることと結びついた信仰という要素を強調するためである。宗教の宝物を確かめながら救済するプロセスが、まさにマホヴェッツが哲学的に進めたことである。命は作られるのではなく、私たちに贈られたものであることについての知を彼は証言した。

もう一人の同行者であるパリのプロテスタント神学院の教授ジョルジュ・カザリス（一九一七―一九八七）は、ヒトラーに対するレジスタンス運動の闘士の一人だった。彼のおかげで、気持ちが明るくなる式を神学院で経験した。それは七名が名誉博士号を受ける式だったが、そのうち二名は女性、一人は行方不明者に名を連ねる人物だった。

私は雑誌『ユンゲ・キルへ』（Junge Kirche）〔一九三三年に発刊されたドイツで最も古い神学雑誌の一つ。現在は季刊〕の編集グループの一員として、編集会議の場でジョルジュ・カザリスと知り合った。彼のテキストを読み直したり、新たに読んだりすると、引きつけるかと思えば拒絶するという人の気持ちを揺さぶる才能を持ったこの友人への思い出と、この四半世紀の神学の過程についての省察が入り混じる。これは偶然ではない。つまり、彼においては個人的なことと政治的なことが一つになっている。多くの言語を巧みに操ったジョルジュが、関係における力が何であるかに対する彼のすばらしい感覚で辛うじて認識していたとしても、彼自身はフェミニスト的なものについてごくわずかしか学んでいなかった。

『ユンゲ・キルへ』の編集会議に行ったときは、いつもまず「ジョルジュは来るの？」と尋ねた。彼が来ると、違った教会一致の広がり、雑誌の重点に関するもっとラディカルな問いかけ、良心と理性の先鋭化、活気が約束された。奇妙なことに、ジョルジュと私は最後の数年、ニカラグアで再会することが多かった。多くの自由な人々にとってニカラグアは故郷を意味したが、その故郷で彼が死を迎えたことを過大解釈するつもりはないが、羨ましく思っていることを打ち明けておきたい。

一九八三年八月、私は初めてマナグアに行ったが、予定よりも一日早く着いてしまった。約束もせず、住所、泊まる場所、言葉の知識もないまま、ほぼお手上げの状態で、夜にバルディビエソ・センターにたどり着いた。偶然、ジョルジュがセンターで講演をしていた。私たちは抱き合い、すべてが片づき、私はほっとして家に帰るような気持ちで宿舎に着いた。数日後、私はエルネスト・カルデナルが開いたレセプションに彼を連れて行った。

一九八四年十一月、全く事前の約束はしていないのに、私たちはニカラグアの国際選挙監視員として偶然再会した。当時、私たちは情熱的に「自由な」選挙について討論し、一緒にいろいろな投票所を回り、反動的なジャーナリストについて面白おかしく話した。私たちはもちろん、威嚇的な侵攻や当時すでに明らかになっていた経済崩壊への不安、『ラ・プレンサ』紙が報道しなかったレーガンの「コントラ」による子どもたちの殺害への驚愕を共有していた。

ジョルジュの分析はいつもマルクス主義的思考の質を持っていて、悲惨な状況の記述にとどまらず、左翼的なお涙ちょうだいとは関係なかった。屈服することのなかった人たちの声が聞こえるまで、長い時間をかけて事実に矛盾がないかどうか厳密に確かめられた。一九八七年の末、私が再びマナグアを訪れたとき、空港で仲間の女性がジョルジュが死んだと言った。思わず「息子のマシューのこと?」と私の口から出た。信じられなかったのである。

ありがたいことに、ジョルジュ・カザリスは神についてあまり多くを語らなかった。彼が多くを語ったのは、その他のことについて、すなわち死、階級闘争、確信についてだった。彼は神について語ることなく、いくつかの文章の中に神を潜ませている。この真の神学にふさわしい例の一つをここに引用しておこう。「自分自身のためには何も期待せず、最も暗い夜に死ぬことができる人物だけが、真の革命家になれる。彼は夜が明けることを知っているから」。ジョルジュがよく引用した聖書の言葉が私には忘れられない。彼はそこで何よりも「知っている」という言葉にすべての力を込めて話していたからである。「わたしたちは、自分が死から命へと移ったことを知っています。兄弟を愛しているからです」（Iヨハネ三・一四）。「知っている」の後にジョルジュが付け加えたのは、「信じるのでも、望むのでも、考えるのでもない。本当に知っているってこと、わかるかい」と。

一九八二年に私がジョルジュ宛に書いた手紙で、この章を終える。

ジョルジュへ

あなたの六十五歳のお誕生日にこの手紙を書いています。ここ数日間、私はこの数字を三回も確かめたのですが、それは恐らくこの数字が信じられないからでしょう。あなたには相変わらず分別が不足し、それに慎重さがほとんど見受けられません。私が理解している誕生日の手紙というのは、あなたが私たちのためにしてくれたことに感謝するものです。「私たち」ということで私が言いたいのは、生まれつつある社会主義的キリスト教徒の新しい文化、自らの霊性を解放抜きには定義できない人々、教育によって身に着いた文化との断絶を成し遂げた人々のエキュメニカルな陣営のことです。『ユンゲ・キルヘ』あるいは『過激な宗教（Radical Religion）』といった雑誌を読むすべての人々を代表してあなたと話し、あなたが戦闘的態度を広めていることに感謝します。戦闘的態度という言葉はドイツでは良い響きを持っていませんが、私たちはこの言葉を変えて、力、喜び、鋭さ、冗談が出てくるように努力しています。

一度、あなたはパリで、母親の墓からの帰りだけど、もう二度とあそこには行かないと言ったことがあります。私はうろたえました。お墓というのは大事でしょうと、私は辛うじて言いました。どうしてお墓が大事ではないかをあなたは説明してくれました。その後、あなたはお母さんについて話し始め、お母さんがまるで居間にいるようになるまで語りました。そして二人の人間の間の近い関係について述べ、このような関係があればお墓は関係ないことを説明してくれたのです。そのとき私が何を考えていたか、わかりますか。およそ次の三つのことです。このフランス人たち、このカルヴァン主義、このデカルトって!

この会話から私は自分自身について学んだことがあります。それは、私がすごくドイツ的であること、いかに呑気にルター主義に安住しているか、教会墓地に行くときに合理主義の懐中電灯を持って行くつもりなど全くないことでした。

この会話で、私はあなたについて多くのことを見たような気がします。自分自身の感情に対して誠実であろうとする欲求、生きるために必要な明確さです。私が育ってきた伝統は大地と死者を守ることを定めていますが、現実にはこの伝統は暖かくはなく、ごまかしているだけなのです。あなたがお母さんについて語っていたとき、あなたの目に多くの輝き光を見ました。それは私たちが共有している父親、すなわちジャン＝ポール・サルトルを思い出させました。若かった私が、翻訳不可能な用語である「悪しき信仰（*mauvaise foi*）」が何を意味するのかを初めて理解するようになった経緯を今でも覚えています。あなたの戦闘的態度に、この自己欺瞞に対する何がしかの闘いがあると私は見ています。欺瞞はもはや偽る必要はないのです。嘘はすでに感性、自明のこと、前意識になってしまったからです。もはや思考も虚偽も必要ないのです。自己欺瞞は支配階級の最も暗い本能のために機能しています。

夜と霧の国にいる私たちのために、あなたが幾度となく行った最も大切なことは、私たちが「悪しき信仰」の中で生きていることを私たちに気づかせてくれたことでしょう。わが国で時として夢見られているように、空から落ちてくるのでもなく、地面から湧き出るのでもなく、社会的情勢やその矛盾から生まれてくる正しい考えについてのあなたの本の中で、あなたは家族について一つの章を割きました。それは恐らく七〇年代半ばに書かれたようですが、クリスタ・メヴェス流のイデオロギー的武装のお蔭で、今もなお時代遅れにならないで通用しています。あなたは家族を「不動性の要素、心理的・社会的・霊的遮断の要素」だと言っています。あなたは支配的秩序の価値を反映し普及する家族の機能を論じています。あなたはこれらの価値として、「祖先への崇拝、世代間の服従的態度、社会的上昇や職業的成功や富の増大への敬意」といったものを挙げています。あなたはキリスト教が家族に結びつけられることで私有化され、破壊されたことを示しています。時として、あなたの考えがこんなに速く進まなければいいのにと思うことがあります。あなたは「恵みは特権と所有を否定する」と書いています。これこそ戦闘的で明瞭な解放の文です。

恵みは、私たちを古い命に縛るものを否定する、と私が付け加えることは許されるでしょう。恵みは特権や所有によらない新しい関係、喜びを作り出します。明晰さと戦闘的態度の精神、誠実さと友情の精神を持って、あなたとドロテー〔ジョルジュ・カザリスの妻〕を抱きしめます。お二人でドイツをもっと足繁く訪れてください。私たちにはあなたたちが必要なのです。

ドロテー

冬の旅と受難曲

私が『冬の旅』を知ったのは十二歳のときだった。二歳年上の兄トーマスが、ピアノの横で声部を歌うように言いつけた。彼のガタガタと鳴らすピアノ、特に低音に対して、歌い続けるのは決して簡単ではなかった。「言いつける」というのは誇張である。歌を無理強いしたり、命令したりすることはできるだろうか。いずれにせよある種の圧力があった。歌が「独り歩き」するのではなく、人間の声と言葉のない楽器の間の葛藤を必要とすること、歌はまさしくこの葛藤で生かされていたということは、私にとって初めてのことだったからである。この過程において、私にとって歌うことは何か今までとは違うものになった。歌う中で、自然で素朴な歌が、演奏会の歌曲へ解放された音楽史上の区切りを体験したのである。この区切りは、『冬の旅』の作曲者であるあのシューベルトに感謝すべきである。

私は子ども時代を抜け出そうとしているところだった。誰からも理解されていないという気持ちが私をとらえていた。そしてまさしくこの痛々しい過渡期に、春の夢、烏、宿屋、辻音楽師、さらに「見知らぬものとして私はやって来た」といった歌が私を支えた。「おやすみ」というこの歌の題を私は気に留めなかった。このタイトルは誰もが知っている月並みなものであり、ヴィルヘルム・ミュラーの韻文において私に大切なものだった遍歴とか人生の冬については何も言い表していなかった。

私がこの私たちの歌を歌ったのか
むしろ、歌が私を歌ったのではないか

若者は五月、裕福な家の娘と思われる女性に恋をしたが、冬には別れを告げられたという物語は、確かに重要ではなかった。彼は追い出され、冬の荒涼とした自然の中をさまよう。ヴィルヘルム・ミュラーの連作詩の前提には、断片的に回想される愛の失望の物語がある。重要な役割を演じるのが時間である。一日、一年、一生という時間である。これらの時間は「選ばれること、獲得されること、所有されること、近代の自主性に服従させられることができないすべてのものを代表している。いずれにせよ、あの産業化以前の時代にあっては。

歌いながら私はさまよう男性を目の前に見ていた。彼は薄っぺらなコートに身を包み、刺すような冷たい風に身を縮め、帽子を失くし、歌の始まりから続く均一なリズムに押されるように前に進まされる。お前は歩け、歩け、歩かなければならない。彷徨の目的はようやく後の歌曲「道しるべ」において、「一本の道しるべ、私の眼前にまっすぐに立つ一本の道しるべ」という暗喩で明らかになる。

しかし、「おやすみ」の前奏と最初の歌詞「見知らぬもの」に置かれた高音の弱拍がすでに、止められない落下を表現している。娘、母親、家は、私には見えないままだった。狂ったように吠える犬には不安を覚えたが、それ以外の出来事はすべて内側に向けて受け止められた。すべてを貫く冷たさ以外、私は何事も受け入れなかったのだろう。偶然の旅の冷たさだけではなく、世界の冷たさのように思えた。

これらの歌曲を歌うことは共通の守られた場を作り出した。それは、当時私たちが押し込められたどんな防空壕よりもましだった。最後の詩節が、私が「悪意のある長調」と名づけた予期せぬ長調へ移行することに、この『おやすみ』という歌曲の最も強烈な皮肉を感じ取った。私は二つの事柄を一緒に歌うことができるのかどうか、不思議に思った。つまり、「夢見ているあなたを邪魔したくない」と自ら身を引いていくこと（手の届かなくなった恋人への気持ちを表すことはできない！）と同時に、自分を恋人の記憶に留めさせ、扉に書き記すという二つの事柄である。立ち去る、行かなければならないことと、彼女が「見るかもしれない」ことがたとえ一瞬だったとしても留まること。これは皮肉と、感情の両面性へのちょっとした訓練だった。

しかし、大きな訓練は別のものに向いた。それはシューベルト的な音、その比べようのない悲しみと関係した。この悲しみはどこから来るのか、まるで私たちがその悲しみの中に住んでいるかのように、なぜ私たちをこんなに直接的に、こんなに簡単に取り込むのだろうか。後になって、私はこのヨーロッパ的現象に対する多くの名前を知った。世界苦、ロマン主義、死へのあこがれ、疎外、不幸な意識である。これらすべてが、極貧で性病を患う三十歳のこのウィーンの男にも該当したのだろうか。

シューベルトは自分が頼りにできるものを何も持たず、持ちこたえられなかった。彼は不安定な悲しみの中で、神秘主義的には未知なるものと呼ばれる超越に近づいたのだろう。「わたしたちは、わたしたちの先祖が皆そうだったように、あなたの御前では寄留民にすぎず、移住者にすぎません」（歴代誌上二九・一五）。このような否定的神学が、狂気と影、硬直と氷に支配された冬以外のどこに行くと言うのか。「僕は追いだされてしまったのだから、これ以上留まってどうすればいいというのだろう」と、死を眼前にした旅人は歌った。皆と同じように、彼は時間について選ぶことはできなかった。

自由な時間

クラシック番組１０４・３
ラジオで音楽を聞くと
中断が怖くなる
舌が渇き
沈黙を聞き
虚無を聞く
私のものではない
そしてヨハン・センバスチャン〔バッハのこと〕あるいはヨハネス〔ブラームスのこと〕
あるいはウィーン出身の小さくて悲しげなフランツ〔シューベルトのこと〕のものでもない
時間の中で

息をすることを忘れる
小さな時間
ウォールストリートのレポートが私の上に襲いかかり
買うもの
食べるもの
どこに投資すべきか

といった恐ろしい忠告が
私を襲ってくるという
不安があるから

まるで私が
私の友人たちを守らないといけないようだ
ハンブルグのヨハネス
ボンのルードヴィヒ（ベートーベンのこと）
フィリップ・エマヌエル（バッハのこと）
（この男も随分とふさぎこんでいた）
あなたたちが彼らを愛していること
私はそのことを信じている
でも私は彼らを守りたい
買え、食べろ、投資しろという
あなたたちの暴力から

そして小さな静かな時間
クラシック番組１０４・３の

同僚たちのことを考える
彼らはこの時間を必要とするのかもしれない、と
私たちには互いを
愛し合う時間が必要なのだから
まさにあのグスタフ〔マーラーのこと〕やあのロベルト〔シューマンのこと〕を
そして最後の音の後の静けさについて
この奇妙な時間について何かを
知っていた人たち全員
誰のものでもない
絶対に自由である時間
もしあなたたちがこの言葉を理解するなら

ニュルンベルグ国際オルガン週間のプログラムの一つとして行われた私の講演に、私は「拷問の時代にバッハを愛する」というタイトルをつけた。

講演への招待は私を、私の人生に典型的と思われるジレンマに陥れた。バッハについて依頼された講演の準備をし始めて、少し音楽的美学に関する文献に当たろうとしたとき、チリの難民たちと一緒に活動している友人たちから電話があった。友人たちから私への依頼は、ヨーロッパの代表団の一人としてサンティアゴに飛び、行方不明者たちの家族によるハンストについて現地で

情報を集めてほしいというものだった。何をなすべきか、とても不安だった。机に向かって講演の準備を続けるべきか、苦しみと芸術と神学について瞑想すべきか、あるいはサンティアゴに飛んで拷問された人々とともにいるべきか、もしかしたら拷問された人が帰って来るかもしれないことを待つべきか。私にはこの依頼を拒否することはできないことが明らかになった結果、ニュルンベルグでの講演は、学術的な意味では恐らく準備不足だったが、実存的な意味では準備した以上のものになった。

講演では、現代において私たちが頻繁に無理強いされる宗教と政治と文化の間での決断についての問いを考察した。私は人生を共感において維持しようとしているが、それを音楽ほど助けてくれるものはない。バッハを愛することができるのに、たった一日でも、たとえそれを忘れるという形にすぎないにせよ、いかにして拷問に慣れることができるのだろう。

アウシュヴィッツの親衛隊の指導者たちは、毒ガスでの殺害から家に帰るとベートーベンを聞いた。これは彼らにとって矛盾でも問題でもなく、違った次元のことだった。この例は極端かもしれないが、この分離、「あることを終えれば、別のこと」という考え、この区分は、私たちの文化の最も深い特徴の一つではないだろうか。この分離、分断、非和解の文化への私の絶望は深まるばかりだ。

生活領域の分断主義が市民的文化の特徴であるなら、新しいポスト市民的関心は宗教と文化の両者をその主観的私物化から解放し、再びコミュニケーションと集団的記憶の媒体にすることにあってもいい。神学、芸術、音楽は、私たちの最も重大な案件について黙り込むのではなく、お互いに話し合うという昔ながらの努力をしている。神学と音楽の両者は苦しみに声を与え、苦しみが持つ断絶、動物的あるいは硬直的な特性を取り除く。

ある意味で私の講演は、一九五一年のテオドア・W・アドルノの有名なエッセイ『バッハ愛好者に対するバッハの弁護』の続編である。このエッセイはバッハの作品を五〇年代の文化的保守主義から救い出そうとする試みを記している。「自主決定も信仰も止める、あるいはそのどちらもできず、守られていることは良いだろうという理由で権威を求める者は皆バッハに頼る」とアドルノは書いた。私はこの「新宗教的バッハ」の受容への批判を、原則的に宗教批判的注釈としてではなく、権威を信じ、守られることに依存し、自分自身の行動とは全くかけ離れた荘厳さで、まさしく宗教が意味するものを儀式として実行する空虚な宗教性に対するアドルノの批判だと理解している。

バッハの敬虔さはルターに端を発するプロテスタンティズムの流れに属するもので、そこでは組織としての教会は中心にはない。苦しみの理解における彼の敬虔さこそがルター的である。『マタイ受難曲』のアリア独唱とレチタティーヴォは最高の音楽的表現性を持ち、簡潔な聖書のテキストに独特な感情の深さを与えている。恥、後悔、悲しみ、痛み、喜びといった感情が現れる。

まさにここに現代の実存的習得にとっての最大の困難がある。アリアは中心的要素として音楽的には絶対に必要である。しかし、声と楽器編成における魅惑的な甘さのアリアは、受難やドラマに何をもたらすのか。アリアは痛みや苦しみや死から現実を奪っているのではないか。現実がなければ帝国の拷問のもとでのイエスの愛の死の物語が本当に意味するものから、まったく何も得ることができない。私たちはバッハを彼の愛好者からだけではなく、バッハを利用してキリストを過小評価する人たちからキリストをも守らなければならないのではないか。

『マタイ受難曲』を聞くたびに、作品の中には口に出して言うべき今までとは違う次元がまだあり、この音楽にはない何かを補うように私に対して要求していて、それを探していることを気づかされるような思いがした。まるで、私たちが後についてこないために、ヨハン・セバスティアン・バッハの『マタイ受難曲』が未完成であるかのようであり、私たち自身が自らの道を歩く前に、受難の果実を身に着けることができないために、享受できないような思いがしたのである。

聞きながら私は物語の一部になり、憤りながら弟子たちとともに「彼を離せ！　やめろ！　彼を縛るな！」と叫んでいた。私は聞き、私の内なる目が開かれる。この音楽は私に何を働きかけているのか。音楽は私を動かし、琴線に触れ、私を教え導き、私を現実へと導く。おお人よ、おまえの数々の大いなる罪を嘆け。この音楽は私を動かし、教え導くという二つのことをなしている。この音楽は、私が感じなかったもの、できるなら見たくはなかったものを感じ、見るように仕向けるのである。

ニューヨーク、NY

好奇心と批判が入り混じるなか、一九七五年、私はニューヨークのユニオン神学校で組織神学を教えるという招聘に応じた。それ以前アメリカにはたった一度、しかもごく短い滞在をしただけだった。ほとんどの知的ヨーロッパ人のように、私も大量の偏見を抱えてやってきた。この街では、『マタイ受難曲』が年間恐らく三十回、ヘンデルの『メサイア』は何百回も上演されることに驚いた。文化の首都に行くことになるとは、全く思いもよらなかった。

事前に持っていた私の見方が裏切られていく様を体験するのは、私には驚きだった。ドイツの諸大学にもよく見られる一種のヨーロッパ文化帝国主義（あの俗物性をこう呼ぶことができるだろう）は、まさに人文科学や神学といった歴史のある学部にあり、これらの学部は伝統に基づいて、今までと違う方法や問題提起は何ももたらさないと考えている。

日常生活も全く同じことだった。ニューヨークでの最初の数週間は、二人の娘と一緒に過ごした。二人は健全な反アメリカ主義で、ここではまともな食品を買えない、すべて化学物質で、調理済みだ、まともな肉がない、と主張した。議論が始まり、そこで突然私はアメリカを弁護し、もっと詳しく見てごらんなさい、ここでどんな可能性があるかもう少し待ったら、と言っていた。

二人の娘と私は自分たちの偏見を根本から訂正した。もちろんあらゆる点で粗悪品はあった。

しかしこの国では多くのものが恐ろしいほどに大きかった。これが恐らく私の最も強い印象だった。可能性の幅広さという意味におけるこの国の広さ、可能性を試そうとする態度、無数のアメリカの言い回しの一つである「新しいことにチャンスを与える」こと。同僚や知人たちは、新鮮で新しい洞察力を持って来なさいと言った。私はびっくりした。新鮮という言葉が私には全くふさわしくないと思えたのだ。ところがこの言葉は、しばしばもっと深い意味で用いられている。つまり、「おまえはまだここで自分自身を試していない。おまえが出せるものがどこまで持ちこたえるか見てみよう」ということである。

ちょうどベトナム戦争が終わり、ニクソン大統領が辞めたばかりのアメリカに私は来たのだった。私は無意識のうちに、どんな中年世代の男性に対しても、「ベトナムにいたのか？　そこで何をしたのか？」という疑問の目で見た。これは私自身の政治的な生き方、また人間としての生き方の基本的要素だったので、そうせざるを得なかった。また私は多くの人々を（たとえ口に出して言わなくても）、「ベトナムに対してどういう立場だったのか」という問いで判断した。

ヨーロッパから見ていた私は、広く行きわたった凡庸さを過小評価していた。一方ではニクソン大統領、ウェストモーランド司令官あるいはその他のファシズムに非常に近い人物は知られている。そして他方ではベトナム戦争に反対していた人々のことが知られている。当然のことながら、その二つの間にこれを自分の問題として見ることを拒否する何百万もの人たちがいるということが、やっと私にもじわりと明らかになってきたのである。

反戦運動に関わっていたアメリカの友人たちと会話を重ねた後、私はこの問題には中立という立場がないことを悟った。自分たちはいつもきちんとした行動をとってきたという考えは、多くのドイツ人も持ってきた。このような政治以前の無邪気さは、遠いアジアの国での戦争でアメリカ人から失われてしまった。

また大学の教師としての私の仕事に対する反応にも驚かされた。私たちの分野ではよくあることだが、ドイツで行った講演と同じものをアメリカでも数回行った。その反応の違いは注目すべきものだった。ドイツのアカデミックな空間の中では、聴衆たちは弱みを見つけて、そこを叩き割ろうとすることが多い。このような非建設的関心に対して、アメリカの実用主義的態度は健全な対照をなした。アメリカでは「あなたは鍵を一本持ってきたのですね。その鍵でどんな扉を開くことができるのでしょう」と問われた。「どれほど生産的か、試してみましょう」に続いて、批判が始まった。そこでの批判は非常に鋭いものがあった。すべてが少し丁寧に聞こえたが、それは関係ない。新しい人物に対する実用主義的態度は私には非常に心地よく、また生産的に思えた。ヨーロッパのような激しい競争は体験しなかった。

学生たちも全く違った。まず教える人間と教わる人間の関係が、ドイツとはほとんど比較にならないという経験をした。伝統的権威がない、あるいは非常に少ないため、権威を殺す必要がない。二時間目の講義が終われば「父親」をファーストネームで呼びかけるところでは、いつも「父親」を殺す必要がない。お互いに批判しあう関係も、非常に直接的なものだった。少し会えるか、あるいは半時間だけでも話せるかといった学生からの電話が常にオフィスにかかってきた。最初のころ、私がまだ英語の文献をあまり知らなかったとき、学生たちはそれに気づいて、助けにきてくれた。彼らは本や、本のリストを途切れることなく持ってきてくれた。神学校は短く「ユニオン」と呼ばれたが、ここで学ぶ学生たちのかなりの部分が高い年齢だった。いろいろな経験（ベトナム戦争や反戦運動や公民権運動に参加していた。あるいはビジネスの世界にいた）をし、異なる職業（タクシー運転手、理容師、自動車関係の労働者、教師）についていた。さらに第一期を学生時代、第二期を結婚時代と呼ぶなら、かなり多くの第三期の女性たちがいた。この第三期で学校に戻るというのは、いわば一種の女性解放であり、再び満たされた人生を築こうとする試みだった。非常に多くの女性たちが結婚生活、家庭生活を否定的に受け止め、結婚においては成長が許されなかったことや、一定の知的かつ感情的な状態に固定されていたことに不満を抱いていた。

ほとんど何も前提にできないゼロ地点に立つという経験は有益だった。学生たちはあまりにも多様すぎた。たとえば、「カントが言ったように……」などと簡単に言うことはできなかった。これはドイツでもばかげたことではあるにせよ、ドイツの大学では習慣となっていた。「ユニオン」では、一般教養レベルあるいは教育上の正典という意味で、ほぼ何も前提とすることはできなかった。韓国人の学生がいて、「ソンが何を言ったか知っていますか」と尋ねた。そして私はソンが何者なのか、全く知らなかった。日本人、オーストラリア人、黒人たちが全く違う彼らの伝統を持って、私にぶつかってきた。そんな中で、いきなりカントやヘーゲルを持ち出すことは、まさしくグロテスクでしかなかった。

私が知っていたドイツの神学生たちに比べると、大学での学問が人々に引き起こす疎外がアメリカではそれほど強くはなく、また強制的でもないことが私の目に留まった。「ユニオン」の学生たちは、自分たちの個人的問題提起、不安、希望をドイツの学生たちよりも多く取り込むことができた。ニューヨークでの第二学期目、ピンク色の頬と茶色の巻き毛の男子学生が来て、子ども時代の天国から追放されるというのは恐ろしい、突然子どもではなくなるという経験はすごいショックだと語った。彼は子ども期の神学について論文を展開し、自分自身の体験と結びつけたいということだった。このようにして私はいわゆる神学修士号の最終論文を数多く読んだが、これらの論文はすべて主観的な問いを出発点としていた。

もう一つの例を挙げよう。ある若い女性が自分のカトリック的背景を説明し、自分のおばあさんは処女マリアを崇拝していると言った。そして、彼女はこの非常にプロテスタント的な学校に在籍しているのだ。誰もがそのことを笑うか、あるいはどう考えたらいいのかわからなかった。やがて彼女は、いつも柔和で従順、何事も受入れ、耐える存在として描かれるマリア像が唯一のものか、あるいは伝統と闘い、怒り、革命的なマリアといった別のイメージがないのかという問いに取り組むようになった。私は彼女と一緒に、どこにそのようなものが現れうるか、農民たちがどのような蜂起において聖母を彼らの旗に描いたか、それはなぜかを考えた。

学生たちが主観を通して問題に迫るこのようなやり方は、私にはとても生産的に見えた。少しロマンチックに言うならば、彼らは自分自身のアイデンティティを確認し、彼らがそこから力を汲み取ることができる先祖や伝統を探しに出かけた。歴史は勝者によって書かれていて、敗者はまず自らの歴史を書くことを学ばなければならないという感覚がとても強かった。とくに黒人たちの運動では。

もう一人別の学生は、キリスト教的無政府主義についての論文を書きたいと言った。「あなたの考えていることがよくわからないけど、もしそういうものがあるならかなりおもしろそうね」と私は答えた。そこで彼は、無政府主義が十五世紀と十六世紀にボヘミア地方でどのように発展したかを書き始めた。彼はアメリカのいくつかのグループ、共同体運動の中でのこの発展を遡って追究し、そして自分自身が住んでいるロウアー・イースト・サイドの共同体と結びつけた。ロウアー・イースト・サイドはニューヨーク南部の貧困地区で、彼はそこで十人の人たちと一緒に住んでいた。彼らは全員が非暴力の無政府主義者で、住居を老朽化させようとする地主たちやその所有者たちの方針に反対して立ち向かおうとしていた。あらゆる主観性を排し、ただ客観的なだけの問題提起とは全く違った問いかけが、学生たちの動機だった。

教会やキリスト教の言葉においても、今という時代の強い伝統的感覚を確認できた。多くの祈りが、「神よ、来てください、今すぐに」という言葉で終わった。「憐れんでください、まさしく今あなたは太陽の光を送ってくださいました。今まさに、私たちはあなたを必要としています。今まさに私たちは何かを待っています」。私にとって印象深かったのは、先に延ばすことができない命の強調だった。もちろん神学的差異は存在していた。これらの差異は、先送りすればもはや記述不可能であり、「今まさに」が意味するものの中で内容的に把握されなければならなかった。すでに不確かになってしまったドイツのキリスト教におけるよりもはるかに厳格に、市民宗教と呼ばれるものがあった。それはほとんど社会的な生き方と宗教のアイデンティティだった。両者が時おりぶつかりそうになりながら補完しあい、伝統的な教会において力強い原動力となっていた。

神学者の間ではこの市民宗教は評価がさだまらず、激しく論争されていることを私は確認せざるを得なかった。この文化に対してキリストを動員させようとする試みは強かった。ここでもまたベトナム戦争の抵抗の経験が関与していた。抵抗は教会によって多様に担われた。それは歴史的に平和主義の教派（つまり先祖がキリスト教的理由で兵士になりたくなかったため、ヨーロッパを去った人たち）だったが、しかしまた少なくとも最終段階になって明瞭にベトナム戦争反対を表明した比較的大きな教派もそうだった。

私が教えていた神学校は、反体制的な学校という評判が立っていた。福音派の人たちの間では、リベラル、あるいはもっとリベラルという意味で共産主義的とされていた。聖書を批判的に読むだけで共産主義者であるというのが彼らの考えだった。これはもちろん誇張されているが、ユニオン神学校の人たちは事実、ラディカルになっていた。回心はアメリカ的敬虔さの中心的テーマと見なされてきている。それは、ある特定の日に起きたことが確定できる決定的な神の恵みの行為である。しかしこの神学的伝統の中から、政治的意識化への問いも出てきた。すなわち政治的意識化という出来事は神学的・政治的回心であり、アメリカでは多くの人が経験してきている。

私がよく質問されたのは、「何があなたをラディカルにしたのか」、「何があなたをこの道に進ませたのか」、「なぜもっと早くそうしなかったのか」、「あなたは今何をしているのか」ということだった。こうして私は語るように仕向けられた。私はこういったことをとても生産的だと受け止めた。偏見がない、新しいものを受け入れることを意味する *open minded* というすばらしい英語の言葉が示しているように。

そして私のアメリカ文化への理解を根底から覆すほど驚いたことは、この国にある既存の文化に対する広範囲の反対だった。数年前に対抗文化と呼ばれたものが、たとえマスメディアにはもはや同じ意味では現れないにしても、決して死んではいなかった。現在の文化的価値への絶望の中で批判を考えるだけではなく、批判を実践的に生きている多くの人たちと知り合った。彼らはキャリア、金銭、消費熱といった要素を拒否した。さらに恐らく性的な成功、あるいは商品と化したセックスも拒否しただろう。特定の消費物資、特定の交際形式を放棄するという「対抗生活」を送ろうとした。対抗文化は、社会のアウトサイダーたちのために自由な空間を作るという伝統的役割も果たした。中世には乞食や犯罪者が教会に逃げ場を見つけたように、社会から疎外された者、あるいは伝統的な形の生活様式と縁を切った人たちが、教会で何らかの拠り所を体験した。教区は教会や家を開放し、難民や亡命を求める人たちに避難所を確保した。

私はアメリカにおける政治的かつ社会的な問題に対する宗教的な開放性を、私の神学的研究にとっての創造的要素としても体験した。私は多種多様な宗教、テキスト、伝統から多くを学ぶことができた。私が最初に手にした本の一つは『解放の祈祷書』というタイトルだった。バークレーで発行されたもので、六〇年代のかの地での運動から出てきたテキストを新たに文章化する試みだった。そこには聖人への長い連祷があり、アインシュタイン、アヴィラのテレサ、ガンディーなど、とにかく多くの人たちに対して、私たちとともにいてくださいという祈りがあった。これを否定的に言うならば、何でも購入可能な大きな宗教的スーパーマーケットとでも言えるだろう。しかしそれは表面的だと私は思う。なぜなら、現代の人間にとって時としてモーセよりもアインシュタインのほうが重要であり、現代人の意識を持って生きようとする試みだと思えるからだ。さらに超越への能力を確保する言葉で言い表そうとする試みであるからだ。

この方向で私は実に多くの「習合」(ドイツではこう呼ばれたが、これは侮辱的な言葉である。私には解放する言葉のように思えた。興味深かったのは新しい宗教性の現実であり、また禅仏教とキリスト教と神秘主義の重なり合いと、それがどのようにしてわかりやすい形で体験されるかだった)を経験した。そこではキリストはみんなの中でのお兄さんなのだ。

私はニューヨークで初めて、より五感に訴えてくる礼拝を経験した。私たちはドイツで政治的な夜の祈りを行ったが、それは分析、省察、記録に強く裏付けられたものであり、いわば意識での作業だった。人生は生きる価値がある、人生をほめたたえる、賛美するという感覚は、私には初めてアメリカで生じた。アメリカでは宗教的な分野でも「祝う」という言葉が大きな役割を果たした。*celebrate* という言葉である。たとえば「私たちのセクシュアリティを祝う」とさえ言うことができたが、これはドイツ語ではほぼ不可能な表現である。

二人の子どもたちと一緒に、二年間を家族でニューヨークに住んだ。この後、私たちはハンブルグに戻り、私は毎年春に三か月半神学校に戻ることになった。長い年月の間に、私はこの巨大都市でどれほど孤独になり得るかも体験した。ニューヨークで一人ぼっち、これは娯楽や文化的催しをせわしなく探すことを意味する。『ニューヨーク・タイムズ』の演劇欄を読み、何かを探し、電話を掛けまくったあげく、結局は家で一人でクラシックか現代音楽を聞くことになった。探し回り、友人たちに電話を掛け、いくつかの劇場に電話して「売り切れました」と聞く、あるいは誰も返答しない、これらはニューヨークの孤独の一部だった。何かを逃した、何かを見なかった、聞かなかったという気持ちがいつもあった。ニューヨークでは、どんな遠くにある島にいるよりも確実に孤独である。

それから私は幾度となくハーレムの黒人教会ケイナン・バプテスト教会にも行った。非常に感傷的なメロディーのいくつかが、ビートと電子オルガンによって活気を保っていた。引きずるような歌、その中にある悲しみは、信頼、希望、強さといった大きな感情を引き起こした。「力がある、力がある、小羊の血には力がある」。私は泣いた、そして泣いた理由を自問した。一つの理由は、これほど故郷、共同性、責任を表現するような白人のドイツの教会が想像できなかったことである。まるで私たち全員から体の自由が奪われているかのようだ。しかし泣いた理由は他にもたくさんあったはずだ。

ニューヨークでの最後の日。私は学生たちのレポートを読み続け、成績で一（特に優秀）をつけたものばかりを読みふけった。

夜にはニューヨーク大学のドイツ会館でハインリッヒ・ベルを記念する会があった。五人の講演者は全員（カート・ヴォネガット、ジョアン・デイヴィース、二人の年長のドイツ系ユダヤ人、私）が文学的形式に基づき、短く、じっくり考え、主観的に、自分を飾ることなく語った。年配のドイツ文学教授の一人は、もうドイツからのものは何も読みたくないと思っていたところ、一九四七年、仕事上でこのラインラント出身の未知の若い男性の作品を読まざるを得なくなったと語った。まるでハインリッヒ・ベルが、この老教授を恐ろしい私たちの祖国と和解させようとしているかのようだった。これは少し言い過ぎかもしれない。その夜は独特の雰囲気が混じりあっていた。ホロコースト以後のドイツへの関心が一つ、もう一つはケルンのゼヴェリン地区出身の善良な人間だったこの作家への興味だったが、この作家が持つ権威、彼の宗教的背景はほとんどの人が認識していない。講演会に続く長いレセプションという世俗的な集まりで、私は孤立したような思いがした。「ああ、そうですか、神学をされているんですか。それは本当に珍しい！」。

同時に私のほうが強くて、すぐれており、より多くを知っていると感じることもあった。まるで他の人たちには立っている土台がないかのようだった。奇妙なことに、この相当に傲慢な感情が私にある。

夜十一時ごろ、私はグリニッチ・ヴィレッジを迷いながら歩いた。いつも乗る地下鉄の駅は閉まっていて、私は六ブロック先まで歩かなければならなかった。それは少し不気味だった。

路上には多くの物乞いがいたが、ほとんどが黒人で、年を取っていた。一人の人に私が少し渡すと、彼は「神の祝福があなたにあるように」と言った。恐らく貧しい人たちこそ、私たちが大仰な言葉で語っていることを本当に理解している唯一の人たちだろう。そうでなければ、私はもはや「神」という言葉に耐えられない。

夜の中を歩くことは別れのようだ。家に帰り、私はもう一度シューマンとラフマニノフを聞き、ラテンアメリカにおける革命的神秘主義について書かれたレポートを最後に読んだ。私が多少なりとも知っている事柄さえも、ここではもっと明らかになる。少なくとも何人かの学生は、「神秘主義と抵抗」と題したクラスで私がやろうとしたことを、教えている私よりもはるかによく理解した。学生たちは十字架の聖ヨハネの「暗夜」を民衆の夜として記述し、革命の後に「私の中の何かが掘り起こされた」というニカラグアのある女性の文章を引用した。

さようなら、ハドソン河の上のバビロン。さようなら、才気あふれる学生たち。さようなら、友人たち。ベルは文芸批評では田舎じみていると攻撃されているが実は国際的だと、誰かが言っていた。自分にはない田舎の故郷のようなものに私はうらやましさを感じている。しかし、「この世」こそが故郷であることを望む人が、誰かいるのだろうか。

天国の半分

アメリカの女性の友人たちを通して、私はフェミニズムにたどり着いた。英語に翻訳された私の本を読んだ彼女たちが、私をユニオン神学校に呼ぶように強く働きかけた。先方から依頼があったが、すぐにニューヨークに行く時間がなかった。すると向かうから、「大丈夫、私たちがあなたに会いにドイツに行きますから」という返事があった。そして一九七五年の春、ドイツ語を話す教授と、全く理解できない南部訛りの年配の女学生が、私たちを訪ねてケルン＝ブラウンスフェルトにやってきた。二人とも教授招聘委員会の委員だった。神学校が学生にも旅費を払うというのは、考えられないほど寛大だと感じた。

私が招聘を受けたのは、ユニオンで社会倫理学の教授だったビバリー・ハリソンのお陰だった。彼女をフェミニスト神学の一人の母と呼ぶことは決して言い過ぎではない。彼女は女性の神学者、会合や会議のオーガナイザーを飽くことなく応援し、相談に乗り、あらゆる形の性差別主義を批判し、あらゆる形でなされる個人的あるいは組織的な女性の排除を批判した。〝ベブ〟は私にとって最初の女友達となった。

ビバリーのための七つの逆説

あなたは私より若い
でも、最近ある男性が私に対してひどい態度をとったとき
私は彼に、お姉さんを呼びますよと言った

あなたには子どもがいない
でも、あなたの家はとても心地よくて
子どもたち、みんなここにいらっしゃいと言っている

一度あなたが泣いているところを見た
不公平への激しい怒りから
でも、あなたはどんな強い人たちよりも強かった

あなたは中絶について深く考えている
あなたほど命を大切にする教師を
私は見たことがない

仕事に埋もれ切ったあなたの
顔が見えないことが時々ある

でも、私は少し学んだ
お月さまのようにあなたの顔もまた現れる

一度あなたが泣いているところを見た
幸せのあまり。そこに逆説はない
一度あなたが泣いているところを見た
そして私は幸せだった

悲しいことが時々ある
私たちの間に薄い壁を感じるから
でも、その壁には扉がいくつもある

ビバリーも、そしてユニオンでチューターとして働いていた多くの若い女性たちも、「あなたの神学は、あなたの女性としての存在とどんな関係があるのか」と繰り返し私に尋ねた。長い間、私は自分の神学を何よりも政治的に解釈し、今世紀における私の国民的アイデンティティの問題として理解していた。アウシュヴィッツ以後に神学をすることは、それ以前とは何か違うものでなければならなかった。アメリカでの多くの講演を、「私はドイツから来ました……」という注釈で始めた。

歴史への感受性と、歴史を学術的に処理することへの拒絶が、私の女性としての存在と何らかの関係があるかもしれないという意識は私にはなかった。私はある特定のテーマや問題提起に対して黙ることができず、ドイツの大学の最も単純な教えをある意味で学ばなかった。つまり、すでに女であるという不幸を持っているなら、それに順応し、従属しなければならない、おまえが選び出すテーマは絶対に学術的でなければならない、おまえが必要とする方法は支配的な方法に合わさなければならないという教えだった。

アメリカの新しい女性の友人たちのもう一つの問いは、「ドイツの最も有名な神学者の一人であるあなたが、あなたの国で教授ではないのはどうしてか」というものだった。その問いには「左翼でしかも女性、それは行きすぎだ」という『フランクフルター・ルントシャウ』紙の見出しで答えた。この新聞記事は一九七四年、マインツ大学神学部での無給の非常勤講師職をめぐって大学と私の間に起きた紛争について報じたものだった。

私はニューヨークで様々な対話集会、グループ、催しにおいてフェミニズム文化に多くの新しいことを認めた。書店に置かれた「ここで語ったフェミニスト」といった看板、あるいは神学校にあった「神が男を造られたとき、それは練習に過ぎなかった」という文章は私の気分を明るくした。ようやくこの年齢になって、人生におけるいくつかのことも自覚させてくれた。「男のいない女は、自転車のない魚みたいだ」という文章が、私の大好きな文章の一つになった。

私の実家はリベラルで、常に知的な作業が尊重され、やらなければならない家事は五人の子どもたちに平等に分担されていた。このような家庭を背景に、女性の抑圧は私にはあまり自覚がなかった。私の母は頭脳明晰で精神的に自立していて、自由奔放だった一九二〇年代について熱中して語り、『三文オペラ』の歌を歌って聞かせた。母は禁止されるまで雑誌『女性（Die Frau）』を購読し、ナチスの母親十字賞を笑いものにしていた。彼女は何とかしてうまくこの賞を避けることができた。最も母親似の子どもである私は、五〇年代にベティー・フリーダンが記述した「〝女らしさ〟の幻想」は伝聞だけでしか知らなかった。

一九三三年以前の時代の市民的女性運動がドイツで法的に獲得したものを、私はすでに与えられたものとして受け止めた。私は大学で学び、博士号を取得し、ずっと言葉で何かをしたい、つまり書いたり、みんなの前で話したり、教えたり、説教したり、人々を説得したりしたいと思ってきた。

しかしドイツでは教授にはならなかった。確かに性差別的な理由はあったが、政治的理由と教会神学的理由もあり、この三つの要素がすばらしく一緒に機能した。私はそのことで特に苦々しい思いをしたわけではなかった。フリーの著述家とアメリカのリベラルな神学校での教授職という組み合わせは、私には理想的に思えたからである。

キャリアがないことは確かに女性特有の「遅れ」と、全く「普通」ではない生き方とも関連している。女性として、母として、私はこのような遅れを生きてきた。その一方で、男性のキャリアはまっすぐ進んでいくのが普通だ。「人」はまず学校に行き、その後大学で学び、試験を終え、そして徐々に上昇していく。これが普通のことである。ところがほとんどの女性にとっては全く違う。結婚があり、子どもが生まれ、離婚することもあるかもしれないし、別のパートナーとの関係ができるかもしれない。人生の普通の歩みはずっと複雑なのだ。私は自分を地面にいる鳥のように感じることがよくあった。男たちの土地を、一人の女性がカモのように不器用に歩いているのだ。その上、彼女はそんなに敏捷ではない。

大学が私とうまくいかなかったのは、恐らく私が違う道を行くことを厭わなかったからだろう。私は学術的ではない別のやり方で書こうとした。私の本を不必要な脚注で難しいものにしたくなかった。私の知識ではなく、私の思考の過程を記録しようとした。大学を支配する強制とは証明への強制、リスクを冒す代わりに、いつもできるだけ多くの権威を自分の背後につけることへの強制である。私によく言われたのが、「あなたが出してきた命題は、またずいぶん思い切ったものですね」というものだった。そうするともう、私は苛立ちを覚えた。

確実さへの努力は、自己表現や創造性に対立すると私は考えている。人生においていつか考えなければならないことは、いったい何をしたいのか、あらゆる犠牲を払って、あらゆる脚注を加えて、あらゆる権威に頭を下げてでも確実さが欲しいのかどうかということだ。書くことによって何か今までとは違うことが望めないか、現実へ近づく別の手がかりがあるのではないか、確実ではなくても人間を変えるチャンスを持っている現実の可視化への手がかりがあるのではないか。

この内面的問題が、私のケルン大学哲学部での教授資格において表面化した。私の論文は受理されたが、形式的なことはまだ終わっていなかった。つまり講義と口頭試問があり、当時はこれらを全学部の前で行わなければならなかった。それまでにも公衆の面前で話すという経験を多く積んでいたので、特にあがることもなく会場に足を踏み入れた。集まった六十人ほどの人たちを見渡して、「ご列席の女性のみなさま、男性のみなさま」と切り出そうとした。学部に属している二、三人の女性が、この日は出席していなかった。一瞬戸惑ったあと、私は「男性のみなさま」と切り出した。私が何を考えていたのか誰もがわかっていると私は感じた。

私はこの「試問」に落ちた。これは一九四五年以降、ケルンでは初めてのことだった。「学問の自由のための連合」〔一九六八年運動に反対する組織で、とくに大学における共同決定に反対した〕は試問の直前にケルンでも設置され、よく組織されていた。「政治的な夜の祈り」の活動を通して私は世間でも知られるようになっていたが、試問の準備をしているときも活動を抑制する理由はないと考えていた。学者としてのあるべき姿、禁欲としての学問にそぐわないということで、まさにこのことが私の評判を悪くした。その後、試問に参加していたある教授の「しかも十一月に子どもを生むとは厚かましい女だ」という発言が、こっそり私に伝えられた。それは確証のない噂話かもしれないが、それは私に「強い」性による女性蔑視、子宮羨望、不安について、いくつかのことを教えてくれた。三か月後に試験を繰り返し、特にヴァルター・フィンク教授のおかげで無事に受かった。

もちろん私も「子どもと職業」という女性が抱えるジレンマから逃れることはなかった。私は生涯、職業と家庭での仕事の関係をめぐって罪悪感を持つことに抵抗した。若い女性たちは、職業か家庭かのどちらかを選ぶというのは選択肢ではないことを理解すべきだ。私にとって、子どもを持ちたい、パートナーとの関係の中で生きたい、職業を持つことは当然のことだった。

ケルン時代からの最も親しい友人の一人であるメヒトヒルト・ヘーフリッヒは八人の子どもがいて、専門大学の教授であり、同時に「政治的な夜の祈り」など社会的にも積極的に参加している。

私は家族のために稼がなければならなかったので、職業は何よりもまず必然だった。最初の結婚相手は画家で、彼はすばらしい抽象画を描いたが、作品を売る術を知らなかった。私は教師としての職業に喜びを持っていたので、作品が売れないことが私たちを煩わせることはなかった。そのとき以来、職業を持たない人生は私には考えられなかった。

離婚後、私は数年一人で生きた。その当時子どもが三人いた私は、いくつもの小さな解決策を見つけながら何とかして切り抜けた。何度となくベビーシッターを頼んだこともある。家でのデスクワークに切り替えたこともあった。母はケルンに住んでいたし、姑もケルンにいた。こうして当時の私に合ったあらゆる種類の解決を試し尽くした。最後の一つを除いて。その最後の解決は、後になってようやくわかったのだが。

子どもたちを抱えて離婚し、二人の若い女性と一緒に暮らしている若い女性を、数年前に訪ねたことがある。そのとき、私自身が離婚し、小さな子どもたちを抱えて、とても辛い時期を過ごしたときの自分自身の経験を思い出さずにはいられなかった。今の若い女性たちは本当に進んでいると思った。女性運動からいくつかのことが生かされていたのだ。パートナーなしで生きることが、彼女たちにとっては必ずしも一人ではないことを意味している。女性同士の友情に大きな価値が置かれている。これらの若い女性たちは単に孤独に身をさらすのではなく、また当時の私のように社会的な劣等感を持つこともなかった。小児科医にごく普通に「私は夫と別居しています。子どもの責任は私が持っています。請求書は私宛にしてください。私が支払います」と言えるようになるまで、数年かかった。結婚が破綻したことに対して罪悪感を持つような社会において、強い自我を発達させてこのような文章を言うことは、私にはとても難しかった。

一時期、私はアーヘン工科大学の哲学部門で助手の職を得た。毎週、月曜日と木曜日の二回、アーヘンに行かなければならなかった。子どものうちの一人が、日曜の夜になると決まって病気になった。心理学の教科書に書いてある通りに、熱が出て痛みがあった。

私は必死で何とかしようとした。ちょうどこのとき、母との衝突がとても重くのしかかった。何でも手に入れるわけにはいかない、子どもたちのためにいてあげないとだめだ、というのが母の意見だった。しかしこの点で私は実に過激だった。私は最初から、職業とそれ以外の関心を諦めることは間違いだと思っていた。母親であることは、まるで一種の自己破壊という代償を払わなければならないかのようだ。この考えは私には我慢がならなかったし、今もそうだ。私は三人の子どもたちのための時間を持ち、彼らにお話を語り、一緒に歌い、楽しく遊ぼうとした。子どもたちが出来あいの食事を食べることが最大の不幸だとは思わなかった。

仕事と家庭のバランスをぎりぎりに保つことは、多くの運、調整能力、努力、想像力を必要とした。しかも困難があり、打ちのめされることもあった。あるとき、昼食を食べながら将来何になりたいかという話題になった。その当時、最も難しかった娘がつっけんどんに「私は何にもなりたくない。お母さんになる！」と言った。私は思わずごくりと唾をのみ込まなければならなかった。

私にとって主婦は限定的にのみ職業であって、核家族においては確実に職業ではない。核家族とは、統計的に子どもが一人半、新しい機種の製品で完全に装備され、昔のように食料品や衣類を自分たちで作ることのない家族のことである。自分の家だけを掃除するか、ファッションのことしか頭にない〝きれい好き夫人〟は、その存在において、世界と向き合うことや、他の人々との交流や問題を避けることに自分の関心と能力を限定しており、私にとって完璧に無意味で死に至る人生を送っている。

子どもたちが小さい間の数年間は家事に集中することが必要かもしれない。しかし女性がいつも一人でこの仕事をやるということに自分を限定すべきではない。料理に自分なりの特徴を与えるために、インスタント食品に卵を混ぜるのが一生の仕事なら、それはグロテスクで人間の尊厳にそむく。それはもはや真剣な仕事ではない。私にとって真剣な仕事には、人間として成長することが加わる。本当の、認められた、意味のある仕事を完全に諦めることは女性を損なう。

夫と私は家庭での仕事を分担している。一緒に料理を作ったり、順番に作ったりしていた。ここ数年は、だんだんと夫が私の手から料理を取り上げた。私は庭仕事（たとえそれがあまり理性を必要としなくても）が大好きだ。「意味のある仕事」というときに私が考えるのは、私の能力を全部集めることで、それには手仕事も含まれている。私は頭を使うだけの仕事をするつもりはない。

私には子どもが四人いる。そして、もし私が今若い女性として子どもを産むかどうかという問いの前に立たされたら、やはり私は子どもを産むことに決めるだろう。父権制へのあらゆる批判にもかかわらず、私のフェミニズムは男性に関して分離派ではない。女性たちは、女性だけが集まり、女性グループで自らの人生を明確にし、構築する必要があるため、分離主義は多くの女性たちにとって重要な中間段階だと考える。しかし女性たちだけの集まりを通して父権制による損傷から立ち直ったあとは、再び男性たちと共に人類の課題に取り組まなければならない。

幸せな人生についての私の考えは、若い女性たちのそれに比べて個人主義的ではないのかもしれない。人生にはある種の依存が必要だと思う。しかし自分で人生を組み立てられなくなるような全面的な感情的、経済的依存ではない。そうではなくて、むしろ自由から生まれてくる依存である。たとえば、私はあなたと一緒に生きていきたい、そうではない生き方があるかもしれないけれど、といった自由である。女性運動では依存という概念が、しばしば低く評価されている。その評価によれば、依存はいずれにせよ死であり、人間を滅ぼすというものである。私にはそれは間違っていると思える。人間には互いに頼り合うことがあると思う。具体的には、私は性的、精神的、感情的に他の人々に依存し、日常を生き抜くときに、会話、挑戦、批判、優しさ、理解、援助を必要とするということを意味する。私自身の経験を誰かと分かち合い、慰めかつ慰められたいと思う。

私は、抑圧には多くの「長所」があるとさえ思う。キャリアあるいは職業生活にとっては利点ではないが、黙って耳を傾けるように教育されたことによって女性が体験する鋭敏化は、短所であるだけではなく、人間らしく成長することでもある。全体の中に生きること、一致への望みや献身は人間らしく生きることの長所である。自分を抑え、感情を露わにせず、自己保身に走ることは男性的社会化の短所である。いったいどうして男性文化はこんなにも不毛で恐ろしいのか。男性たちが実に多くの女性的なものを自分から排除し、自分の中で壊してしまったからだ。

一九八五年十一月、私はフェミニズムから生じうる予想外の点をニューヨークで経験した。神学校の女性センターの催しで私の講演を聞きに来た二人の男子学生の入場が許されなかった。そのとき初めて知ったのだが、女性センターは女性たちのためだけのものというのが不許可の理由だった。私はとても腹が立ったが、講演を中断しないで、しばらく分離主義について議論した。女性たちが人種差別主義者のような行動をとるならフェミニズムはどうなるのかという議論だ。その後、私は女性センターに「これは私のフェミニズムではない」という題で、公開状を書いた。

女性センターで「ニカラグアで生きることと死ぬこと」について講演することを了承したとき、このすばらしい場所が〝女性のためだけ〟の場ということを知りませんでした。話を聞きに来た男性たちが追い返されたとき、私は申し訳なく、また恥ずかしく思いました。私のニカラグアの姉妹たちは、この〝分断の政策〟を承認できないし、またするつもりもないことを私は知っていました。

この規則の背後にはどんなフェミニズムが隠されているのでしょうか。私も他の女性たちも、私たちの人生のある時期に、女性のための特別な空間を必要とすることはわかっています。私たちがある種の時間的に限定された分離状態を必要とすることを私は理解しています。それは、私たちが自分自身をどのように定義するのか、自分は何者か、私たちのアイデンティティの模索と関わることです。しかし、分離が分離主義になる、分離が例外ではなく規則であるなら、私たちの闘いの整合性は失われます。そうなればフェミニズムは生物学上の範疇になり、人種差別主義のもう一つ別の派生物になります。そうなれば男性たちは例外なく締め出されます。彼らが単にペニスを持っているからという理由で。それはまさに人種差別主義者が、肌の色が自分の色とは違うという理由でやっていることと同じなのです。

私にとってフェミニズムとは人類としての事業であり、必然なのです。女性も男性も、自分自身の解放のために闘わずに人間になることはできません。女性が誕生とともにフェミニズムに生まれ落ちるのでもなく、フェミニズムの価値が生まれつき備わっているのでもなく、学び取られていくものであるように、男性たちも生まれつき締め出されているのではありません。神はすべての子どもたちを必要とされています。それは子どもたちが恐れと憎しみから自由になるためです。そして最終的に私たちが一緒に成長し、支配から自由な空間を自分たちのものにするためです。

私は自分を分裂させたくない。このことは私にとって単なる解放よりも重要になってきた。解放は大抵の場合、何から逃れたいかによってのみ定義される。しかし女性運動は男性への依存からの解放だけではなく、それ以上のものを期待している。今までとは違う生き方、違う文化を求めている。今までとは違う人間関係を求めているのだ。今までとは違った構造の世界を求めている。私たちはケーキの半分だけではなく、全く新しいケーキを焼こうとしている。人間を一つのまとまりとして考えようとするなら、パートナーと共にあるという半分だけが発展し、そこでは充実、繊細さ、教育、鋭敏化が起きるが、残りの半分、すなわち労働における個人的自己実現という半分が今の支配的文化とその野蛮さの水準にとどまるという考えは錯覚である。

『働くことと愛すること』(Lieben und Arbeiten) は、消費される私たちの存在を創造の神学から新たに考えようとする試みである。最良のパートナー関係でさえも、正当な労働に代わることはない。この意味では私はフェミニズム的に考えている。また振り返ってみると、フェミニズムと取り組む前に書いた本や原稿も無意識にすでにフェミニズム的だったとさえ言える。

たとえば私は六〇年代に、すべてを秩序の中に保ち、そして支配する神、アウシュヴィッツをも起こさせる強大な権力である神に激しい批判を表明した。それは神の死以後の一つの神学だった。私はこのような神から一片のパンすら受け取るつもりはなく、また受け取ることもできなかった。これが実はフェミニズム的に考える神学であり、私が女性であることがこの神学的切り口と批判に関係していたことが当時の私には明確ではなかった。

私が歩んだ道は、私より若い多くの女性たちのそれとは恐らく異なっているのだろう。彼女たちの場合は、まずフェミニズムがあり、その後に政治化が続いている。私はこの二つが完全に互いに絡み合ったものと見ている。無知化と矮小化の奴隷制の世界で、いつの日か数滴でも自由を飲んでしまえば、それは必然的に渇望ともっと大きな声で叫ぶことを引き起こす。そしてより多くの自由を求める呼び声は、抗議や抵抗の運動が現在持っている多様な形が一つになるほど活気ある原動力となっている。

私たちが八〇年代以降に新しい社会運動と呼んでいる女性運動、平和運動、環境保護運動、第三世界との連帯を見ると、次のように言える。これらすべてが私の人生や私の観察の中で成長しながら一つになり、私を今までとは違った、あまり物質的ではない文化へと導いている。この文化の中では、人間がその稼ぎだけで評価されることがない。そこでは別の価値、たとえばほかの人たちとのつながりや労働における充足が重要である。

対抗文化運動は、他の人たちがすでに持っているものを欲しがるのではなく、まさに他の人たちが持っていないもの、その人たちの枠組みでは考えられない何かを持とうとしている。対抗文化運動は現状の文化が支配し規定する価値、すなわち物質主義、戦争への欲望、世界中の搾取、自然の破壊、感情の欠乏に対して立ち上がる。対抗文化運動には風がまともに吹きつけるが、どんな逆風にも上昇気流が含まれている。

出産の痛みについて

祖母は最初の子どもの出産に三日三晩かかり、挙句の果てに子どもは鉗子で取り出された。その五年後（彼女の夫は「思いやりがある」と言われた）、祖母は二人目の子どもを産んだが、同様に長時間の苦痛を伴う出産だった。助産師から女の子だと聞かされたとき、彼女は深くため息をつき、「まあ、かわいそうに。お前も全く同じ経験をしないとならないね」と言った。これは祖母自身が私に語ったことである。

私の母は五人の子どもを産んだ。最初の二人は小さな家での出産だったが、そのときすでにエーテル麻酔を使っていた。後の三人は病院での出産だった。母の出産の痛みに対する関係は、冷静、合理的、自覚的だった。自然なことに誤りや魔術性や悪意があるはずがない、というものだ。私たちの家庭では「自然な」という言葉が高い地位を持っていた。不自然、人工的、見せかけらしいものはすべて否定的に評価された。人間の労働に対する敬意は私の母にとって当然のものであり、出産という労苦にあっても実証された。出産の痛みは labor、すなわち厳しい肉体労働である。

最初の子どもが生まれたとき、私が待っていた陣痛はまずかすかに感じられた。やがてこの困難な苦しさである陣痛が、私の中で居場所を整えたような感覚があった。私を助けてくれたのは、私には医療産業の作業療法的玩具と思えた笑気ガス装置ではなく、出産準備のときに学んだ深くて、意識的な、自分でコントロールする呼吸法だった。陣痛に逆らうのではなく、陣痛に合わせて呼吸することは、どんどんひどくなる痛みに打ち負かされはしたが、それでも私を支え、課題を与え、陣痛の合間は次に来る陣痛への不安を取り除く訓練のようだった。私は四人の子どもを産んだが、今では痛みへの記憶は薄らいでしまった。分娩前に感じた祖母の表現不可能な恐怖は、私に言い伝えられたが、私自身は体験しなかった。

娘は二人の子どもを産んだが、出産の体験はそれぞれ非常に異なっていた。最初の出産はとても時間がかかり、苦しく、すべての力とエネルギーを使い果たすものだった。「まるでエヴェレストに二回も登ったみたいだった」と娘は語っていた。出産後、とても空腹で、疲弊しきっていた。二人目の子どもは二時間半で生まれ、それほど苦労はしなかったが、それでも痛みは最初よりひどく、強烈だった。

私が家族についてこのような話をするのは、出産の痛みを思い浮かべるためだ。私は自分が長い女性の歴史の中に組み込まれていることを思い出したい。少なくとも娘の陣痛が始まるときに娘の傍らにいることは、私には重要だった。関与、共感を表現する「バイシュテーエン」(beistehen)〔元来の「傍らに立つ」から「助ける」を意味〕というすばらしいドイツ語の単語は、痛みを伝えることができないという限界も明らかにしている。女性であれ男性であれ、他人は出産する女性の「傍らに立つ」ことしかできないのであり、それ以上ではない。娘の夫が出産をともに体験したことは、分かち合うことができない痛みの長い歴史において、人間として成長する一つの動きである。

人間の痛みを理解する、あるいはまた人間の痛みの感覚の歴史を書くには、男性の記憶と経験だけでは不十分だろうということを理論的にのみ確認しておきたい。私にとって重要なのは、ほぼ百年にわたる私の家族の女性史に見られる経験の歴史的多様性である。この年月において、子どもに命を与えるという人間の根本経験がどのように理解されたのだろうか。この経験が、人間の歴史の異なる時代においてどのように管理されてきたのか。条件はどのように変化したのか。

一時期アメリカの中流階級において、医学上の必然性は全くないのに、流行の技術として帝王切開が実践されていることを知ったとき、私は驚愕した。術後にもっと大きな痛みをもたらす手術的介入による技術的苦痛除去、果たしてそれが目的なのか。分娩の代わりに手術、まるで二つの間に違いがないかのように。産む女性は患者として病院にいるのか。その女性自身と彼女の苦しさが、彼女を労苦から解放する男性手術者によって取り替えられるのか。

出産をはじめその他の技術的な苦痛除去についての私の憤りを伝えることは、私には容易ではない。私の驚愕は、何よりもまず痛みを技術万能主義的に、回避可能な事故、歴史的に無用となった無意味な苦しみとして見る人々に対して向けられる。

そもそも産みたいと思うすべての女性に対する帝王切開という考えが、なぜ私を愕然とさせるのだろうか。いつの日か出来上がった赤ん坊が実験室から引き取られていくかもしれないことを描く体外受精のサイエンスフィクション・ユートピアが、なぜ私に不快と嫌悪の念を引き起こすのだろう。私の祖母のあれほどの苦しみでは、まだ足りなかったというのか。創世記の神が楽園追放の際に女性たちに宿命として負わせたこの古代からある苦しみは、いったい何を意味するのか。「お前のはらみの苦しみを大きなものにする。お前は、苦しんで子を産む」（創世記三・一六）。私たちの解放は、この苦しみの形からどれだけ離れていくべきか、離れることを許されるか、離れなければならないのか。

出産の痛みについて長く考えれば考えるほど、私はその痛みを手放したくないことがますます明らかになる。これは奇妙で、ほぼ自虐的に聞こえる。産む女性の痛みに固執することは、自分の子ども時代のように過ぎ去ったものを美化させるあの自己欺瞞の一つなのだろうか。

しかし私の関心は痛みをなかったことにする、あるいは母親が新しい命のために自分自身を危険に晒すという犠牲の理念の中で痛みを美化することではない。私は、出産の痛みがエバの罪に対する罰として機能している後世の女性敵視の解釈を受け入れるつもりはない。犠牲も罰も出産の苦しみを正しく解釈することはできないし、子どもたちに対する母親の関係を人間に優しい、罪悪感を持たない基礎の上に置くことはできない。

しかし解釈の古い形としての犠牲や罰を越え、権力者の全能への妄想から自由になって、出産の痛みについていったい何が言えるのだろうか。私は自分自身の経験を理解し、それを自分の人生のなかに組み込もうとするしかない。祖母が言っていたように「やり抜くしかなかった」すべての女性たちとともに、出産の痛みが私の知っている肉体的な痛みとは違うことがわかっている。

歯の痛みと出産の痛みの本質的相違を言葉で表そうとするとき、私は陣痛開始から胎児を押し出す際の痛みへの経過を引き合いに出す。二つの痛みの形の間にある相違は、出産の内面的体験にとって決定的である。

最初のしばしば数時間も続く陣痛は、聖書の話において野良仕事で農民たちに課せられた無意味な仕事、骨折りや緊張のようなものを持っている。「お前のゆえに、土は呪われるものとなった。お前は、生涯食べ物を得ようと苦しむ」（創世記三・一七）。ところが女性たちの妊娠の苦痛と出産の痛みの経験は、実りのない、繰り返し苦労の成果を奪う野良仕事の辛さとは異なる。出産という困難な仕事は、私も含めた多くの女性たちがものすごい解放と感じた別の種類の陣痛へと向かう。陣痛の始まりでは痛みが私に襲いかかってきた。私を身もだえさせ、捕まえ、引き回し、暴力を加え、叫ばせる痛みだ。

ハイデルベルクの偉大な医師だったヴィクトール・フォン・ヴァイツゼッカーは「痛みの中にいる患者には、いつも『何か』が痛みを与えている」と指摘した。「たとえ痛みが心臓の最深部まで来たとしても、病気はいつも患者にある何かであって、決して患者自身が病気なのではない」と。これは陣痛にも当てはまる。共圧陣痛に移るときに初めて、痛みと私は今までとは違う相互関係に入っていく。ここでは痛みと私が一緒になって働く。何かをやることができる、助け合う、受け身で耐えることから主体として参加することへと脱け出す感覚は、出産の幸福の経験の一つである。痛みの中にありながら、新しい質が現れてくる。助産師はもはや落ち着かせることはなく、慰めたり、希望をもたせたりすることを止め、挑発し、励まし、命令する。そして体はすべての防御も、自己保護も、これ以上我慢するぐらいなら死にたいという気持ちと結びついた逃走願望も忘れる。

ロシア映画『女性政治将校』で出産の場面があるが、そこで女性主人公は死を望む。するとカメラは陣痛のさなかにある女性の体から離れ、出産をロシア革命の絶望的な状況を打破しようとする闘いにおける働きとして表現する。女性政治将校はこの闘いを思い出す。軍需資材を積んだ荷車が兵士たちの集団によって砂山へと引き上げられ、押されていく。車輪が空回りして、それ以上前に進まない。全員が膝まで砂の中に埋まっている。示されるのは陣痛、労働、苦しみ、という身動きできない状況である。共圧陣痛への移行は、この映画では全員によるこれ以上はないという最後の努力として描かれている。女性政治将校は自分の体の力をすべて投入し、砂にのめり込む車と戦う。

共圧陣痛への移行において何が変わるのだろうか。決してそれまでよりも弱まらない痛みは別のものになる。痛みの中に自分自身を加えるからだ。私が服従していただけの痛みと私の間の分離が終わる。私のすべての力を用いて筋肉を押し、私の中にあるエネルギーを利用する。自分を守るためではなく、自分をささげるために。痛みという敵からの安全ではなく、命を得ようとする。

イギリスの精神科医であるロナルド・レインは短い詩で、痛みと技術万能主義的関係を批判した。

この薬をのみなさい。
痛みを取り除く薬だ。

命を奪い去る薬だ。
それはないほうが賢明だ。

薬は原爆と同じように、道具としての性質を失い、私たちを支配する道具となっている。出産の痛みは、存在を機械の形に合わせるために触れ合いや結びつきや負傷を避ける技術万能主義の考えに対する最もはっきりした叫びかもしれない。女性の現実的経験は、厳しい肉体労働と出産の二つを廃止しようとする人たちの夢に異議を唱える。しかし技術優先の人生の在り方への異議を単に女性特有のものだと見なすのはとても表面的である。それは人類にとっても関心事なのである。

最初の陣痛から最後の共圧陣痛に到達するという女性の原体験は、私には痛みに対する人間らしいあらゆる関係にとって根本的なことだと思える。この原体験は、たとえばヴィクトール・フォン・ヴァイツゼッカーにおける真剣な哲学的考察においてさえも全くといっていいほど語られないことが、父権制が自らに加えている多くの自己損傷の一つを表している。人類的に考えれば、このような原体験を忘れ去ることは損害である。

私たち人間は痛みとどのように付き合っているのか。男性のやり方がすべてか？　抵抗、防御、麻酔といった偉大な安心の技術が、本当に痛みに対して私たちの文化が持つ答えだろうか。そうだとしたら、出産の痛みに対する時代に即した回答とは、まさしく「出産」という出来事そのものを避けることだろう！　そんなことが起きてはならない、それはないほうが賢明だ。

完全に自然破壊された環境でも、がんやノイローゼにならずに機能を続ける遺伝子操作された人造人間の生殖、育成、懐胎こそが目的のように見える。

機械のイメージに作り上げられた人間の恐怖のビジョンは抵抗への叫びをあげ、支配者たちの考えとは違う命のイメージを求めて声をあげる。探求されるべきもの、必要とされるものについての今までとは違う構想が必要なだけではなく、命についての今までとは違うイメージも必要である。宇宙服に身を包み、無重力で漂う宇宙飛行士が命のイメージだろうか。陣痛の始まった女性はその一つだろうか。遺伝子技術が物事の始まりを、核技術が物事の終わりを決めていなかった時代があったことを思い出そうではないか。人間は痛みと自分自身とに違った関係を持っていた。人間は痛みを解釈し、分かち合う言葉を持っていた。

痛みについての考察が最もはっきりしているのは、恐らくキリスト教信仰だろう。私にはこの信仰の言葉、問い、イメージ、考察を捨てることはできない。

なぜ古代の出産の痛みが命と私の関係に意味を持つのか、痛みにもかかわらず自分が手放したくないものとは一体何かを自問するとき、私は現代の最も活発な神学にとって特徴的な意味不明言語症に陥ってしまう。痛みは愛の一部であるがゆえに、命の一部である、そこまでは私もわかっている。痛みのない神を私は望まない、そのような神を信頼できないだろう。私を支える命のイメージは、竜の血を浴びた不死身のジークフリードではない。私が求める文化は支配の文化、勝利しなければならない文化ではなく、共苦の文化である。キリスト教はこの文化を身に着けるように鍛錬できるのではないか。キリスト教はその強靭さを痛みから獲得しているからである。キリスト教は最も深い痛みを出産の痛みとして解釈したのである。

新約聖書は神と人間の歴史に対して、繰り返し出産のイメージを用いている。そこでは痛み、陣痛、労働が決定的な役割を果たしている。ローマの信徒への手紙の中で、パウロはすべての被造物また信じる者たちの存在を出産として記述している。痛みはまだ目の前にあり、神の子たちは産みの苦しみの中で叫びながら、解放を目指して働いている。第八章にはこう書かれている。「現在の苦しみは、将来わたしたちに現されるはずの栄光に比べると、取るに足りないとわたしは思います。被造物は、神の子たちの現れるのを切に待ち望んでいます。……被造物がすべて今日まで、共にうめき、共に産みの苦しみを味わっていることを、わたしたちは知っています。被造物だけでなく、〝霊〟の初穂をいただいているわたしたちも、神の子とされること、つまり、体の贖われることを、心の中でうめきながら待ち望んでいます」（ローマ八・一八以下と二二以下）。

この部分は、あまりにも被造物の無価値やはかなさという点から考えられすぎて、間違って理解されることが多かった。「被造物の恐れながらの切望」というルターの翻訳は、出産のイメージを曖昧にする。パウロが本来言おうとしたことは、後世の解釈者の「無価値の悲哀」ではなく、「耐えられない痛みの中にある人間に対する希望」である。パウロは病気、迫害、捕らえられること、拷問が何を意味するかを知っていた。出産のイメージ、陣痛の中で横たわる女性の叫びと呻きは苦悩の宿命を意味するのではなく、女性たちが共圧陣痛において経験する展望を描いている。

パウロは自分自身について、キリストが彼の子どもたちの内に形づくられるまで（ガラテヤ四・一九）、出産する母親のように出産の痛みに苦しんでいると言える。女性たちの出産の苦しみを中心的イメージとすることによって、彼はキリスト教的に希望をどう理解するべきかを示す。分娩における女性の痛みは、生きるための痛みである。キリスト教の痛みとの関係は、陣痛時の女性の経験のレベルに留まることはできない。パウロが語る叫びと呻きは産みの最後の段階に関するもので、「この世」の希望のない中で神を待つ人々の希望の労働である。メシアはメシアの時代の陣痛なしには来ない。

そうであるなら、出産の痛みが私たちに問う本当の問いは、どのようにして私たちは痛みを出産の痛みとして、陣痛を自ら開く扉として、呻きを「神の子どもたちの栄光に輝く自由にあずかれること」として理解するようになるのかということであろう。無意味な腎臓結石のように私たちを苦しめる痛みではなく、新しい存在を産み出す陣痛としての痛みとなるように、私たちは痛みとどのように関わればいいのだろうか。神議論に汲々とせず、偉大で慈悲深い神が善人たちに悪を加えることをどうして許せるのかを問う、痛みの神学とはどのようなものだろうか。やっと問いを女性化するようになった、今までとは違う痛みの神学、私たちの痛みを神の痛みとの関係に持ち込む神学を必要としている。その神学は、どうすれば私たちの痛みが神の痛みになるのかというものになるだろう。私たちはメシアの解放の痛み、陣痛の只中にある被造物の呻きに、どのように与るのだろうか。私たちがどのように苦しめば、私たちの苦しみが出産の痛みとなるのか。

ここ数年、樹木やトンボなど私たちの身の回りの生物の絶滅を痛みとして受け止める若い人たちによく出会うことに驚く。この痛みは、彼らに何を加えるのだろう。痛みは彼らをどのように変えるのだろう。痛みは何を明るみに出すのだろう。私たちはどのようにしてこのような痛みの中で、陣痛の只中にいて出産する人たちになるのだろう、私たちは殺さなければならない悪夢からどのようにして自由になるのだろう。私たちはどのようにして再び生まれるのだろう。

キリスト教的伝統は出産の知識に広がりを与えている。死でさえも繰り返し出産として理解された。人間は無意味な苦い死の苦しみさえも受け入れることができるようになり、その結果、彼らは最初の陣痛から共圧陣痛へと、痛みに対する闘いから死の受容へと至った。

私はこの過程を何年間もがんと戦った友人の作家において、一定の距離から体験した。痛みと極度に困難な治療方法にもかかわらず、死との痛ましい近さの中で生きながら、彼は自身の精神的状況について繰り返し寄稿文を寄せ、公然と不条理に対して闘った。彼の死への恐怖は突然現れた。彼は公衆の面前で泣くかと思えば、突然口を閉ざした。死の前日、「もう死ぬことができる」と彼は語った。

私の友人であるエーリッヒ・フリートのこの文章は、彼を知っている全員の力となった。この言葉の中には自由、参加、命のもう一つ別の形の肯定の要素が含まれている。こうして出産の痛みが意味し、イメージでとらえているものが生きる力を獲得できる。私たちは機械でもなく、消費するだけの動物でもない。私たちは愛することができるからこそ、痛むことができる。

私たちは経済の命令のもとで生きている。愛する、苦しむ、産む、死ぬといった不条理な行為は経済の命令に対する一種の抵抗である。私たちの最もくだらない空想が私たちをだましているように、できるだけ速やかに、できるだけ自覚なしに死を片づけるのではなく、子どもを産み、ゆっくりと自らの死を産み出し、死を肯定する。これこそが創造に参加する行為である。人生を握っている金銭と権力の現実に、距離を保ちながら抵抗する。

出産の痛みは私たちを勇気づけ、私たちに命を確かなものにする。一片のパンが私たちに神を確かなものにするように、私たちに欠くことのできないこの痛みこそが、秘跡であり、神の現存の徴である。

涙の賜物

数年前、私たちの家族の一人である年下の女性が腎臓を患って亡くなった。彼女が亡くなる数日前、病院で彼女に付き添った夫は、妹の死に至る長い日々について、「妹は全身を管でおおわれていた。みんなの注目は彼女がつながれていた機械に集まっていた。妹が苦しそうにすれば、手を握って額の汗を拭いてやりたかった。でもそれはできなかった。自分がやろうとしていることとは全く違ったことをしていることに気づいた。刻々と変化する数値を制御しないといけないような気持になっていた。死んでいく妹に付き添ってやりたいと思っている兄が、妹がつながれている死の機械の一部になっていた」と話した。

普通のドイツの病院での普通の死である。尊厳、自覚、平和のない死。若い医学者（私には医師という単語を用いることがますますできなくなっている）が事態を数時間引き伸ばしたいがために、死の訪れが遅くなる。死ぬことが機械化され、死はもはや特別の場所を持たない。家族や親戚、友人たちは死の進行に与らない。村の共同体では子どもたちにも隠されることなく公開されていたことが、都市化された生活の中から取り去られ、触れられることのない禁忌となった。

義妹のような死に方をしなくてもよいことを私は望む。私は「どうせ死ぬなら、さっさとこの世から出ていきたい」という希望をようやく克服した。私は長い年月、このかなり非キリスト教的な空想を支持してきた。この空想は私たちの間で相当広がっていると推測する。そしてほとんどの人々にとって、速く、静かに、そっと、痛みも自覚もない死が最善だと思われている。

人間を機械の部品のように扱う時間が長すぎると、それは死ぬことにも生きることにも結果をもたらす。私たちの死の装置が今そうであるように、これほど尊厳のないものでなければならないのだろうか。かつて人々は「慈しみのある死」を祈った。つまり人々は死ぬことを宗教的に準備したのである。単にモーターが止まる、あるいは電池がなくなったというのではない。「慈しみのある死」とは何なのだろうか。「慈しみ」とは、人々が機械の一部ではなく、それを必要とするときにのみ見つけられる。

死の認識、死への準備、死の前にすべてを整えておきたいという望みは、死を人間化しようとする試みである。人間のセクシュアリティを愛と呼ばれるもので人間化することが可能なように、死の人間化も可能である。しかし慈しみには、私たちが他者と分かち合う意識が含まれる。意識とコミュニケーションは、私たちが夢見る速やかな死以上のものである。誰も一人で死なない国、誰にとっても死の尊厳が侵されない国、そのような国に住むことはすばらしいに違いない。

失われたコミュニケーションへの問いは、死を眼前にしたときだけではなく、死の後にも出てくる。フルベルトと私は、突然亡くなった同僚で友人の埋葬に参列した。その一日前には、私たちはまだ彼と一緒に食事し、私たちの共同の仕事の計画を立てた。学生たちの間では、彼は良い教師と思われていた。彼は言行が一致していた。この友人は教養ある無神論者で、彼の妻も同じだった。二人は教会から脱会していた。そして私たちは彼の埋葬に参列したのである。私たちは霊安室に座った。正面に柩があった。私たちは何も言わずに十分ほど待った。やがて柩が車に運ばれた。私たちは墓地へと歩いた。柩が下に降ろされた。会葬者の列の最後の人たちが来たときには、柩はすでに墓の中にあった。私たちは数分そこに立っていた。そして家に帰った。

この葬儀の絶望的な無言は、私にとってぞっとするような記憶になっている。私たちの中で、何もかもが叫び声をあげている。なぜ彼がこんなにも早く死ななければならなかったのか、このような死の意味は何か、と。私たち全員が憤りと悲しみで一杯だったが、だれもが悲しみを自分の中に閉じ込め、外に出さなかった。悲しみは言葉も、身振りも、歌も、呪いも見出さなかった。私たちは無言のままだった。

翌日、私たちの会議があった。会議の司会者は、もう一度同僚の死に短く触れ、「私たちは悲壮に話すつもりはない。立ち上がり黙って死者に思いを馳せてほしい」と言った。死は言葉も表現も持たなかった。少しの間立ち上がり、戸惑いながら立ち続け、自分の手をどこに向けたらいいのかもわからないというのが、かすかに残された表現だった。司会者が、議事日程を続行したときには安堵感が広がった。

しかし、誰かが亡くなったとき、「議事日程」を続行できるのだろうか。私たちの人生で重要な事柄が起きたとき、嘆き、褒め、感謝し、呪い、叫び、訴え、称賛することを放棄できるだろうか。私たちの人生がこんな具合に音もなく消えるとすれば、私たちはどうなるだろうか。人々の心の中で起きていることすべてを表す言葉を持たないとすれば、人生は干からびたものではないだろうか。

泣くことができるというのは慰めだろうか。私たちから涙がなくなるとしたら、それは損失だろうか。泣くことができるという私自身の経験との関連で、私はこれらの問いについて考えようとしている。

二十年前にあるラジオ番組の編集者と交わした会話を思い出す。その編集者は話のついでに、カトリックの典礼には涙を求めることがあると語った。自分に何かが欠けていることに気づき、私は驚いた。今にして思えば、私より年長であるその友人の言葉は、決してついでの話ではなかった。私が自分のことを知っている以上に彼は私のことを見抜き、私の中に潜んでいた悲しみを予感していたのだ。彼は私に涙の解き放つ力、清める力を示そうとしたのだ。討論することが問題だったのではないし、私たちの手段は心理学的分析ではなかった。泣くことができるかが問題であり、そして手段は宗教だった。長い間泣いたことがなかったことに気づいて驚き、そしてこの驚きが祈りの始まりだった。

それほど前のことではないが、絶望し攻撃的になった若者たちがチューリッヒの市街を歩き回り、スプレーでいくつもの住宅に吹き付けた文の一つが、「お前たちの催涙ガスがなくても、泣く理由はもう十分にある」というものだった。この文は私をとても狼狽させた。今、私が泣くことについて、そして涙の賜物について考えるとき、もはや泣くことすらできなかった広島の犠牲者たちだけではなく、これ以上泣きたくない人たちが「泣く理由はもう十分にある」人たちに対して使用することを命じる催涙ガスも思い浮かぶ。

私たちの世界ではたった二つの言語しか許されていないかのように見えることがある。一つは学術の言語で、これは価値観にとらわれず無感情である。もう一つの言語は私たちが毎日コマーシャルで聞くもので、無意味ですべての感情を浅薄にする結果、愛は車と、純粋さは洗剤と一緒にされてしまう。この皮相さの下にあるのが、言葉にならない鈍い怒り、暴力をふるわれたという感覚であり、逆襲への望みである。学校や職業訓練学校において教えられるのは合理的で世間離れした、できるだけ行動からかけ離れた言語であり、その言語で語られる話からは感情の動きを示す身振り、方言の持つ色合い、速度の変化、リズム、痛みや喜びの表現が取り除かれている。中性子爆弾は他の核兵器と何も違いがないということしか思いつかない政治家たちが必要とするような、一種の人工言語である。

この言語では、不安や喜びといった感情は否定される。重要ではないのだ。感情的であることは、この言語では罵りの言葉となる。「そんなに感情的にならないでください」とか「あなたは感情的過ぎる」ということを私は何百回も繰り返し聞かされてきた。この言い方には不信の響きが混じっている。感情は言葉で許されている範囲にとどまるべきで、それ以上に出てくることは許されない。そして何ももたらすことができない。私たちの文化では泣くことは許されず、その結果キリスト教的伝統が涙に与えてきた慰め、浄化する力を手放してしまった。涙なしにいること、それは表現が乏しく、感じることができない文化に生きることを意味する。慰め、真実へと導く精神への必要性を否定し、精神がなくても、表明された痛みがなくても、慰めがなくても生きられると思い込むことになる。私たちは涙の賜物を求めることを忘れてしまった。

ここで、現代において多くの人から聖人のように見られている一人の女性、ドロシー・デイのことを話したい。彼女は、妥協しないカトリック信仰の偉大な女性であり、平和主義者、無政府主義者であり、アメリカ合衆国の経済恐慌の時代に飢える失業者たちのための支援組織「カトリック・ワーカー」を創立した。

数年前、友人がカトリック・ワーカーの運営する南マンハッタンの最貧地区にある貧しい人たちのための食事サービス施設に私を連れて行ってくれた。そこで働くキリスト者たちは、パン製造者や食料品業者から残り物、古くなったもの、売れないものなどをもらい受け、多くの客のためのスープを作っていた。来ている人たちは貧しい人たちの中でも最も貧しい人たち、浮浪者、ホームレス、身体的あるいは精神的障がいを持つ人、施設から逃げ出し、福祉から受けた金銭はアルコールに使うのがほとんどという人たちである。彼らの唯一の暖かい食事は、カトリック・ワーカーのゲストハウスで受け取るものだった。

私はそこで若いボランティアの人たちと一緒に食事を配った。私が特に気に入ったのは、高齢の人たちが食事のために長い列に並ぶ必要はなく、彼らに食卓についてもらい、私たちが給仕することだった。その後、当時八十二歳だったドロシー・デイと長く話し合ったが、会話は出入りするホームレスの人たちによって何度も中断された。そのとき、私は初めて自分の意志で選ぶ貧困が何を意味するかを理解した。ドロシー・デイが言うには、人々が繰り返し彼女の部屋にやってきて、しばらくそこに住み、彼女の荷物を持ち去ることもあれば、そこに置いたままにすることもあるとのことだった。彼女が実践していた所有の放棄は、個人の領域の放棄をも含んでいた。

ユーモアにあふれ、明晰な思考を持つすばらしいジャーナリストだったドロシー・デイは非所有を実践し、社会から捨てられ、自分自身も諦めてしまった人々への奉仕に生きた。彼女がベトナム戦争への抗議行動で逮捕されたとき、この高齢の大胆な女性を刑務所に投げ込まなければならないような戦争やシステムとはどんなものかということを、アメリカの多くのキリスト者が理解した。

彼女について何が私を最も感動させたのかを、彼女の死後にようやく私は理解したが、それはここでのテーマと関わっている。正義と平和に飢え、渇きを持つすべての人がそうであるように、ドロシー・デイも悲しみと痛みの絶対的疲労困憊の段階に陥ったことがある。「絶望」という言葉が適切だとは思えないが、彼女が経験したことはこの言葉からさほどかけ離れていない状況だっただろう。彼女が私に語ったのは、この時期彼女は引きこもり、何時間も何日間も泣いたという。だれとも話さず、何も食べず、ただじっと座って泣いた。彼女は貧しい人々のための戦闘的かつ行動的な生活から身を引いたのではなかった。また、戦争と戦争への準備を最貧の人たちへの犯罪だと見ることを止めることは一度としてなかった。しかしこの時期、彼女は長い間苦い涙を流したのである。

この話を聞いたとき、平和主義が何であるか、敗北の真っただ中で神は何を意味するのかを以前より少しよく理解した。また、どのように精神が私たちを慰め、真理へ導くかを以前より少しよく理解した。その際、真理と精神は互いを犠牲にしないし、真理の放棄によって慰めを得ることはできない。ドロシー・デイが何日間も泣いたという事実は、私にとって、精神の慰めは同時に精神の慰めの不可能さを含んでいることであり、その意味で私たちは彼女から、涙の賜物を求めることを学ぶ。

この注目に値する女性から、霊性とは精神の動きであるということも学んだ。前述した無宗教の埋葬で絶対的になっていた外面と内面の分離が、この霊性においては解消されている。内面的なものは外面的になる、つまり見ることも聞くこともできるものになるべきである。痛みと喜びを他者と分かち合うことを学べば、私たちの日常は聖別される。望みや不安が日常の中で光を持つ。私たちの人生、私たちの経験は偶然のものではなく、単なる使い捨て商品でもない。記憶され、配慮され、悼まれ、名前を持つ具体的なものとされる価値がある。

神は、硬貨を投げ込めば自分の欲しいものが出てくる自動販売機ではない。正義、幸せや至福、人間にふさわしい人生を求める大きな望みは、そんなに簡単に持つものではない。このような望みを抱くことを学ばなければならない。口に出すことによって学ぶのだ。貧しい人々の不幸は、彼らがパン、水、衣類を持っていないことにあるのではない。彼らが自分自身のための大きな望みを失っていること、生きるというのは今の人生とは違うのだということを想像できなくなっていることに彼らの不幸がある。

祈ることは生きることへの集中的な準備である。神を貧しい人たちに加えられる辱めや妨害に反対する同盟者にしようとする試みとして、私は繰り返しこのことを体験した。なぜ祈ることが私たちにはこんなに難しいのか。なぜ私たちは祈ることを恥ずかしがり、祈ることを認めないのか。それには恐らく多くの理由がある。祈りがしばしば悪用されたこともある。弱さや希望がない状態で人間がブツブツと祈りを唱えることも確かにある。しかし人生に対する私たちの望みや要求が小さすぎることとも関係しているのではないだろうか。

ここ数年、私はいくつかの平和のための礼拝に参加しているが、これらの礼拝にある濃密さ、厳格さ、誠実さは印象的である。礼拝は、よくある平和を口にする話や祈りを避けていた。礼拝は、今世紀に二度にわたる軍拡を肯定した自国への記憶を語った。礼拝は、平和に非暴力という今の時代の名前を与えた。私たちの大きな望みを具体的に挙げることで、私たちは礼拝を深め、私たち自身をよりよく理解した。武器を持たない神が少し見えるようになった。

どうすれば私たちは異国で主の歌を歌うことができるのだろうか。資本主義のエジプトから脱出し、他者と自分の痛みを真剣に受け止め、キリストにおいて現実となった私たちの人生のすべての次元における完全さを表すことによって、肉体的かつ精神的、理性的かつ霊的に、すべての人々にとっての正義と人間らしい生き方を求める闘いにおいて、解放の経験における敗北への嘆きにおいて、私たちは異国で主の歌を歌うことができる。ニューヨークの小さな教会は、毎日曜日の聖餐式を、私たちはここに集い、解放を祝うという言葉で始めた。

私を最も感動させた礼拝について考えると、以下の礼拝が思い浮かぶ。

- ローマのオスティア通りにある古い自動車修理工場で、ベネディクト会の修道院長だったジョヴァンニ・フランツォーニと彼の仲間がおこなったミサ。ホームレスの人たちのために闘ったとき、彼らは壮麗なサン・パオロ・フオーリ・レ・ムーラ大聖堂から追放された。屋根を持たない（*senza tecco*）数千人の人々による大聖堂の占拠は、私の理解では、歌い、祈り、省察するという今も生き続けている典礼の行為である。
- 一九七三年、デュッセルドルフでの福音主義教会大会の「典礼の夜」において、フィリップ・ポッター〔世界教会協議会総幹事〕が挨拶を頼まれたとき、彼はマイクを握って四千人を前に主の祈りをカリプソで歌った。典礼は群衆への深い、迷いのない愛から育つ。この愛が神と私たちの私的な経験を繰り返す。愛は隠れることなく、挑発的である、イエスがそうだったように。

•ニューヨークの黒人街ハーレムの心臓部にあるケイナン・バプテスト教会でのイースターの日曜日。典礼とは参列者の自己表現であることをこれほど理解したことはなかった。彼らの「アーメン」、「そうだ」、「ハレルヤ」という掛け声、歌、祈り、体の動き、拍手を通し、また教会内を動き、叫び、ため息をつくことで、参列者が一つの共同体となった。その中には、私たちが芸術、政治、地域的関係、保護、教育としてばらばらにしか体験しない全体の諸要素があった。そしてこの全体芸術は典礼の可能性を示していた。それは将来を約束する記憶である。

二人で、そして共に

結婚がドラマであることは知られている。すべては演出次第である。フルベルトと私は、二人の全く異なる育ちに合わせて喧嘩を演出するのが好きだ。彼が育ったザールラントの田舎のカトリックの家庭では、「今度来た新しい教師はプロテスタントだが、ちゃんとした人だ」という言い回しがあった。私の家では「新しい古代史の講師はカトリックだが、本当にインテリだ」と言っていた。

私たちには社会層や宗教だけではなく、日常の習慣、クリスマスの歌、子どもたちのしつけでも対立があったが、私たちはこれらの対立を真剣に受け止めることはなかった。二十五年前から、フルベルトは私のいれる濃いお茶に、私は彼のいれる濃いコーヒーに閉口している。彼は私の「プロテスタント的気まぐれ」を、私は彼の「愛すべきカトリック的不鮮明さ」をからかった。

結婚が男性や女性が人間として成長することを容易にさせる限り、それは望ましいと私たちは考えている。これは相対的な意見であり、絶対的なものではない。何が何でも結婚を正当化するのではない。結婚とは一つの装置、社会的取り決めであり、したがってイエスが安息日という社会的制度について述べていることが、結婚にも当てはまる。「安息日は、人のために定められた。人が安息日のためにあるのではない」(マルコ二・二七)。結婚は人のために定められたものであり、結婚のために人があるのではない。そしてまた、長い間私たちに教え込もうとされてきたが、女は「結婚のために」あるのではない。男であれ、女であれ、誰もが結婚のために創造されたのではない。

私たち二人にとって、マルティン・ブーバーは大きな役割をはたした。私たちが知り合う前に、それぞれがイスラエルにブーバーを訪ねていた。私は行き詰った若い宗教の教師として、キリスト教とユダヤ教の共同作業への初めての旅の途上で、フルベルトはベネディクト会神父として、マリア・ラーハ修道院に「留まるか、立ち去るか」の問いに駆られての訪問だった。二人にとってブーバーとの出会いは賜物であり、ひそかに隠されていた宝物だった。数年後の一九六六年、イスラエルでのキリスト教・ユダヤ教会議で私たちは知り合った。ブーバーが私たちを結びつけたことを知ったとき、フルベルトがさっと決断して「それならブーバーのお墓に行こう」と言った。それ以後のことはすべて彼の墓前で始まった。こうして偉大な宗教哲学者はその死後も、「小さな害」（イディッシュ語で結婚仲介人のことを言い表す言葉）を残した。

私の結婚理解にとって、マルティン・ブーバーの哲学は非常に重要だった。ブーバーは著書『我と汝』で、私たちの人生を成立させる二つの人間的関係を展開した。我と汝、つまり完全に直接的で言葉を越えて互いに近づきあう関係と、我とそれ、つまり間接的で、世界にとらわれている関係、物事との創造的関係である。愛は世界と「それ」を放棄できる。愛は純粋な、孤島のような我‐汝の出会いの瞬間を知っている。しかし結婚とはまさに、我‐汝と我‐それの関係が交差するところで起きているように私たちには思えた。ここでは責任を持って行われる、共同で決定された労働を意味する世界が問題になってくる。結婚のチャンスは、共同の畑を耕すところにあると私たちには思えた。たとえその畑がまだ見えていなくても。

結婚制度は農耕とともに生まれ、第三者を必要とする。それは子どもたちであるかもしれないし、ブレヒトとヴァイゲルの夫妻のように演劇であるかもしれない。労働における共通性がなければ結婚ではない、社会における共通の目的がなければ結婚ではない、自分とは違う人生についての幻がなければ結婚ではなく、二人で考えることなく消費を決めるだけのものになってしまう。「それ」がなければ我‐汝はなく、世界がなければ共に育つこともない。

最も知られている私の著書の一つ『人食いたちの家で』は夫に捧げられている。

フルベルトのために

飲酒家で冗漫
最初で最後の読者
抵抗における聴罪司祭

夜を知り
ろうそくに火をつける人
読むことを知る人

他人と私自身から
私を守り
誰も見捨てない

自分以外は
伴走者

私たちの会話で繰り返し出てきたもう一つの結婚の条件は友情である。最近のドイツ語で最も嫌な単語の一つが、「二人関係《ツヴァイベツィーウング》（Zweierbeziehung）」という単語である。以前はカップルと呼ばれていたものを、技術万能主義的に表現する言葉である。この表現は性愛全体の文脈を否定するものである。私たちの知人であるエルケが結婚したとき、機械工場の労働者である彼女の夫は、「きみと女友達に関しては、もう終わり。君には僕がいるから、もう女友達は必要ない」と言った。このセリフこそ技術的言語が「二人関係」と呼んだものに光を当てている。つまり「二人関係」は、それ以外の関係の禁止であり、性愛全体を一点に誘導するものだ。このように具体化され、寝室だけに限定されれば、結婚は友情を情け容赦なく禁じ、関係は強迫観念に取りつかれたものになる。こうして結婚はベッドに限定され、人生の共同体は消費の共同体になり、多種多様な関心と活動が交わる場は、孤立した反社会的な憩いの場になる。共通の労働、共通の友人、共通の幻のない結婚は、それ自体の制限の中で窒息してしまう。

ベルトルト・ブレヒトの物語に、ある女性が夫について尋ねられて次のように答えるものがある。「私は二十年間夫と一緒に暮らしました。一つの部屋で、一つのベッドで眠りました。食事も一緒にしました。夫は私に仕事のことをすべて話しました。夫の両親と知り合い、また夫のすべての友人と付き合っています。彼自身が知っている彼の病気は全部知っていますし、それ以外にもいくつかの病気を知っています。彼を知っている人たちの誰よりも、私は彼のことをよく知っています」と。彼女と夫との関係を示す主な言葉は「知っている」である。彼女はすべてを知っている、そしてそれは彼女がすべてを支配していることを意味する。知ることは、支配するためだけに役立っている。知ることができるのは、何か死んだもの、ある物体だけである。生きているものとは経験する、もっともっと知り合うことしかできない。知ることは限りない権力行使と惰性の中で、多くの結婚を耐えられなくする我‐それの関係の領域に属している。私たち夫婦はこのことからは免れたが、人生を脅かす別の危機に直面した。

あなたの悲しみの真ん中で
以前の私たちの木の家にいたように住みたい
あなたのテントで眠り
降りかかる雨も騒音も分かち合いたい
ずっと前は
何があなたのもので、何が私のものか
知ることは素敵だった
昨日はあなたの扉を開ける勇気がなかった
不安がいっぱいで
私はあなたの無分別な痛みを見守る
監視人になった
私は傍らに立つ
あなたの飲む量がどんどん増える
あなたが飲めば私はますます飲まなくなる

あなたの悲しみの真ん中で
あなたと同時でいたい
でもあなたの額をぬぐい
あなたにとって何が良いかをあなたより良く知っていれば
私は年長者になって微笑む
でもずっと年少者としてあなたに尋ねる
すべての女性が夫に尋ねるように
いつもあそこに行かないとダメなの
悲しみにすべてをあげないとダメなの

あなたの悲しみの真ん中に
たとえ私たちが一つでなくても私は住みたい
あなたが武器を降ろすというだけで
私は武器を手放すべきだろうか
私はあなたにとって
あなたに対して闘う以外の存在になれるだろうか
そしてあなたに懇願できるだろうか
別の国に一緒に行ってと

あなたの悲しみの真ん中で
私はじっと見ているつもりはない
年上でありたくない
年下でありたくない
ずっと醒めたままでいたくない
昔と同じように住みたい
私たちの木の家で
あなたの悲しみの真ん中で

教会という名の傘

私は教会的な世界に生まれ落ちたのでもなく、また、自分のことを教会によって成長が歪められた、あるいは神経症になったとも思っていない。ベッドカバーの下に何か隠されていないかを嗅ぎまわる警察のような神は、教会によって損なわれた人たちの報告からだけでしか知らない。私が教会から雇用されたことも支払いを受けたこともないことに示されている、ある程度私の経歴と関わるこの距離が、批判と肯定、憤りと愛情の視線を自由にしてくれた。具体的に言えば、上からの教会と下からの教会の区別である。いつも私は、権力を意識していたインノケンティウス三世の横に、貧者フランチェスコが立っているのを見ていた。キリスト教の歴史における抑圧と解放の傾向を区別することは、私にとって解釈学上の原則として身についてしまった。

たとえば、第一次世界大戦中のキリスト教会の役割に対して、私は違和感、嫌悪、不快、恥を感じる。私は経験上の教会を、お金や軍事力と手を結び、教会自らの真実を何度も何度も裏切る「上からの」構造と見ている。聖書的に言えば、教会は体制側の宗教的権力にキリストを渡したユダのようだと考えることがよくある。あるいは、落胆し挫折した男の弟子たちがイエスを孤立させたということになる。さらに教会は平和や正義について何かを知っていたことを否定したペトロのようだ、という思いが浮かび上がる時がある。私は、教会がペトロのように激しく泣いたのを見ることはほとんどない。

私の神学が教会と同調したことは一度もない。本当はキルケゴールのように、『教化的講話』を書きたいとずっと思ってきた。私の読者の大部分は恐らく教会から疎外され、真っ当な理由で教会に行かず、アムネスティ・インターナショナルを支援しながらも、宗教的な真面目さにおいて何かが欠けているという気持ちを抱いている人たちだろう。私はそういった人たちの言葉で語っている。

どうすれば私たちは「すべての物事を越えて」神を愛することができるのか、私はそれを探している。まさしくこの探求のために、伝統的な教えや超自然的出来事を真実と見なすことと、死後の存在への信仰のような思考停止の宗教的宥和とのきっぱりした断絶が私には必要に思えた。ここで私にとって大きな支えとなったのが、ディートリヒ・ボンヘッファーの「キリスト教のラディカルな現世性」への固執だった。後になって、私は神秘主義者たちの間に信仰を必要とする無神論への示唆を見出した。人道主義的あるいは社会主義的無神論者と話していると き、「あなたたちが無神論者であるように、私たちだってずっとキリスト教徒なのです」と思わず口に出すことがよくあった。意見の相違は希望のパンをどこから得るのかという点で始まった。相違は、私が探し求めていた霊性に関連していた。

そしてこの霊性こそが肉になることを要求する。それは、後世に伝える言葉、聖なるテキスト、イメージ、しるし、儀式、礼典を必要とする。伝統がなければもっと自由だと考えるのは、ポストモダンの誤りだと私は考える。私たちの状況の新しさは、伝統を誰にも強制することができなくなったということにある。権威主義的な宗教が私たちの目の前で死んでいくという事実は、今までとは全く違う宗教の形や教会の可能性についてまだ何も言っていない。教会とは私たちが見ている崩壊しつつある建物というよりは、むしろ放浪している神の民のためのテントなのだろう。テントは私がいるところにいつもあるのではない。しかし私は、路上のホームレスの人たち、あるいは法廷で、テントの人々に出会う。聖なるものとは建物より、出来事なのである。

イエズス会司祭であり抵抗者でもある私の友人ダニエル・ベリガンはある会話で、教会に対して傘のイメージを用いたことがある。冷たい雨から私たちを守る。時として傘が開く速度が遅く、私たちは雨の中で立ち尽くす。効率的でないことも多い。それでも傘はそこにあり、傘を失うことはしたくない、とダンは言った。

ペンタゴン前のデモで行った会話から長い年月を経た後、このイメージは旧東ドイツでの無血革命が起きたときに再び私の意識に戻ってきた。旧東ドイツでも、教会は（いつも効率的というわけではなかったにせよ）市民の権利を求める運動において多くの人々にとっての傘だった。あそこでも教会は時として人々を雨の中に置き去りにした。にもかかわらず、一九八九年、私はこのみすぼらしいプロテスタントの傘を誇りに思った。四百年ぶりに教会が初めて民衆の側に立ったのである。

傘というイメージによって、私が繰り返し直面した公的教会との困難や論争が過小評価されるべきでないのは当然だ。しかし、ありがたいことに私の視点から二重の面（一方では憎しみ、無知、敵視、他方では開放性、学習能力、変化）が失われることはなかった。

大きな争いや敵対が新たな友情も与えてくれるという脚本が、私の人生にはあるような気がする。個人的な、痛めつけるような攻撃が絶えずあったが、そういったときには必ず私に連帯してくれる新しい人々と知り合った。その一例が、ディートリヒ・ボンヘッファーの友人であり、彼の伝記作家でもあるエバーハルト・ベートゲである。

ラインラント州教会会議議長が私に関して、いくつかの信じられないようなことを述べたことがあった。どのような言葉遣いだったか正確には覚えていないが、当時はまだ知り合いではなかったエバーハルト・ベートゲから送られた大きな花束のことは覚えている。彼はいわばこの教会会議、そこにいる男性たちに代わって私に謝罪したのである。単に恥じ入ったという理由で。これをきっかけに私たちは後にニューヨークで友人となった。

命に対するベートゲの情熱は、神学的アカデミズムを盾にして制限を設けることを自らに許さなかった。彼は牧師臭くなく、またとても音楽的で、憤る力を持った道化役者だった。そのためには彼は左翼（それが何を意味するにせよ）である必要はなかった。驚くほど素早く忘れ去って、あったことをなかったことにし、さっさと右方面に動いていった社会、突然自分が反体制の隅に追いやられたと思わざるを得ないキリスト教徒が増えた結果、「抵抗」がもはや歴史的なテーマではなくなった社会の中で、ベートゲはひたすら、新約聖書が一度彼を立たせた場所に頑なに保守的に立ち続けさえすればよかった。

ケルンでの政治的な夜の祈りがカトリックの教会指導部から禁止され、プロテスタントの教会指導部からは攻撃されたとき（ハインリッヒ・ベルはそれを陰険な教会一致と呼んだ）、エバーハルト・ベートゲは教会指導部のメンバーだったが、教会と政治は無関係だと考えている人たちには属していなかった。彼はまた、夜の祈りの連中の考えは未熟で議論に値するためにはもっと完璧なものにならなければならないと考えた人たちにも属していなかった。彼は決して私たちの夜の祈りと一致していたのではない。しかし、彼はラインラント州教会の牧師たちと一緒に、私たちをレングスドルフでの相互研修会に招いた。私たちは探られ観察されているとは感じなかったし、ベートゲの批判から学ぶ場でもあった。彼は不安を持っていなかった、だから他の人たちを不安にさせる必要もないのだと私たちは思った。

私に対する反対キャンペーンが最高潮に達したのは、一九八三年、バンクーバーでの世界教会協議会世界大会で私が基調講演を行ったときである。私は「豊かさにおける命」というテーマで話すことになっていた。招待された時点ですでに、ドイツ福音主義教会からも、当然ながら福音派サイドからも、非常に激しい拒絶があった。ジュネーブの世界教会協議会の当時の女性担当幹事だったベルベル・フォン・ヴァルテンブルグと、彼女の夫であるジャマイカ出身の黒人の総幹事フィリップ・ポッターが私の招待を押し通した。

私に対する招待を拒絶する理由は、全く私個人に関するものだった。福音派にとって、私は三十年以上前から火あぶりにすべき魔女だった。「ゼレに行け、地獄に走れ〔ゼレとヘレ＝地獄を掛けている〕」あるいは「ゼレに降《くだ》り」〔使徒信条の「陰府＝ヘレに降り」にかけてある〕は、「他に福音はない」という右寄りの運動の間ではよく聞かれる言い回しだった。政治的かつ性差別的異議がラディカルな聖書批評的神学への拒否と一緒になったのだった。

福音派からの反応は私が予想していた通りのものだったが、私が不思議に思ったのはハノーバーの教会指導部〔ドイツ福音主義教会の本部はハノーバーにある〕の反応だった。世界教会協議会の決定は「非常に煩わしい」ものであり、私は代表ではなく、西ドイツのキリスト教徒を代弁することはできない、という反応だった。彼らがどうして私が話すことを詳細に知りたがっているのか、私にはわからなかった。私はかなり多くのキリスト教徒を代弁してきたと考えている。上層部の教会役職者の誰かなら全体を代表できるという考えは、私には非プロテスタント的に思える。それはむしろショー番組の司会者のようだ。非常に表面的で、何も言うことがないなら、多くの人を代弁できる。ほとんどの場合、多くの人を代弁することは、内容が少なくなることを意味する。

報道機関が私の文章をごく一部だけ引用するたびに感じ取ってきた一種の憎しみの質がある。この反応もまた同じだ。私の講演の最初の文章は「愛する姉妹兄弟たち、私は皆さんに世界で最も豊かな国の一つから来た女性として語っています。その国は血なまぐさい、ガスの臭いのする歴史を持ち、私たちドイツ人の中にはその歴史を忘れることができない人たちもいます。その国は、現在、使用可能な核兵器が世界で最も集中している国です」というものだった。この文章のせいで私は何週間も叩かれ続けた。私は自分がドイツから来たことと、それが意味することを国際的な集まりで明らかにしたかったから、意識的にこう言ったのである。そして、長々と説明せず（そのための時間もなかったので）、私は、この歴史を終わったものにすることはできないことを明らかにしようとした。私たちの何人かはこの歴史を忘れることができない。

ドイツ連邦共和国ではこの文章だけが引用され、そして直ちに攻撃が始まった。「あの女は売国奴、東ドイツに行けばいい」はまだ穏やかな非難だった。この文章に対してだけの憤激の嵐が起きたが、第三世界の人たちは私をよく理解してくれた。

怒りの背後には平和の問題があった。西ドイツの教会は最も豊かだが最も薄っぺらな教会の一つだと受け止めていた私は、西ドイツの教会のことを残念に思っていた。八〇年代、平和の問題における西ドイツの教会の立ち位置のあいまいさは、他に例を見ないものだった。オランダの教会、東ドイツのキリスト教徒たち、アメリカ合衆国のカトリックの司教たちでさえ、これほど服従的で国家の言う通りの意思表示はしなかった。西ドイツの教会内部において、もう少しの勇気と平和への愛を産みだすことがいまだにできていないことが、私に重くのしかかっていた。西ドイツの教会は、核兵器の保有は罪だとオランダ人が書いたように、核兵器導入が弾劾されるべきであるだけではなく、脅威がすでに救済への信仰と相いれないと明言することはできなかった。その代わりに、平和についての一般的で不明瞭なおしゃべりをしただけだった。長い間ドイツ福音主義教会は平和論争では後手に回り、そのことがまた世界教会協議会とドイツ福音主義教会との関係にも反映していた。

憎悪の手紙が山のように届いたが、同時にとくに女性たちから非常に強い連帯の手紙が二十人、三十人の署名とともに教会指導部宛に届いた。「この女性がどうして代弁者ではないのでしょうか。私たちのことを彼女はとてもよく代弁しています。私たちがドロテー・ゼレについていくつか読んだり聞いたりしていなかったら、私たちはもはや信仰を持つことはなかったでしょう」と。

奇妙なことに現在では、私が自分の神学的命題のゆえに孤独だと感じることは以前よりはるかに少なくなった。私はまるくなり牙をなくしてしまったのだろうか。「公会議的プロセス」というエキュメニカル運動は、千年紀の終わりに向けたキリスト教信仰の中心的テーマとして、正義、平和、被造物の保全を挙げた。私はこの方向に自分が一緒にいることを感じている。和解に向かって、豊かな人たちと貧しい人たちの間、私たちを支える地球と私たちの間の予想不可能な血なまぐさい戦争が終わることへの望みを上回るものはない。

ここ数年、私とジャーナリストたちとの会話も同じような経過をたどった。信仰あるいは希望について私が理解していることを話そうとすると、肯定的に受け入れられた。再確認のためにジャーナリストたちは「でも教会というのは、あなたが言っているもののことではないですね」と尋ねた。私は少し遠慮がちに、「いや、私が考えている教会はそうです。そういったものとして教会を経験することもあります、時々。そういう教会であればという希望を持っています。そして、希望を抱く力を高く評価しています」と答えた。宗教的に言うなら、私は教会にこのように祈っている、ということだろう。この雨では傘が役に立つ。

今やドイツ人の大半がもはや神を信じていないことは周知のとおりである。今まではこのことについて、私はあまり不安を感じなかった。多くの人たちがかつて信じていたものは、必ずしも神ではないと考えていたからである。しかしもう一つの別の理由でこの事実に不安を覚える。この事実が相互性に基づいていることを恐れる。神はどのような理由があって私たちを信じるのだろうか。

相互性

私たち全員がそうでありたいと願っている、健康で神経症ではない人間はどういう人かと問われたとき、ジグムント・フロイトは、そういう人間は労働し、愛することができると答えたと言われている。私はこの基本的思想を創造の神学に受け入れ、私自身の経験から引き出される帰結を『愛することと働くこと』と題する本に書いた。

私の労働が意味を持ち、私がやりたいことと関係していることは、確かに私の人生における大きな恩恵の一つである。良い労働の一つの尺度は、その労働が労働している人間の自己表現でなければならないことである。労働のもう一つの意味は、他者との関係、社会への責任である。私たちは、何か他者が必要としているものを生産したいと思っている。それは作家にとって、自分の作品が自己表現であるだけではなく、社会との関係も作り出すべきだということを意味する。

だからこそ私の作品を必要とする人たちがいることを私は一つの幸運だと受け止めている。非常に多くの反響、私の作品に助けられたという感謝の言葉が綴られた手紙を受け取る。この経験が、自分の労働は良いものだと私に感じさせてくれる。最近、ある若手神学者が私に手紙を書いてきた。「目の前に『内面への旅』があります。一二七頁の最初の段落には線が引かれています。この場面は僕の中に強く残っています。僕が十七歳のとき、代理司祭がこの本を僕にプレゼントしてくれました。夜、ベッドに入ってこの本を読んだのですが、あまりにも引きつけられて両親の寝室へ行き、両親にその個所を読み聞かせました。両親は僕が受けたほどの感動は受けませんでしたが、これは予想できたことです。それでもあなたはこうして間接的に私が口を開くようにしてくれました。そして自由な神学への私の考えを支えてくれました。そのことについて、あなたと神に感謝します」と。

同じような反響としてもう一つ別の体験をしたのは、八〇年代の初め、アムステルダムで平和についての講演をしたときのことだった。講演の後、一人の高齢の女性が私のところにやってきて、「あなたは私の心に触れました。私もあなたに触れたいです」と言ったのだ。反響や答えが自分にとってどれほど大切かを私は徐々に理解するようになった。

気分を明るくするような形の反響を受けることもある。ある母親が私に伝えたのは、十年以上も前、彼女の息子のラテン語の成績が悪かった、それは教師が息子に単語の質問したとき、ちょっと詰まっただけで「評価五、落第！〔ドイツの成績は五段階評価で一が最高〕」と言ったからだというものだ。試しに彼女が自分で息子に質問したら問題がないので、彼女は教師がおかしいのではないかと考えた。そこで彼女は机に向かい、宗教の担当でもあったラテン語教師に、「愛の弁証法」という私のエッセイを書き写して送った。そのエッセイの本質は、他人に関するイメージを持つべきではないということにあった。その後、彼女は「半年後、息子のラテン語は三になりました」と書いてきた。

つい最近受け取った短い手紙には、最も美しい反響が書かれていた。「ゼレさま、私は身体が不自由です。多くの人たちから踏みにじられてきた私の尊厳への信頼を私が失うことがなかったのは、あなたの本の中に私を支える内容を見出したからです。そのことへの私の感謝の気持ちを、どうしてもこのクリスマスに伝えたかったのです」という手紙である。

私の女友達でフェミニスト神学者であるカーター・ヘイワードは、反響をよりよく理解することを助けてくれた。聖公会の歴史上初めて、他の十人の女性たちと一緒に彼女が牧師に任命されたとき、彼女は聖公会との公開論争に巻き込まれた。この直後に私が彼女と知り合ったときには、すでに彼女について多くのことを聞き、彼女の著書である『永遠の牧師』も読んでいた。私はこの論争を不幸なことと思っていて、彼女に会うなり、「一体どうして牧師になりたかったのか。任命があってもなくても、私たちは牧師ではないのか。万人祭司を信じないのか」と尋ねた。私たちの間で激しい議論が始まった。

この論争からすばらしい友情が育った。彼女の教会や彼女の学術的講演で、私はカーターが典礼の歌を歌うのを聞いた。伝統にはどんな力が隠されているか、歌は言葉よりも明らかにするからである。合理的な論争が私たちにとって必要なもののすべてではないという感覚を彼女と分かち合い、様々な伝達の形を実験した。

私たちはカーターが教鞭をとっているニューヨークやボストンだけではなく、国際選挙監視団の一員としてニカラグアでも再会した。サンディニスタ革命の選挙での敗北を、私たちは涙ながらに分かち合った。

カーターが神学的に考え、発展させ、さらに彼女自身の行動において生かされている最も重要な概念の一つが相互性である。彼女と彼女のパートナーであるベバリー・ハリソンと話し合う中で私に明らかになったのは、真実の関係はいかに互いを必要とし、また互いに必要とされるかにかかっているかということだった。一人で生きる者はいない、誰もが他者によって支えられている。私が与えるだけではないのだ。本当に与えるなら、私は受け取ることもしているからだ。ギブアンドテイクというのは一つの行為であるが、奇妙なことにこのためには常に与えると受け取るという二つの単語が必要なのである。

あなたが受け取る、あるいはあなたが私に何かを与えるときにのみ、私はあなたに何かを与えることができる。このことの中に実に深い相互性がある。あなたが聞いているときにのみ、私はあなたに何かを語ることができる。あなたが何かについて尋ねたときにのみ、私はあなたに答えることができる。私が受け取る絶望した人々からの手紙、刑務所で服役中の人たち、難民、トルコ人家族のために尽力する人々、助けてほしい、何とかしてほしいと私に頼む人々も私を支えている。それは負担であるだけはなく、私を強くする課題でもある。私はこれを要求としてだけではなく、贈り物としても受け止める。

誰かが口にする願いは、人生で受け取ることができる最も大きな贈り物の一つかもしれない。何かをするだけではなく、他者のために存在することでもある。アメリカのフェミニストたちは「命の織物」という美しい表現を持っている。『命の織物を再び編む』というタイトルの本がある。私は命の織物によって支えられていると感じることがよくある。女性同士の間で綴られた数多くの糸だけではなく、男性と女性の間でも織られる織物である。西ドイツでは時としてみじめなほど打ち負かされたと感じたことがあったが、それでも一緒に紡ぎあうことに参加している人たちの間では我が家にいることをいつも感じた。

神もまた私たちとは無関係に振舞う絶対的な統治者ではないというのが、フェミニスト神学の一つの中心的主張である。天地の創造主もまた、命あるものすべてがそうであるように、私たちを必要としている。

相互性に関するもう一つの体験について話したい。それは一九九三年、ミュンヘンでのドイツ福音主義教会大会でのことだった。私は希望を持てないことがよくあるので、希望について短い文章を書き、それを読んだ。「難民申請した一人の女性」というタイトルの文章である。

彼女はここで生まれたのではない。
彼女は私たちの言葉を話さない。
彼女は証明書なしに働いていた。
あちこちと住むところを変えて
女友達のところや
コンテナに住んだ。
できることなら
仕事を始めたい
この私たちの国で。
彼女の名前は希望。
この国では誰も彼女を知らない。

ミュンヘンからハンブルグに戻ったとき、知らない男性から一通の手紙を受け取った。彼は、「ゼレ様、どうぞ絶望しないでください。労働許可書のない難民申請者が希望なのではありません。六月十日、一万四千倍の希望があなたの周りにいました。希望を携えることなくオリンピックスタジアム〔教会大会の会場〕に来た人はいません」と書いていた。

このような批判は、一編の詩に襲いかかり得る批判として最善のものである。私の述べたことが中途半端で不完全だったと私に思わせる一つの答え、一つの反応である。だからこそ私たちはこんなにも互いを必要とするのだ。

解放への飢え

今であれば、私は自分の神学的な出発点を「政治的神学」と表現することはないだろう。この概念が常に困難をもたらしてきたのは、ナチスの精神的父親の一人である法政治学者のカール・シュミットによって、この概念が基礎づけられたからである。彼は当時の状態を正当化するという意味でこの概念を確立した。「どんな指導部でも政治的神学を必要とする」という彼の命題は、非常に興味深くかつ巧妙である。つまり過度の称賛がなされ、団旗、行進曲、国家的シンボルがなければならなくなる。このような間違った国家の宗教性は悪い意味での「政治的神学」である。

新しい意味での「政治的神学」という概念が登場して、とくにヨハン・バプティスト・メッツ（『世界の神学について』）、ユルゲン・モルトマン（『希望の神学』）、私（『政治的神学』）によって内容が固められた当時、この言葉にはまだ明確さが欠けていた。私たち三人は、お互いに無関係にそれぞれの父親、つまりヨハン・バプティスト・メッツはカール・ラーナーと、ユルゲン・モルトマンはエルンスト・ブロッホと、私はルドルフ・ブルトマンと取り組みながら、同じような表現にたどり着いた。その背後にあって、この概念を後になって明確化した決定は、その当時はまだはっきりと私たちの意識の中に根づいていなかった。

今、ラテンアメリカで生まれた「解放の神学」とともに、それまで私が知っていたものとは全く異なる神学の次元が示されたことに私は打ちのめされ、そして感謝している。第三世界の視点からの聖書の読み直しである。誰かが私に解放の神学について何かを語った日を、そして私がそのとき感じたことを今でも正確に知っている。長い間もっとピンとくる言葉を探していたが、突然誰かがその言葉を述べ、それがまさにぴったりと言い当てた、という感じである。

解放の神学では、まず実践、論争、闘い、抵抗がある。それについての神学、省察、熟考は必要な二つ目のステップである。実践における経験は、私たちが「政治的な夜の祈り」で行ったように、私にとってとても重要だった。男女のキリスト教徒たちの集団が、政治的論争と瞑想、闘いと祈りを交互に行い、共に一つの信仰に至るという経験である。

テゼ修道会院長のロジェ・シュルツが言ったように、私は福音を闘いと瞑想への手引きとして理解している。私はこの特質を、「わたしはあなたがたを遣わす。それは狼の群れに羊を送り込むようなものだ」という新約聖書にも見出す。弟子たちは狼の群れの中、つまり恐怖の帝国の中で生きていた。この帝国の中では、正義へのごくわずかな一歩でも踏み出す者は、誰もが自らの命を賭けることになった。彼らはそれを知っていた。イエス運動を、神の意志を実行するのを妨害しようとする人たちへの抵抗として捉えないなら、イエス運動の全体を理解したことにはならないほど、この自覚は強かった。

神ははっきりと言っている。「おまえは飢えている者に食べさせ、裸の者に着せ、死者を葬り、捕らえられている者を訪ねなさい」と。現代ではこれらすべての行いは、私たちが生きている経済構造において禁止されている。そしてこの経済構造は、飢えている者を飢えさせ、豊かな者をもっと豊かに、貧しい者をもっと貧しくさせるようにできている。私たちは、神の被造物を愛することができるのではなく、破壊しなければならない世界に生きている。私たちは正義を愛することができず、世界銀行あるいは国際通貨基金を支援しなければならない。それは貧困化をさらに進め、餓死する人たちに対して罪を負う組織である。

解放の神学が私に教えたのは、不正義の世界の中で神の意志を行うように呼びかけるだけでなく、差別や困難、さらには第三世界の多くの場所における殉教さえも甘受するように呼びかけるものとして聖書を理解することだった。「自分の命を救いたいと思う者は、それを失う」ということは、リスクを自覚して抵抗することを意味する。ナチスに対する抵抗運動を共に闘った数人の年長の友人たち（たとえばエバーハルト・ベートゲ）は、この言い方が当を得ているか、誇張ではないかと批判的に問い直した。私は多くの女性の友人たちと一緒に問い直したが、これは当を得ていると考える。私たちの命の根底を破壊し、貧しい者を死へと引き渡し、いわゆる平和が狂気の支配の上に築かれるようなやり方に対しては、抵抗が必要である。抵抗運動へと育っていくことを通してのみキリスト教徒になることができ、キリストの中へと育っていける。

解放の神学は、貧しい人たちが教師であると繰り返し語る。これは奇妙に聞こえる。私たちは自分たちが偉大な教師であり、医学や技術やきれいな水や衛生用品などを貧しい人たちに持ち込む繁栄の輸出者だと思い込んでいる。しかし霊的には、私たちが彼らから学ぶことのほうがはるかに多い。彼らが持っている希望、抵抗、新たな試みへの能力から学ぶのである。私たち中流階級の人間は、すぐに挫けてしまう。二回、三回と敗北を体験した、どこか行きたいと思ったところに着かなかった、あちこちで書くことや話すことを許されなかった（ここでは私自身の体験のことを述べている）だけで、もうすべてが無意味だと私たちは考える。これは弱さであり、私たちの間で増大している冷笑主義である。長い間闘い続け、客観的な見通しもはるかに少ない中で耐え抜く貧しい人たちは、自分たちの強さがどこにあるかを知っていて、闘い続ける。

武器と金銭がこの世の唯一の支配者ではないことを知れば、私たちが希望を持つことが正当化される。しかし私たちが私人であることに引きこもり、私人としてしか自分を救えないと思い込み、それが理由で積極的に関わることを止め、美しいものに囲まれ、美しいものを求め、私たちが生きている残虐非道の世界の中でいわゆる文化的生活を送るなら、私たちは自分自身を破壊している。私たちの小さな文化の島ではなく、神の民全体の解放が問題となっているからである。そして何よりもまず貧しい人たちの解放である。

解放の神学が何を意味するかを、何人かの人たちを引いて明らかにしたい。まず殺害されたサンサルバドルの大司教オスカル・ロメロである。死者は死んでいない、このことを彼において学ぶことができる。彼は以前にもまして生きている。彼を殺すことは不可能だった。革命的な労働運動家ジョー・ヒルについての北アメリカの民衆の歌は、「あいつらが殺し忘れたものを、組織し続けた」と歌っている。

この歌詞はオスカル・ロメロにも当てはまる。ロメロは、貧しい者たちから富める者たちへ、教育を受けていない者たちから学ぶ者たちへと進んで行く回心のプロセスに私たちを引き込む。彼自身が、友人であるイエズス会の神父ルティリオ・グランデの死によって回心したように、彼の死は、私たちや長い間現実を事実として受け止めようとしなかった人たちを回心させた。死者たちは死んでいない。ロメロも、「低強度紛争」と呼ばれる戦闘のために命を失わなければならなかった六万人の人々も死んでいない。彼らは忘れられていない。私たちの間でさえ、記憶を簡単に消し去ることはできない。

私たちは孤独ではない、私たちを支えている根元から切り離されていない。この表現で私が言いたいことを、エルサルバドルの民衆はずっと前に、もっとはっきりと語った。民衆は自分たちの司祭オスカル・アルヌルフォ・ロメロをずっと前から聖人の列に加えていた。そのことをいつかローマのバチカンも気づき、後に続くだろう〔二〇一八年十月一四日に列聖された〕。この件では民衆がリードしている。彼を聖人、慰める人、助ける人と呼んだのは民衆である。民衆が彼に呼びかける。誰かに呼びかけ、他者の真実の証人となる能力を私たちの間でも広げる手助けをしたい。

一九七七年、サトウキビの産地であるアグラレスでルティリオ・グランデが暗殺されたとき、ロメロはその証人となり、聖職者を養成する教育と保守的な基本的立場に反対する証人となった。彼は寡頭政治の人たちに背を向けることなく、教会と手を結んでいた階級との断絶をゆっくりと実行した。しかし、彼はこの階級の視点から世界を見ることは放棄した。それで十分だった。死の直前、彼は兵士と警官たちに対して、「殺害を止めなさい。神の戒めは、汝、殺すなかれと言っているではないか」と必死に訴えたとき、彼は全面的に証人となったのだった。

聖人とは私たちとは全く違う存在、驚嘆を持って見つめる存在、崇拝すべき存在（あるいはこれと同じレベルでありながら、からかいの対象としての存在）であるような、私たちが決して到達できない人間という愚かな意見が私たちの間にはある。これはロメロには当たらない。彼は決して模範的ではなく、私たちみんなと同じように間違いを犯した。一度彼は何人もの人たちが殺害された場所に来た。彼が演説をしたところ、人々は激高し、彼からマイクを奪った。最初、彼は自分の間違いを理解しなかった。彼が殺害者の名前を挙げなかったことが、人々には耐えられなかったのだ。こうして貧しい人々が彼を教育したのである。

もう一つの話は、私をもっと突き動かした。それはとても人間的な話だったからである。ロメロ大司教は遠く離れた、交通の便が悪い場所に行かなければならないことがあった。四時間もぬかるみを歩き、疲れ切って到着した彼は、何か食べるものが欲しいと言った。そこでトウモロコシ粉で作った皮に包まれた小さな肉団子が一つ差し出された。彼はそれを食べ、もう一つ欲しいと言った。ところがもう何も残っていなかった。そこで彼は村の人々に許しを請うた。

彼は恥じ入ったのだと私は思う。

ここ数年、エルサルバドルは「とても遠い」ということをよく聞く。この「とても遠い」という言い方は、私たちの間で広がっている冷酷さ、上から望まれた脱連帯化を言い表している。この冷酷さや脱連帯化の中で、共苦や認識が死んでいく。最近、ある無遠慮なジャーナリストが、「あなたは中央アメリカに関心を持っていますね。あちらに親戚でもいらっしゃるのですか」と尋ねた。親族がいなくても世界の片隅を見るという動機は、彼にはもはや想像できないのだ。「そうです、爆撃された貧民区で犠牲となった十人の組合員、六人のイエズス会神父、その無数の人たち全員が、私の家族の一員、兄弟姉妹なのです」と言いたかった。

現代の教会に対する最大の迫害の象徴であるオスカル・ロメロを、また民衆全体への迫害を、なぜ私が覚えていなければならないのか。この証人が私たちに何を伝えているかを、もし私たちが確実に知っているとしたら、それは非常に大きなことだと思う。そうだ、死者たちは死んでいないのだ。そうだ、資本主義はすばらしいものでも、人間に優しいものでも、自由を促進するものでもないのだ。個人も国も深く考えなくなった時代には、目を閉じることを止めるだけでも大きな意味を持ってくる。

人々が路上で叫ぶ「オスカル・ロメロは生きている、ここに居合わせている」という文章から、貧しい人々は力を得ている。そして、それは知的にも霊的にも貧しくされた私たちも同様である。死者たちは文字通り死んでしまったのだと私たちが考えるなら、私たちの中で小さな死を育てていることになる。しかしロメロの殺害こそ「祝われて」しかるべきである。なぜならそれは将来への警告を意味しているからである。
私が多くを学んだもう一人の解放の神学者は、レオナルド・ボフである。一九九二年五月、彼がハンブルグに講演に来たとき、私たちは少し言葉を交わした。彼の講演の明確な方向は良かったのだが、ローマとの葛藤に関するいくつかの問題について彼が言及したくないことをはっきりと感じた。振り返れば、私が不安に感じていたことは明らかだ。彼についての不安だったのか、それとも私たち全員についての、それとも私たちの母なる教会についての不安だったのか。

少ししてから、彼が司祭職とフランシスコ会から離れたという知らせが来た。この知らせは、思っていた以上に私に深い打撃を与えた。レオナルドが去ってしまうのか、そうしたら私たちはどうなるのか、と考えた。そうなればまだ残る者はいるのか、傷つかずに残る者はだれか。私は多くの友人たちに電話をかけまくり、「これはキリストの教会全体にとっての不幸だ」と言った。ある友人は、「いや、まあ、カトリックにとってね」と言った。私は怒って、「馬鹿なことは言わないで。私たち全員にとっての不幸なの。彼は私たち全員にとって必要なの」と言った。

私たちは、福音の個人主義への劣化と共に、自分たちの上にのしかかる権力との衝突において、レオナルド・ボフを必要とするだろう。彼の精神、彼の自由、彼の大胆さが私たちには必要だろう。私たちにはそれが足りない。

その夜、私は泣いた。私は解放の神学はヨーロッパにおける宗教改革のようなものだと感じていた。今までとは違う社会階級が声を上げ、語らなかった人たちが語り始め、権威主義に覆われた権力構造からの決別が始まり、新しい歌と祈りを持つ新しい敬虔さが生まれ、貧しい人々による、貧しい人々のための聖書の発見が育っている。

そして新しい神学的思考が、この常に改革されなければならない教会に付随しつつある。ローマ教会の権利ではなく、貧しい人々の福音に基づく姉妹兄弟の教会への希望を諦めなければならないのか。化けの皮をはがされた教会の顔が、もう一度信頼できるものになるのだろうか。教会はその自殺行為的な男性性への狂信を恥じて捨て、互いに奉仕し合い、分かち合うことができるものとしての力を理解するようになるのだろうか。

私は「同行者たち」に宛てたレオナルドの手紙を手にした。その手紙は私の気持ちを混乱させたのだが、そのことは恐らく慰めの始まりだったのだろう。私は、彼にそのことを知らせるために、ドイツからの声として返事を書いた。自分の不安をもっと明確に言い表したほうが良いと思った。その不安は「ねずみは沈みゆく船から去る」という嫌なことわざが言い表している、私が時おり持つ印象と関係している。

当然私は豊かな世界の視点からこのことを見ていた。もっと正確に言うなら、豊かな世界のキリスト教的少数派の視点からである。恐らく共産圏の崩壊との関連で、わが国では強力な世俗化がさらに推し進められた。それは経済的には、進歩した資本主義は潤滑油としての宗教をもはや必要としない、少なくとも古臭い潤滑油供給会社からは買わなくなったことを意味する。倫理的かつ宗教的に見れば、キリスト教会への不信は見過ごすことができない。私たちが「公会議的プロセス」の少数派の中に探し求めたようなヨーロッパの解放の神学は、自分たちはいつも挟み撃ちにされていると見ている。一つは教会という装置の権力、もう一つは代価も痛みも伴わない教会からの脱退という世俗化によってである。私たちが解放を生き、祝い、考えることができる自由な空間がますます小さくなっている。

しかしこれは真実の全体ではない。私はレオナルドの手紙の中に、もう一つの文面を読み取った。消すことのできないものだ。それは教会に宛てた彼の神秘的なラブレターと呼ぶことができるかもしれない。私は短気で、怒りやすい人間だから、彼の謙遜を不思議に思うことがよくあったのは事実である。しかし、本当は生きる気力を失う限界まで達しながら、彼は人間よりも神に耳を傾けたということに私は十分気づかなかったのだろう。事実、彼は闘いからも愛からも逃げなかった、もしそれが可能だったとしても。私は組織としての教会の多くの周辺に、下からの教会一致を見た。

闘いはずっと続く、そして彼らは私たちから何も奪うことはできない、聖書も、祝福も、アッシジの聖フランチェスコも奪うことはできない、とレオナルド・ボフは言った。彼が世話をしているブラジルのストリートチルドレンとの聖餐を祝わないとしたら、どんな理由があり得ただろうか……

確かにそれは彼の人生にとって一つの挫折だった。しかし真実の船は沈まないし、私たちがしばしば金縛りにあってじっと見つめているところで漂っているのでもない。私たちは静かに、一貫して、体制に抵抗し、教会の外で神の平和を広げる代わりに、相変わらず信頼に値しない組織の解放に多くの力を無駄に使っている。いや、レオナルド・ボフが私たちからいなくなることはないだろう。私たちはずっと祈り、働き続けるだろう。私たちは迷うことはない。私は彼の手紙をそう理解した。

私は兄弟のように彼を抱きしめ、キリストもまた「門の外」にいるのだから、「わたしたちは、イエスが受けられた辱めを担い、宿営の外に出て、みもとに赴こうではありませんか」（ヘブライ一三・一三）という言葉に思いを馳せた。キリストの平和はレオナルドとも共にあるだろう。

私たちをつなぐ伝統は正義である。「神は宇宙である」、「神は宇宙の創始者である」、「神はエネルギーである」、「神は光である」、このようなことはすべて私も言える。しかし、ユダヤ－キリスト教的伝統から出発する私は、最初に「神は正義である」と言わなければならない。神を知ることは、正義を行うことを意味する。この認識は何も深遠なこと、深層心理的、宇宙論的なことではない。私が言いたいのは、ユダヤ教的伝統、キリスト教的解放の伝統から別のものへ逃れるなら、それは私たち自身の伝統の否定だということである。西洋あるいは第一世界では、キリスト教神学はすべて終わってしまったように見える。キリスト教の本当の新たな刺激は、全く違ったところから来ている。たとえば、ブラジルのどこかのスラムからだ。生き生きとしたキリスト教は新しい歌を歌い、新しい祈りを捧げ、聖書を違った風に読み、別の仕方で共に祝う。基礎共同体はヒエラルキーの廃止によって、文化的に新しい形式を創出した。司祭の不足から、万人祭司が再発見された。

私たちはみな、第三世界のキリスト教徒の女性たちや男性たちから学ぶべき理由がある。もちろん私たちの状況は全く違っている。私たちは直接的に殺すことはないし、直接的に貧しい人たちのパンを奪うことはない。不作為を殺害として、不当な天然資源価格を盗みとして理解して初めて、私たちが実は貧しい人々から奪い、彼らを殺していることを知る。不作為、沈黙、共犯、頷き、従属によって、私たちは実質的な罪を犯している。抵抗せず、好きなようにさせていることによって、私たちは罪を犯しているのだ。

本当に何が問題なのかを理解してしまうと、良心の呵責なしには、この市民的世界で生きることも、昇進や娯楽を追い求めることもできない。人生には別の優先順位が出てくる。私はこの優先順位を「抵抗」という、幅のある大きな言葉で呼ぶ。そしてそこで歩み出したプロセスが「公会議的プロセス」である。このプロセスは多くの教会、地域、平和（恐怖と資源や知性の浪費の均衡の上に成り立つ偽の平和ではなく、本当の平和と軍縮）のための共同体で始まっている。正義のため、貧しい人たちをさらに貧しくさせない今までとは別の世界経済秩序のためである。私たちの産業主義からの転換、被造物の保全のためである。八〇年代以降、私はこの「公会議的プロセス」に、転換への叫び、第一世界のための解放の神学への叫びを聞き取っている。

たとえば、特に私が関わったアルゼンチンは一つの実例だった。この関わりは、私の師であるエルンスト・ケーゼマンの娘エリーザベト・ケーゼマンが犠牲者の一人となったからでもある。ある日、彼女は跡形もなく消え去った。私にとって考え得る唯一の理由は、彼女が牛乳工場の貧しい少女に労働組合の権利を説明したことである。アルゼンチンの法律は、決して悪い法律ではない。同国には古くから労働運動がある。エリーザベトがこの少女に、まだだれもが言ったことがないこと、つまり労働者がどのような権利を持っているかを話した。そのことが、エリーザベトを破壊的だとし、姿を消させ、拷問を与え、最終的には殺害するには十分だったのだ。この事件で私に非常に明らかになったことは、なぜ私たちの闘いと連帯が、このような恐ろしい条件の下で生きている人たちと共になければならないかということだった。

エリーザベトの死亡広告には、「一九四七年五月十一日生まれ、一九七七年五月二十四日軍事独裁政権の組織によってブエノスアイレスで殺害。生涯を、自分が愛した国の自由とさらなる正義のために捧げた」と書かれていた。一九七八年五月十一日、ユニオン神学校で彼女のための記念礼拝が行われ、ワインとパンが分かちあわれた。ロバート・マカフィー・ブラウンは次のように述べた。「神を知ることが契約の中身です。エレミヤにおいて、その中身とは正義を行うことです。パンを食べ、ワインを飲む、それは神の前で、そして私たちの前で私たちの誓いを新たにすること、正義がなされることを意味します。それは私たちを神とつなぎ、私たちを互いにつなぎ、私たちをエリーザベトや聖人たちの共同体とつなぎます。私たちの記念礼拝は、世界を作るために肉体が壊され、血が流されたことを思い出すことで生きたものとなります。その世界ではもはや肉体が壊され、血が流される必要もないのです。そうでなくてはなりません」と。

ラテンアメリカは私にとって様々な理由から近くにある。私はラテンアメリカで、軍事独裁政権時代に人権侵害が起きていることを知らせる活動に協力した。私の娘の一人が医師として、ラテンアメリカのボリビアに住んでいる。私の本の一冊（『ゴミの中の神』）は彼女に捧げられた。

カラブコにいるカロリーネへ
多くのことを行っている
私には夢みることしかできなかったことの
そのいくつかを実現している
私は必死に言葉で追いかける
何かに苦しんでいる
その苦しみから守ってやれたら
遠くに行ってしまった、でも
炎の思い出は近くにある
生きるために私たちが必要とする思い出
娘たちと母親たち

ラテンアメリカは、私の伝統の言葉を新たにしてくれたキリスト教の大陸である。私はかの地にいる人たちと同じ詩編を読んでいる。私は彼らの夢も見ている。

「私たちはすでに光を見ている」

ニカラグアへの私の愛には長い歴史がある。この歴史を思い出すことは、まず不思議な郵便配達員に思いを馳せることになる。彼は三十年以上も前から、思想と詩、ユートピアと夢、書籍とお金をかの地へ届けてきた。ヴッパータールの出版者ヘルマン・シュルツのことである。彼の会社であるペーター・ハマー出版社を、「希望とそれに似た混合物の輸入会社」と呼ぶのが、私が最も好きなこの出版社の名前である。「脅しではなく楽観主義を」というのが今に至るまで彼のモットーである。

一九六六年、私たちが『文学と神学の年鑑』を考え出したとき、ヘルマン・シュルツがトラピスト修道会の修道士で司祭でもある詩人のエルネスト・カルデナルを新しい執筆者として連れてきた。カルデナルは世界の最も重要な詩人の一人とされている。彼の詩編は数年のうちに、ラテンアメリカ全体で新しい世代のベストセラーとなった。

ヘルマンが『鉄条網を切断しろ』というタイトルで出版されるカルデナルの詩編に、私が後書きを書くことを提案したとき私は躊躇した。当時、私は全くスペイン語ができなかった。ニカラグアがどこにあるかもほとんど知らなかった。しかし、これは根本的に変わるはずだった。何よりもヘルマンとエルネストの影響で。

私はエルネストの詩を通して、ニカラグアを知るようになった。中央アメリカの小国の社会的・政治的構造は抑圧と新自由主義によって規定されていた。ニカラグアでは、土地を持たない小農がますます貧困化する一方で、外国の投資による支援を受けた封建的上流層の富はどんどん増大した。カルデナルは自身の詩編の中で、支配階級を支配階級と呼ぶことを避けた。単に「彼ら」と呼ぶこと、「彼らの」指導者や祝宴、「彼らの」ラジオ放送や見出し、「彼らの」株や口座について語ることを通して、支配階級の仮面を剥いだのである。

自分が何のことを話しているのか、彼は知っていた。一九二五年、カルデナルはニカラグアの地方都市のグラナダで、ニカラグアの最も古い貴族階級の一つである家庭に生まれた。メキシコとアメリカで文学を学び、四〇年代後半には、コロンビア大学でニカラグアの現代詩について博士論文を書いた。

ここで彼の順調なキャリアは終わった。彼の最初の詩作がすでに爆薬を抱えていた。一九五二年、ニカラグア全土に政治的寸鉄詩を含む匿名のビラが手から手に渡った。地下運動のラジオ局がこの詩を流し、詩は噂になった。ある晩、カルデナルの横に黒塗りの車が止まったとき、彼はマナグア湖のほとりを散歩していた。四人の男が車から飛び出し、この詩人を殴り倒し、縛り上げて車に投げ込んだ。数か月間彼は姿を消し、強制収容所、拘置所で、悪名高いニカラグアの警察であり軍隊でもあるグアルディア・ナシオナルから殴られ、拷問を受けた。

一九五四年四月、ニカラグアのほとんどすべての若い知識人が関わった秘密計画を警察が突き止めた。このときにはカルデナルは助かった。彼は長い間潜伏していた。その後、彼の人生に大きな転機が訪れた。彼はバリケードを修道院に取り替えた。政治から離れ、アメリカのケンタッキーにあるゲッセマネ・トラピスト修道院に入った。現代ラテンアメリカ文学の重要な識者とされている詩人で司祭のトマス・マートンの修練士となったのである。マートンが一九六八年、ベトナムへの旅の途上で不慮の死を遂げたとき、カルデナルはマートンの死について重要な詩を書いた。それはマリリン・モンローの死について彼が書いた詩と似ている。

ソモサ政権の牢獄で痛めつけられたカルデナルの健康状態はケンタッキーの厳しい天候に耐えられず、彼はほとんど執筆しなかった。彫刻と深い瞑想に身をささげることが多くなった。その後、彼は数年をメキシコのベネディクト会修道院で過ごし、さらに深い沈黙に沈んだ。しかしこの修道院も彼には「美しすぎ、ぜいたくすぎた」。彼はコロンビアの「世界の果て」にある、原始林に近い修道院に行った。そこはすべての文明から最もかけ離れた、最も厳しい貧困の土地だった。

十年の修道院生活の後、カルデナルはニカラグア湖の群島にある村、ソレンチナーメに戻った。彼はそこでわずかの同行者とともに、新しいことを試みた。ニカラグアの農民たちを助けるために、彼はトラピスト派の隠遁所を作ろうとした。粗末な外来患者用の病院と小学校がこの新しい種類の「キリスト教伝道」の始まりだった。ここであの有名な『ソレンチナーメの農民による福音書』が誕生した。この本は私にとって、他の多くの学者による解説よりも、聖書をよりよく理解させる本の一つである。

ソレンチナーメの小さな家々は、一九七七年、ソモサの軍隊によって破壊された。同年、カルデナルは正式にサンディニスタに入党した。ニカラグア革命後、一九七九年から一九八六年まで、彼は政府の文化大臣を務めた。人権侵害に関するラッセル法廷において彼は自国を代表した。田舎の貧しい小作農民たちのために詩作の場を作った。これらは、通常は人気のない文化省が最も幸せな時期だった。何度かマナグアに滞在したが、一度はカルデナルの不在中に彼の家に住んだ。

エルネスト・カルデナルの家

この家には静寂がある
テレビがついていても
夜に雨がガレージの屋根を
叩きつけても
鶏が叫びながら部屋に飛び込んできても
あなたの家には静寂がある

この家は優しさに満ちている
私を迎えてくれる人を
寝ずに待っていても
ハンモックの中で孤独に縮こまっていても

あなたの家は優しさに満ちている

この家は私に慰めを与える
明日には彼らが戦争をもたらす
今日はすでに拷問器具を試している
そんな不安を拭い去ることはなくても
あなたの家は私に慰めを与える

この家にはあの本がある
そこには書かれている
貧しさを選ぶ人々は幸いである
貧しくされた人々の政党を選ぶ人々は幸いである
あなたの家は私を受け入れる

この家は何かを隠している
愛の家がすべてそうであるように
揺り椅子も
内庭の石も

まるである秘密を明かすことができるみたいに
私の知らない秘密
でも生きるためにはそれが必要

私はこの滞在よりも前に彼をソレンチナーメに訪ね、そこで解放の革命的闘いへの彼の決意を最もよく理解した。ニカラグアの解放運動へのカルデナルの積極的参加についてのダニエル・ベリガンとエルネスト・カルデナルの間の文通は、この時代において、キリスト教徒が平和にどのように対処するかという問いのための最も重要な記録である。カルデナルは非暴力から解放闘争へと立場を変更した。友人であるエルネストと同様に、イエズス会神父、詩人、抵抗運動の闘士であるダニエル・ベリガンは、カルデナルがどうして非暴力の原理を捨て、銃を手にすることができたのかを尋ねた。「暴力を行使する者は誰でも、犠牲者だけではなく、自分自身も殺すことがわからないのか」と。二人の男性は私の友人であり、二人の社会参加、神への愛は全く疑いの余地がない。二人は、私がとても必要だと考えている神秘的かつ革命的精神を体現していた。

一九七九年、私がエルネストに会ったとき（その頃、彼は亡命中であった）、ダンを愛しているからこそ返事が書けないと言った。「だけど、わかるよね。ダンは革命が何であるかがわかっていないってこと」とエルネストは付け加えた。

カルデナルの詩編は、私が自分の声を見つけることを助けてくれた。それは聖書と現代の要素を断絶なく関連づけている。現代では人間が人間を脅かすのに用いる手段は多様化されたが、不安や抗議、不正義による苦しみ、解放の喜びは変わらないままである。カルデナルは、何か過ぎ去ったものを現在に移し、わかりやすくて楽しめるものにするかのように、詩編を単に「翻訳した」のではない。彼の詩作の動きは逆方向である。つまり、カルデナルは現在を言い表そうとしたのであり、その目的に聖書的なイメージと言葉の要素がふさわしかった。

彼は不思議なほどに自明で、時には愚直とさえ思われるような方法で神について語る。彼は神の不在を具体的に人々の孤立無援として経験している。旧約の詩編のように、カルデナルの詩編でも疑いと信仰が、両方とも知的ではなく実存的な意味での均衡を保ちあっている。祈る者たちは、絶望から希望への転換としての信仰に移行する。いったい神はいつ介入するのかという問いが繰り返される。

主よ、あなたはいつまで中立でいるのですか。
いつまで無関心に見ているのですか。
拷問部屋から私を引きずり出してください、私を解放してください
強制収容所から。
彼らのプロパガンダは平和に役に立つどころか、挑発しています
戦争を。
あなたは彼らのラジオを聞き、彼らのテレビ放送を見ています。

黙らないでください。目を覚ましてください。立ち上がってください、神よ、私の傍にいて、私を守ってください。

この詩編には、宗教が民衆のアヘンになると言われそうな箇所はどこにもない。もっと後でとか、上の方でとか、あの世でとかといった気を紛らせるものは何もない。地上で慰められた者たちを不信仰にさせる慰めはどこにも登場しない。ここでユダヤ教的・キリスト教的に理解されているような現世性には、権利を持たない人たちとの連帯、すべての苦しむ人たちとともに大声をあげることも含まれている。カルデナルがアウシュヴィッツで殺害された人たちについて敢えて「私たち」と言い、彼自身を「アウシュヴィッツの神の民」の一人として理解するなら、それはアウシュヴィッツ以後を生きる人たちの不当な要求ではない。世界史と詩作を冷静に観察する者には、これはあまりにも無遠慮な死者との親密さ、死者の無比の苦しみの平板化に見えるかもしれない。しかしここで言われている連帯の範疇は、歴史的に根拠づけられるものではなく、経験的に示されるものでもなく、人種的あるいは民族主義的に規定されるものでもない。

サンディニスタ政権が再選されず、世界銀行の主導によって起こされた新たな貧困化というニカラグアにおける「転換」は、カルデナルを落胆させることも沈黙させることもなかった。神話、神秘、自然科学が一つになっている彼の最大の詩集『宇宙の歌』は、新たな詩の始まりを示している。私はエルネストに手紙を書いた。

エルネスト、
あなたの詩を読んだときに思い浮かんだのが西洋世界の古い神話でした。パリスの審判についての物語です。イーダ山で父親の羊の群れを守るトロヤの美しい若者が、ヘラ、アテネ、アフロディーテの三人の女神のうち、最も美しいのは誰かを決めなければならなくなります。この若者のことはあなたも知っているでしょう。パリスは、自分が最も美しいと決めた女神に黄金の林檎を与えなければならないのですが、林檎は一つしかありません。そこでこの若者は（男性たちの全くの、当然の傲慢さで）西洋文化の始まり、つまり神話的に言えば西洋文化の最大かつ決定的発明である戦争を開始するよりも前に、結婚と宗教を体現している女神ヘラ、学問と政治を体現するポリスの守護神アテネ、美と喜びを体現するアフロディーテの間から一人を選ぶことになります。パリスが下した審判は、喪失、分裂、侮辱、嫌悪を引き起こし、トロヤとギリシャをすべての営みの中で最も男性的なものである戦争へと陥れます。

エルネスト、あなたの詩について私が言いたい最も大切なことは、あなたが選択という無謀な要求においてパリスに従わなかったことです。神話的な物語をあなたなりのやり方で否定し、分断、選択、決定といった古い神話が取り上げた破壊的なものを克服したことです。あなたは、命の他の力に対する侮辱を意味する排除には決して加わりませんでした。あなたは宗教、政治、愛を競争の中に置くことはありませんでした。あの独断的な若者パリスは、この競争の中で選択し決定したのです。あなたは宗教、政治、愛を横並びのままにし、世界を貫く亀裂であるこの選択に抵抗し、神話の原型に従いませんでした。あなたの愛の詩は政治的です。あなたの詩編には感覚を刺激する愛があります。ラテンアメリカの歴史から生まれたあなたの詩は、強制された選択を繰り返し拒否しています。それはあたかも原生林が生い茂り、トロヤの恥ずべき決定を覆い隠しているかのようです。あなたは豊かに命を祝い、肯定します。命を破壊する経験は脅威です。私たちがキスしているときに邪魔する敵は、命から分断されたエリート的学問を推進する敵と同じです。その敵は、生き生きとした宗教を決まり文句と無味乾燥な儀式にする分断者と同じです。そのような儀式ではもはや詩編が新しく言い換えられることは許されません。そうでなければ、恐らく詩編は本当に祈りになるからでしょう。

ニカラグアのための祈り

火山帯にある小さな国に
大きな覆いが広がり
爆撃機から見つけられませんように
放火殺戮者たちが侵入しませんように
死者の連合国の大統領が

この小さな国を忘れますように
ちょうど四歳になったばかりの小さな国に
大きな覆いが広がり
子どもたちが学校に通えますように
そして私のような年配の女性たちが
コーヒーを収穫し、薬を入手できますように
そして誰もが忘れられませんように

この国を愛するすべての人たちによって支えられた
大きな覆いが広がりますように
聖母マリアは庇護のマントを持ち
聖フランチェスコは金持ちの父親の足元に
投げつけた晴れ着を持っています
そしてホー・チ・ミンはサンディーノのように農民服を着ていました
覆いは、これらすべての布で縫い合わされています
多くの優しさを吸い込み

様々な望みが織り込まれた大きな覆いが広がり
それが祈りとなりますように
そして愛することが神を言い表す
動詞となり
神からの覆いが与えられますように

黒い覆いが広げられ
貧しい人々の希望が守られますように
夜が終わるまで
やっと夜が終わるまで

消え去った人たち

一九七九年九月、ニューヨークで私の学生だったアルゼンチン人の牧師エルネストとブエノスアイレスで出会った。彼の姉を紹介してくれたが、彼女の夫はある金曜日の夜、自宅で警察の尋問を受けた。月曜日、夫は仕事に出かけようとした。不正なこと、反体制的なことは何もしていない、誰もが自分の義務を果たすべきだと言っていた夫は、ペロン主義者だったとエルネストの姉は付け加えた。こうしてその日、娘は学校へ、息子は仕事へ、母親はオフィスへ、父親も同じように家を出た。一九七七年のことだった。その後、彼らが彼を見ることは二度となかった。足跡も手がかりも全くなかった。

この女性はハベアス・コルプス（人身保護）法に基づく人身保護の申請を出した数千人のうちの一人だった。彼女は消え去った人たちの家族の一人だった。毎週木曜日の午後、ブエノスアイレスの五月広場の政府庁舎の前で、禁止されるまで沈黙の抗議のために集まっていた母親たちの一人だった。政府の役人たちからは「狂人」と呼ばれ、それでも声を上げることを止めず、極端な脅迫があるときだけ地下に潜るか、あるいは国外に出て行った人たちの一人だった。最も単純で、最も人間的な問い、未だにラテンアメリカ全土で出されている「ドンデ・エスタン、彼らはどこにいるのか」という問いを発した人たちの一人だった。

ドンデ・エスタン。教会や司法当局の建物の壁に、素早く準備され、素早く解散するデモで掲げられる厚紙に、この文が書かれているのを見た。ビラでも見たし、誰もがギターを手にすることができる小さな居酒屋でもこの文が歌われるのを聞いた。一九七八年にサンティアゴにいたとき、イエズス会の教会でも見た。この教会では、家族や友人たち四十人が「彼らはどこにいるのか？　彼らを出せ！　我々はきっと彼らを見つけ出す！」と刻み込んだ看板を手に、折り畳みベッドに横たわってハンガーストライキをしていた。

当時、すなわち一九七九年から一九八〇年にかけて、ラテンアメリカの刑務所と収容所には、控え目に見て少なくとも一万七千人の政治犯が拘留されていた。多くの人たちが亡命を余儀なくされた。その時点までに、少なくとも三万人が消え去っていた。当時、チリやアルゼンチンで非常に多くの話し合いをしたことを、私は今記憶に呼び戻している。忘れることは一種の死であるからだ。

ここで私がもう一度書き記していることは、関係者自身から聞いた話である。当事者や身元保証人や情報提供者たちの名前、地名を記載できないのは自明のことだった。この間、チリやアルゼンチンなどで軍部独裁が打倒されたことは、一つの政治上の希望の徴である。恐らく、人権活動や連帯が全く無駄ではなかったのだろう。

一九七九年九月、私はワシントンでの公聴会に参加した。公聴会では下院外交委員会に属する国際組織の分科会の前で、証人たちが消え去った人たちや消え去ることの問題について供述した。証人たちは教会組織、国際人権連盟、アムネスティ・インターナショナルに属していた。現代的な意味で「消え去る」というのは、アルゼンチン、チリ、ウルグアイ、エルサルバドルや他のラテンアメリカの諸国では、政権勢力の共犯、承諾あるいは陰謀によるものであり、個人が自らの自由意志で消え去るのではないことをそのときに学んだ。国際的な犯罪である国家によるテロの歴史において、消え去ったことにするというのは比較的新しい現象だったし、今もそうである。誰かを消え去ったことにするのは、通常の誘拐と同列に置くことはできない。なぜなら身代金の要求あるいはその他の満たすべき条件が出されないからである。拘引、拉致、それに続く隔離拘留を意味する。いろいろな国の諜報機関や殺人部隊が協力しあっていることは証明済みである。たとえば、アルゼンチンで消え去った人物たちの遺体がウルグアイで見つけられている。

消え去ることが新たな犯罪的事件であることを知ったのだが、人々を消え去らせた犯罪者を表現する言葉がない。これらの犯罪者を誘拐者、強姦者、拷問者、あるいは殺人者と呼べるが、しかしそれでも消え去ったことにするという犯罪を表す言葉はない。政府はあらゆる共犯を認めないのが常態だった。たとえばチリでは自分の夫を探していた女性たちに対して、嘲笑するような調子で、「あなたたちの結婚には問題があったんでしょう？ 離婚ってそんなに簡単にはいかないですからね……何かヒントがないかどうかよく考えてください」などと言われた。何も認めず、事件を単なる行方不明者捜索願として扱い、役所の別の部門に行かせるというのが犯罪者の戦略だった。

犠牲者たちは大抵の場合、犯罪者たちのことを「彼ら」と言った。ある女性の友人は私に、午前二時半に私服の男性五人ぐらいが彼女の家に来て、まず彼女に目隠しをしてから、家じゅうを引っかき回していったと話した。彼女ははっと目を覚ましたが、あっという間の出来事で、秘密警察の人数もわからないほどだった。人々は、「彼ら」が彼を連れて行ったと言う。犯罪の主語は「彼ら」、すなわち警察あるいは軍隊であるかもしれない匿名の権力で、制服もしくは私服を着ている。それはもはやどうでもよいことなのだ。国家のテロを法的に明らかにすることは難しい。

消え去ることには、いくつかのバリエーションがあるが、ほぼ以下のような決まった形で起きた。ほとんどの場合、私服の誘拐者が犠牲者を自宅か路上か職場で捕まえた。彼らはよく組織されていて、武器を持ち、訓練されていた。犠牲者は捕らえられて、尋問された。その際、拷問が普通で、例外ではなかった。全く跡を残さない方法が取られることがどんどん増えていった。アルジェリアでフランスの秘密軍事組織ＯＡＳが、ベトナムで中央情報局ＣＩＡが行ったことの組み合わせだった。たとえば捕らえられた人の衣服を脱がせ、氷のように冷たいシャワーを十五分間浴びせた。その後、石の床に寝かされ、殴られた。この方法だと内出血、すなわち跡形が残らない。捕らわれた人は二十回から百回、踵を殴られた。多くの人たちが拷問によって亡くなった。

消え去った人が助けを求めても、通常の軍の部隊や警察は干渉しなかった。いくつかのケースでは、政府が公安職員に犠牲者の逮捕、尋問、拘留、殺害への無制限かつ監視なしの権限を与えていた。その他のケースでは、当局からこういった同意が暗黙のうちに与えられていた。

一般的に言えることは、政府組織は関知していることをすべて否認したことである。今、これらの中の多くの国では、犯罪者に対する実刑免除がある。正常な法的手段は不可能だったし、今もそうである。誘拐された人たちが殺されたのか、あるいは無期限に拘留されているのかは不明のままである。このような意味で、数千人もの人間が大地にのみ込まれた。だが、彼らの運命について私たちは全く何も知らない。

この犯罪の犠牲者とは誰なのか。教授、大学生、労働運動指導者、労働組合の組合員など、社会のあらゆる階層の人たちだ。これらの人たちの中には、何らかの政治的あるいはイデオロギー的な関係など全くない人たちがいる。すでに消え去った人たちと関係があった人たちもいる。たとえば一九七七年十二月に、二名のフランス人修道女が公安警察によって連行された。

彼女たちが消え去った人たちの家族の集会に参加したというのが連行の理由だった。また誘拐者のそのときの気分によって消え去った人たちもいた。その他の人たちは、単に間違えられただけで逮捕され、拷問に次ぐ拷問を受けた後、場合によっては釈放された。

第三世界出身の司祭がスラム街で働いていた。私は彼の周辺で誰が消え去ったかを尋ねた。するとおよそ五千人が住んでいるスラム地域で、彼が承知しているのはたった一件だった。「しかし」と彼は続けて、「この地域にやってきて私たちを助けた弁護士、教師、ソーシャルワーカー、主婦、学生、看護師、医師たちのうち、ここにいる者は誰もいない」と語った。「追放されたか、亡命したか、殺されたか、消え去ったか、あるいは不安に駆られてここに来なくなったのか、私にはわからない」ということだった。

私が知っている若い教師は貧しい人たちの住宅街で働き、ノート、鉛筆、本など学習教材の寄付を受けていた。時々、ノートの中にお札が入っていて、彼女はそれでさらに子どもたちのために教材を買っていた。学校がモントネーロスの支援を受けているという理由で彼女は連行され、八年間の実刑判決を受けた。しかしこのような通常の判決は非常に珍しいことで、消え去った人たちについては何も聞かないというのが普通である。

ある婦人は、「私たちの友人はプロテスタントの教会に属するきちんとした人で、三人の娘がいました。上の二人の娘はスラム街で働いていました。二人は十七歳と十八歳、とても理想に燃えていました。彼女たちはグループの一つに属していました。わかりますね、私の言っていることが。ある日、夜中の三時ごろに秘密警察が来て、二人を連行しました。上の娘は叫び声をあげ、拷問を拒み、薬を飲んで自殺しました。もう一人は連れていかれ、その後消えてしまいました」と私に話してくれた。

政治的活動家、体制批判者、労働組合員、あるいは、人間的感性を持ち、隣人が消え去ったことをそのまま見ていたくない普通の市民であっても、これらの人々は国家によって国の敵と宣言されたのである。誰でも自分で考え、感じれば、反抗的になる。フロイトあるいはマルクスの著作を読むことが危険であり、コピー機を持っていればまるで家に爆弾を抱えているかのようになってしまう。

消え去った人たちの家族に襲いかかる沈黙の暴力は先鋭化し、大きくなっていく。家族にとっては、消え去ってしまうことだけですでに心理的な拷問である。死亡が確定しているわけではなく、悲しみは常に先送りされなければならない。拷問にかけられていること、両目をくり抜かれるといった恐ろしい状況を詳細に聞いても、本当にどんな苦難が身内に待ち受けているかを知ることはない。希望と不確実さが相まって拷問器具となる。

チリのある母親は私に、一九七四年に二十六歳だった息子の話をした。彼は大学の教員で尊敬され、学生たちの代弁者だった。クーデターの後に彼が解雇されたとき、多くの人たちが彼のために闘おうとした。母親には彼が死んでいると推測する理由があった。彼に衣類と食事を持って来るようにと言われたが、彼女は刑務所に入ることが許されなかった。八か月後、テハス・ヴェルデ（悪名高い拷問施設）で仲間たちが彼を見た。彼のことを尋ねられた施設長は、「そんな豚野郎がここにいるとしたら、それなりの理由があるからだ」と答えた。その一年後、軍事政権と非常に良好な関係を持ち、恐らく拷問道具と思われる電気器具の生産に関わっている娘婿が母親のところに来た。「彼は死んでいます。それに千人以上が死んでいるのです。無駄だから彼を探すのは止めなさい」と彼女に言った。母親は泣かなかった。「息子は不屈を貫いた。誰の名前も漏らさなかった。彼の友人は誰も連行されなかった」ことを誇りに思った。私は、消え去った人たちのためのハンガーストライキに参加した個人的な動機を彼女に尋ねた。知りたかったのだ、と彼女は答えた。一九七四年以後に消え去った人たちが全員殺されたこと、一九七五年に消え去った人たちのほとんども同じだったことを、当局は率直に語るべきだと彼女は言った。

ある女友達の母親は、北アメリカのある団体からヴィジャ・デボートに捕らえられている人たちを訪ねるように依頼されたことを話した。彼女は行くつもりにしていたが、娘から圧力をかけられた。「お母さん、この国にはあなたの孫が七人いるのよ」と。「私は行きませんでした。それは間違っていましたか」と母親は不安げに尋ねた。抵抗、実現されなかった抵抗、そして分断されたことについての物語である。

家族・親類たちは全員が脅迫されていた。「夫に会いたければ、何もするな」と言われていた。この沈黙の暴力こそが国家によるテロの重要な戦略だった。消え去った人たちもこの暴力にさらされていた。「何も尋ねないでほしい。私はそれなりに大丈夫だから。誰にも言わないでほしい」と自宅に電話してきた人たちもいた。このような状況では何をなすべきだろうか。再び姿を現した数少ない人たちでさえ、自分たちがどの収容所に拘禁されていたかを話そうとする人は多くない。苦しめられた拷問については黙ろうとする。

あるハンガリー人の神父が警察署長を知っていた。神父の二人の友人が消えたとき、彼は警察署長に二人を探し出してほしいと依頼した。これはうまくいった。二人には国を出るようにという通知がなされた。そのうちの一人だったイエズス会の神父は、ラ・プラタの近くの沼沢地帯で見つかった。その神父は、意識を失うように注射され、ヘリコプターから投げ落とされたと考えている。彼はハンガリー人の友人に電話し、パスポートを得て、国を去った。どんな拷問を受けたかについては、彼は話そうとしなかった。

恐怖政治の政権は様々な戦術を開発した。まずすべてが否認される。国際的な圧力が強まると、熱心すぎた職員が思わず行き過ぎた行動をとったとして、政府は個々のケースについては認める。遺憾ながらすべての公安職員を管理することはできないというのだ。このような認識にもかかわらず、死に至らしめる拷問のような行き過ぎに対して、公安職員が罰せられたことは一度もない。

しかし、消え去ることを完結するもっと冷笑的な方法がある。チリでは一九七九年五月以降、家族や親類が次々と殺害予告の脅迫状を受け取った。一九七六年八月に夫が姿を消した女性は、次のように書かれた手紙を受け取った。「夫がどこにいるか見つけ出そうとしても無駄だ。我々は一九七七年の四月に彼を殺害し、他の多数の遺体と一緒に海に捨てた。彼は共産主義者で、売国奴だったから、我々は彼を殺した。お前も死んだのと同じだ」。

最も簡単な質問をいくら繰り返しても十分ではない。これは私たちとどんな関係があるのか。

人権は不可分だというが、それは本当か。支援をしないことはどのような意味で人権侵害なのか。労働の汚い部分を他者が担うなら、それが利潤最大化ということなのか。アルゼンチンで消え去った女性の母親が、小包で靴箱を受け取った。その中に娘の両手が入っていた。アムネスティ・インターナショナルの目的は、拷問が「奴隷制のようにあり得ないもの」になるように、拷問を弾劾することである。ただ問題は、最も新しい「奴隷制」の形がまさに拷問を必要とすることである。全面的依存という奴隷制が、貧しい者に対する豊かな者の声なき戦争の目的であり、私たちはその中に捕らわれている。拷問は経済的服従への抵抗を打破するための一つの方法に過ぎない。

「諦めかけている者たち、積極的参加の気持ちが弱まっている者たち」に宛てられたチリの地下運動のビラには、次のように書かれていた。「ここに今の私たちにとっての最大の危険がある。それはまた私たちの子どもたち、さらに来るべき世代にとっても大きな危険だ。道徳的感性が失われ、善と悪の間の概念は意図的に混乱し、あるいは少なくとも混乱したものとして受け止められている。路上で大声で語ることが許されないことを、少なくとも魂の中で叫ばなければならない。そうでもしなければ、そのことを忘れてしまう。これらの事柄を忘れずに、自覚し、松明のように輝かすように、これらの文章が書かれた」と。

しかし加害者である第一世界の中で、このような言葉に誰が耳を貸すのだろうか。これらの言葉を「単に道徳的」と決めつけて忘れることは、私には冷笑的に見える。このように言う人は、自分自身を破壊し、「自分の魂を取り換え」させる。単純で、古めかしい（「道徳的な」）

言葉で私たちのためにも語り、抵抗を組織するように私たちを助けている抑圧された民衆たちの抵抗から、私たちはもっと多くのものを学ぶことができる。私はこのビラを、「チリよ、目を覚ませ。お前の魂が取り換えられてしまうことを許すな。自由を愛するおまえの精神は、かつては違う歌を歌っていた。おまえの精神はいつの日か再び、自由と正義の歌を歌うのだろうか。おまえの子どもたちがどんな教育をされるか注意しろ。子どもたちに何を教えるか見届けろ。そうでないと、おまえが眠っている間に、兄弟を殺してもいいぞ、公式の報道が伝えることが正しいのだぞ、真実は嘘で、嘘が真実だぞと子どもたちに教え込まれるようになる」と私は読み解いた。

その後、私はチリからすばらしい話、奇跡の報告を聞いた。それは、拷問の脅威、沈黙のテロ、忘却という私たちの穏やかなテロによっても消し去ることのできない希望の徴だった。チリ南部の長老派の牧師が、北アメリカの友人たちから手に入れた食料品を配っていた。彼は逮捕され、サンティアゴのロス・アラモス刑務所に送られた。この刑務所は大学の学部図書館並みの大きさで、そこにおよそ百五十人の男性たちが生活していた。彼はそこでチャプレンの役を引き受け、毎日、捕らわれている仲間のために聖書講義と夕拝を行った。捕らわれている人たちは、ほとんどが社会主義者だった。このような信徒を受け持ったのは初めてだったと彼は私に語った。彼が釈放されたとき、彼の囚人仲間が自分の名前を燃え尽きたマッチで彼の背中に書いた。十一月のことで、暖かだった。彼は汗をかくのではないかと心配した。彼は身体検査なしに釈放され、平和委員会に行った。消え去ったとされていた人たちの名前が、彼の背中に書かれていた。

マッチ棒で書かれた囚人たちの名前が、捕らわれていた牧師の背中に現れた。沈黙の時は終わったのだ。

平和のための運動

私は、一九七九年十二月十二日をドイツの戦後史における暗黒の日の一つとして受け止めた。この日の北大西洋条約機構の軍備増強への決定で、私は自分自身に内面的義務を課した。残された生涯を、第三世界にとっての正義が根底にある平和に賭けるという義務だった。その当時私に明らかになったのは、私自身の青春時代に深く根ざす「戦争は二度とごめんだ！」ということが私の中核にあるということだった。

これは私の子どもたちや人々のためというだけではなく、私自身のためでもあった。爆弾を抱える国ではもはや笑うことはできなかった。こんな国は、他の国々への過剰殺戮への準備を整えただけではなく、そのためにお金を払い、生産し、設置し、宣伝する人たちをも破壊した。NATO二重決定後の時期は、よく一九一四年と比較された。国際的緊張は、一人の指導者のちょっとした愚かさ、わずかなコンピュータの誤操作で、世界破滅を引き起こすほどに高まっていた。

指導的政治家の演説で、「平和」という言葉がどんどん消えていった。「全く不用心に」この言葉を口にすることはなくなった。この言葉は「安全」と結びついていなければならなくなった。大声で、軍事的に十分な明確さで安全について語ったなら、「そして平和」と付け加えることは危険ではなくなった。大事なことが第一、すなわち絶対の安全が第一なのである。平和の概念はますます神経症的になった。

アメリカの平和運動のビラに「爆弾は今落ちている！」という文章を見つけた。この文章から私は多くを学んだ。それまで私は、軍拡というのは、何か後で起こること、あるいは起こらないかもしれないことに対する一種の準備だと考えていた。しかし、軍拡は私たちのお金、私たちの税金、私たちの知性、私たちの努力を飲み込んでしまった。軍拡は私たちの国を破壊し、第三世界を平和あるいは正義や、十分な食糧に至らせないようにした。

介入することは抵抗を組織することを意味した。その後に続く年月で私たちが必要とした（また手にした）のは、軍国主義に反対する中道から左派までの幅広い包括的な抵抗運動だった。平和のために立ち上がり介入する、非暴力で、他にどうしようもなければ非合法で。私はチリの抵抗運動から、命の危険を冒して配られているビラを入手した。チリで語られていることの多くを、私たちの状況にも当てはめることができることを私は確信していた。「介入しろ！死との協力を拒否しろ！　命を選べ！　おまえの魂が取り換えられることを許すな！」。

抵抗は明確になり、多くの場所で育っていった。オランダ議会は準中距離弾道ミサイルの配備を拒絶したが、それは空にかかる虹の一片だった。ヨーロッパにおける抵抗を最も明らかに、最も誤解されないように先導したのはオランダ人、まさに改革派のキリスト教徒たちだったかもしれない。多くのヨーロッパ人がこの「オランダ病」に感染した。

一九八一年、ハンブルグでの福音主義教会大会で初めてはっきりと表明されたドイツの平和運動は、ユダヤ・キリスト教的伝統から来ていると理解された。「はっきりと」という言葉で、私はイエスとその仲間たちのように、かくも戦闘的、かくも非暴力的、かくも合法的にということを意味している。ドイツではまさに女性たちが、自分たちを男性たちの軍事政策の対象とみなす理由を全く感じなかった。つまり自分を守らないものは、何をされても仕方ないのだ。女性運動の中で平和への積極的参加が育った。合衆国では女性たちが手と手をつないでペンタゴンを取り囲み、投獄され、その後もっと大きなグループになって戻ってきた。

この時期、私はかつての五〇年代の平和運動での体験を思い出した。当時、情けないほど私たちは小さな集団で、若くはない女性たちがボロボロの上着を着て参加していた。思い返してみれば、雨が降り、寒かった。あの頃、私は底の薄い靴と薄手のコートしか持っていなかった。また別の意味で、あの基本的感情も持っていた。孤独、一緒ではない、力がない、無力。同年代の大学の友人たちが一緒にいてくれたらと思った。

あの頃、マルティン・ニーメラーが私たちに語った。私たちはケルンのエーレンフェルト地区にある小学校の教室で、小さなベンチに座っていた。私は若くて元気のいいジャーナリストに関心を持ってもらおうと努めた。「そんな少人数の、おばさんたちの平和運動なんて無駄だよ」というのが彼の答えだった。この侮辱を私は決して忘れなかった。何といっても二度の世界大戦を経験した年を取った人に対する侮辱、どうせ女はまともに取り合う必要はないという女性に対する侮辱、そして平和に対する侮辱である。

私にとってこの女性たちは感傷的でない強さを象徴していた。毎日のきつい仕事を当然のこととしてやり抜いた女性たちだった。弾薬工場での強制的勤労奉仕の後、ウクライナ出身の同僚の少女たちが飢えていることに最初に気づいた人たちだった。自分たちが持っているわずかなものから、少女たちに分け与えた。このような話を私はたくさん語ることができるが、これらの話は広がりつつあった反共産主義によって抑え込まれ、忘れ去られてしまった。

市民的不服従と軍事国家に対する抵抗のラディカルな形は、アメリカのカトリック左派からも出てきた。ダニエルとフィリップのベリガン兄弟はベトナム戦争のとき以来、多くのグループと一緒に、彼らが「貧しい者からの窃盗」と呼んだ軍拡に反対する活動をしていた。彼らはラディカルな平和主義者である。長い間ドイツでは、非暴力の抵抗運動の闘士ダニエル・ベリガンを、政治的なコンセプトを持たず、最良の古い平和主義的伝統の「証明書だけは持っている」ほら吹きとして片づけてきた。八〇年代、私にとって明らかになったのは、平和運動全体の中で、このような個人あるいは抵抗運動グループがまさに地の塩となったことである。そして必要とあれば地獄から現われ出てくる魔物に対して命さえも差し出す彼らの覚悟、自由が、ラディカル化するキリスト教徒たちの数をどんどん増やしていった。その中にはシアトルの大司教で、税金を払うことを拒否したレイモンド・ハントハウゼンのような大司教や教会指導者たちがいた。

このようなカトリックの抵抗運動はアメリカ合衆国では歴史的に新しい。ベトナム戦争の間、インドシナにおける民族虐殺に対して、カトリック教会の反応は非常に緩慢で、遅れていた。ところが平和運動の時代には彼らは指導的で先頭に立ち、たとえば核兵器の生産、実験、配備の凍結に関する彼らの要求は穏健な形を遥かに越えた。

一九八一年、ダニエルとフィリップのベリガン兄弟をはじめ、私の友人たちがペンシルバニア州ノリスタウンの法廷に立った。彼らは自分たちのグループを、イザヤ書の「彼らは剣を打ち直して鋤とし」(二・四)にちなんで、「鋤の八人」と名づけた。この八人の男女(この中にはカトリックの修道女と六人の子どもの母親もいた)は、一九八〇年九月九日、ペンシルバニア州キング・オブ・プルシア市で核ミサイルを製造していたゼネラル・エレクトリック社の支社に足を踏み入れた。彼らは二つの核弾頭をハンマーで叩き壊し、秘密の設計図面に人間の血をばらまいた。彼らは憲兵によって取り押さえられ、地元の警察に身柄を引き渡され逮捕された。告発は、侵入、犯罪的陰謀、他人の所有地への不法侵入、扇動的行動、騒音(検察は平和をテーマにした歌を歌ったことを指しているらしい)、窃盗、強要に基づいた。判決は、ダン・ベリガンには十年、フィルには三年の実刑だった。

フィル・ベリガンはアメリカの軍拡を眼前にして、「我々が今まで冒したどのリスクよりも大きなリスクを冒さなければならない」と語っていた。

ドイツでも市民的不服従のさまざまな形が展開され、鍛えられ、数十万の人たちが路上に出ていく様子は印象的だった。一九八一年、ボンに集まった三十万人を前にして、あるジャーナリストには「ヒトラーのときみたい」という表現しか思い浮かばなかった。現実が見えず、さらに現実を歪めるこの表現に、私は久しぶりに憤った。人々が路上での示威行動へと組織されていく理由が重要なのではないという考えは、保守的イデオロギーの一つである。多くの人々が集まること自体が恐怖であり、危険だという考えである。一九八〇年以降、完全に非暴力のデモを通じて、平和への要求を政治的な表舞台に押し上げてきた何百万人ものヨーロッパ人がいたにもかかわらず、平和を友とする人たちに対して、常に暴力活動あるいは暴力への準備をしているかのように言われてきた。実際の展開は全く逆だった。私たちがますますはっきりと知ったことは、軍国主義が最も明瞭に表れる権力の傲慢に対して、嘆願、議員たちへの手紙、ビラだけでは立ち向かうことはできないということだった。

こうして多くの平和の友人たちは徐々に非暴力的非合法の手段に近づいて行った。私たちはバリケードを呼びかけ、封鎖することを決めたが、これは処罰の対象であった。私は「基本権と民主主義のための委員会」の創立以来の評議員の一人であるが、その委員会のクラウスとハンネ・ファーク夫妻は私の平和主義の友人である。彼らはムートランゲンの大量破壊兵器、後にはヴァルトフィッシュバッハの毒ガス貯蔵施設の前で非暴力のバリケードを組織した。逮捕され犯罪者とされること、訴訟、判決は私には重要な体験だった。これらは人々の間に関心を作り出し、バリケードに参加した若者、年寄り、著名人、無名の人たちをつなぎ合わせた。

教会のレベルでは「平和の保全」というキーワードで、反対の声が上がり、軍拡に賛成した。ヴォルフハルト・パネンベルク、トゥルッツ・レントルフ、ゲアハルト・エーベリング、ハインツ・ツァールントといった著名な神学者たち、一般信徒、学者たちはキリスト教的責任から、一方的な軍縮は間違っており、平和を脅かすものだと考えた。彼らは現在の軍事技術の状態、すなわち核戦争において、ドイツ連邦共和国の防衛は可能であると考えていた。しかし、これについて市民活動グループ「軍備なしに生きる」は軍備そのものを否定していた。今、人々がキリスト教をどう理解しているかは平和の問題において明らかになった。平和の問題は、教会の歴史において常にキリストへの信仰を明確化する役割を果たしてきた、信仰告白的事態（Status confessionis）へと私たちを押し進めた。平和というテーマにおける相違が、教派の違いよりもはるかに重要だった。

一度は学生のグループと一緒にハンブルクの連邦軍指揮幕僚大学校の前に立ち、冷たい雪の中で歌い、祈った。私たち自身の個人的な不安や希望を語った。ある若い男性は敷地を囲っている巨大な囲いを前にして、「僕は四年前にはまだこの囲いの内側にいた。そのとき、僕は君たち全員をヘンだと思った。今、僕はここにいて嬉しい。どうして僕がここにいるのか、その理由が僕にはわかっている」と言った。かつては将校だったこの男性は神学を学んだ。この状況で私には闘争と瞑想の一致が少し見えた。私たちはそこに立って、聖書の中から預言者のテキストを読み、寒さに耐えながら、自分たちの無力を感じた。それでも歩道の敷石を手に取ろうとは誰も考えなかった。闘争がいかに困難で、どれほど長く続くのか、無限に長く続くかもしれないことを経験した。

無力と絶望の経験について、私はダン・ベリガンと話し合ったことがある。彼は私に言った。「成果について尋ねることができない状況があります。この問いがあなたを打ちのめすから。もし成果についての問いを支配的なものにするなら、その時点であなたは体制側にいることが露呈します。もちろん無力という経験はありますが、それがあなたを萎えさせてはいけません。市民的勇気は自負、人間的尊厳の自己主張と関係しています。そして、これが成果よりも重要なことなのです」と。

当時、私に成果はないだろうと予言した母親のことを再び考えた。私もまた一種のプロテスタント的反抗、つまり「悪魔が世に満ち、私たちを飲み込もうとしても、私たちは恐れない、私たちは成し遂げる」ことを感じた。私が思い出すのは、ルターの讃美歌「神はわが砦」で終わった超満員の教会で行われた平和の礼拝だ。この讃美歌は一度たりとも正しく理解されたことがないと感じていた。私たちを飲み込もうとする悪魔、「さわぎたつ」この世の領主といった古臭いイメージが、突然ぴったりと来た。なぜならこれらのイメージが生活の状況、つまり文脈と関連付けられたからである。

平和のための運動において、死からの復活はある、私たちがかつてその中にいた死からの蘇りはあるという信仰がしっかりと目覚めた。敗北、つまりミサイルが配備された後でも、平和のための意味ある闘いが可能なのだという信仰も目覚めた。配備は平和だけの敗北ではなく、民主主義の敗北でもあった。西洋世界の根底にあったすべて、つまり自由、民主主義、自治の敗北だった。

かつて私がとてもふさぎこんでいたとき、オランダの平和主義者の友人がとても素敵なことを言った。「中世に大聖堂の建設に従事していた人たちは、決してその完成を見ませんでした。二百年、あるいは三百年あるいはもっと長く建設は続きました。ある石工が見事なバラ窓を作ったのですが、彼はそのバラ窓だけを見ていました。彼が生涯をかけた作品でした。でも彼は完成した大聖堂には決して入ることはできませんでした。そして大聖堂はある日、本当に完成しました。これと同じように平和というものを考えないとだめです」と。

当時、この言葉は私をとても助けた。私は大聖堂の建設工事に従事していて、いつの日かそれが完成することを知っているのは良いことである。奴隷制が廃止されたように、戦争もなくなるだろう。しかしそれは私が生きている間には起きない。

そのとき以来、私たちよりも前に生きていた人たち、私たちの後に生きる人たちとつながっている人生に根を下ろすことによってのみ、正しく生きることができると考えるようになった。このつながりを破壊し、一人だけの存在に限定するなら、自分自身を破壊することになる。路上で広島や長崎の死者たちに出会うことは重要だと思った。死者たちは私たちと共に歩んでいた。権力者たちもそれを知っていて、目に見えない群れが私たちと一緒にいることを感じ取っていた。私たちは孤独ではなく、軍拡主義者たちよりもはるかに多かった。なぜなら自分たちの命を戦争に奪い取られた死者たちが、常に軍拡主義者たちに反対しているからである。

映画の経験

ジャーナリズムの仕事の中で、映画制作は私にとって最も興味深い経験の一つだった。私の最初の映画は一九六七年、テレビ番組のためのもので、西ドイツ放送〔ケルンに本拠を置く公共放送〕が、カメラマンで監督のルーカス・マリア・ベーマーと私に制作を委嘱した。ベーマーのことは、ハインリッヒ・ベルがテキストを書いた非常に美しい瞑想的な彼の映画を通じて知っていた。私たちの制作趣旨は、キリスト教の約束についての政治的瞑想をテキストと映像にすることだった。「幸せと虚しさ」についてのこの映画では、映像と言葉は一致しない。私たちは、完全に出来上がった世界を映して私たちを取り込もうとする映像イメージと、イエスの言葉の間を行ったり来たりしながら熟慮を重ねた。

古くからの友人であるハンス＝エックハルト・バールは、ベルと私の映画用テキストに写真をつけたものを本として出版し、前書きに次のように書いた。「ドロテー・ゼレとハインリッヒ・ベルの瞑想的映像は、キリスト教の普遍的約束を私たちの仕事の秩序を越えた理想的な観念の世界としてもはや保証しない。ゼレとベルはこの約束を政治的経済の秩序に対する生産的な矛盾と見ている。つまり、日々の出来事の伝達手段、ショッピングセンター、公営墓地、保険会社の窓口などに存在する秩序の現状に対する大きな政治的アンチテーゼとして、この抑圧された古い約束を見ている。これは政治的な運命について考察する瞑想であって、直接的な行動の指示、変革への戦略ではない。まだ実現されていない可能なこと、物事の秩序を理由にした社会の抑圧、心の奥に追いやられてしまった約束。これらの事態が、分析の作業だけでなく、新しい瞑想的具体化の作業も求めている」と。これはまさに私が望んでいたものである。

しかしこんな具合にいつも順調にいくわけではない。特に公的・法的領域で、私の発言が気に障ると受け止められたときは、いつも困難がつきまとった。その例が、一九八一年の初め、宗教的な映画にテキストを書くという依頼だった。シリーズ番組のタイトルは、『神はどのように見えるか』というものだった。四回の放送を通してこの問いに答えるという番組で、第一回目は『子どものように』、次は『男と女のように』、さらに『最も小さな人のように』と続き、最後がルーカス・マリア・ベーマーと私が一緒に制作する『神はどのように見えるか――今までとは全く違うように』という映画だった。

映画は予定通り完成し、担当の編集者のチェックも受けていた。ところが放映の二日前に番組から外された。編集者からこのままでは映画を放映できないという連絡を受けた。「検閲が入ったのですか」と尋ねたところ、「当然ですが、公共放送には検閲はありません」という答えが返ってきた。ただ、数か所に不快と受け止められたところがあり、それを変えてほしいという依頼があったということだった。

その後、言葉遣いと表現をめぐる長くて粘り強い闘いが続いたが、そのことをここに書き留めておきたい。言論の自由がどこまで可能か、そしてわが国では何が「放送可能」で、何がそうでないかは一般的な関心のある問題だからである。この過程における一つの問題は、文化部編集局の最終責任者が、突然の放送停止後に送られてきた抗議の手紙を書いた人たちにも、私たち映画制作者にも、放送停止の根拠を全く示さなかったことである。編集者はこの映画はとても良いものであり、放映しても全く問題ないと考えていたが、最終責任者は自分の部下の編集者に嫌な仕事を任せた。そこで編集者は映画監督とテキスト作家である私と、個々の箇所をめぐって闘い、粘り強く交渉しなければならなくなった。

神についての私たちの映画はルポルタージュの要素を用いた一種の瞑想で、大まかに言えば神に「ついて」発言するのではなく、神「との」対話をしようとする試みだった。被造物が脅威にさらされていることについて深く考えるために、警官とデモ参加者の間の闘いを示すヴァッカースドルフからの映像が用いられた。この映像に対する私のテキストは次のようなものだった。「神よ、あなたの被造世界が広範囲にわたって、何千年も住めなくされていることに、もはや耐えられない人々を忘れないでください。神よ、これらの人々のところにとどまってください。あなたはこの人々とともにあり、ファラオとピラトの側にいるのではありません」。旧・新約聖書に出てくる最高の権力掌握者、すなわち国家の代表者と軍事力の代表者についての聖書からの指摘が削除された。その後、カメラは椅子と机が置かれた無人の室内空間へと移動する。平和主義者や非暴力運動の支援者たちに対する訴訟の準備がなされる事務室のシーンへのテキストは、「神よ、蔑まれ、口を封じられ、検閲され、言動を監視されている人々を、あらゆる手段を用いて忘れないでください。なぜならこの人たちこそ、あなたの被造物を愛しているからです」というのがオリジナルのテキストだった。ここでも表現が弱められ、言語による明確化が削られ、検閲と監視を意味する単語は削除された。「検閲は行われない」、ドイツ連邦共和国基本法第五条にはそう書かれている。

次にぶつかった点は、ラムシュタイン航空ショーの事故〔一九八八年八月二十八日、アメリカ空軍の基地であるラムシュタインで行われた航空ショーで、イタリア空軍の曲技飛行隊によるアクロバット飛行中に空中衝突が起き三機が墜落した。一般の観客七十名が死亡、千名を超える負傷者を出した〕だった。変更前のテキストはこうだった。「あなたは私たちの兄弟である死も創造されました。しかし私たちが軍備と呼ぶ用意周到な殺戮への準備、人を殺すことは創造されなかったのです。神よ、私たちを殺戮と和解させないでください。デスク犯罪者と和解させないでください」。テレビ局の人たちにとって、このテキストの中では特に軍備を表す「殺戮」、政治の責任者を表す「デスク犯罪者」という言葉は受け入れられないものだった。殺戮に代わる言葉として私たちが最初に提案したのが、法律的に中立的な用語である「殺す〔ゼレは、必要に迫られて動物を屠殺するという意味の単語を用いている〕」という言葉だったが却下された。

このテキストについては、もっと上の部署から手直しされた原稿が戻ってきた。ラムシュタインの悲惨な事故の映像が放映されるとしても、私たちが軍備と呼ぶ「用意周到な殺人」であれ、殺すであれ、殺戮であれ、音声としてテキストが聞こえてはならないということだった。最終的なテキストは「あなたは、私たちの兄弟である死をも創造されました。でも私たちが軍備と呼ぶような類の死ではありません」だった。つまり、ここでもまたオブラートに包まれ、あいまいにされた方法が強制された。真実は具体的であり、「軍備」という中立的な言葉の背後に、爆弾生産ビジネスに高い関心を持って利益を得る人たちが隠れていることをテレビの視聴者はもちろん知っている。たとえそれを口に出さなくても。それでもある特定の事柄を大きな声で、公然と言うことは重要だと私は考える。そうすることによってのみ、これらの事柄が自明のことではなくなるからである。

検閲の最後の介入は、兵舎の外にある製鉄会社で行われた兵士たちの宣誓式〔通常、宣誓式は兵士への基礎訓練期間中に兵舎内で行われ、国と軍への忠誠を誓う〕の場面に関するものだった。この場面への私の変更前のコメントは、「神よ、あなたの名がみだりに唱えられるときは、自らの身を守ってください。産業資本と軍隊、この二つが結婚し寝室を共にすることを祝福しないでください！　これらの権力を握る人たちの犠牲者である小さな人々と共にいてください」というものだった。ここでもまた強い、明確な主張からは何も残らなかった。私は「神よ、あなたの名がみだりに唱えられるときは、自らの身を守ってください」というテキストを、神学的理由でどうしても残したかった。そこで私は、「第二の戒めである『あなたの神、主の名をみだりに唱えてはならない』を引用することさえもはや許されないのでしょうか」と丁重に尋ねた。その結果、この文章は残ることになったが、権力を握る人たち（産業と軍隊）とその結婚、両者が寝室を共にするという表現は削除されなければならなかった。

これら三つの変更は、番組編集者と私たちの両方に、怒りと時間の浪費をもたらした。これらの変更がそれほど問題なのかどうかについての議論はできる。作家がみなそうであるように、私も当然一つ一つの言葉に固執する。何度もこの仕事を止めようと思った。妥協がどこまで可能であり、どこで自分を裏切ることになるか、その限界を正確に定めることは決して容易ではなかった。

この映画の仕事は私に多くの喜びをもたらしたので、諦めたくなかった。友人たちは後に、この仕事が無駄ではなかったと言ってくれた。思った通りのものではなかったが、何とか耐えられるものができた。しかし、このような目に見えない、細かく分枝化されたいくつもの強制のもとで、とくに若い無名の作家たちはどうなるのだろう。

私はこのケースから多くを学んだ。いくつかの国々とは違って、この国における検閲は、検閲のために設けられた行政機関によるのではなく、自己検閲として機能している。意見を変えない人たちとの交渉で多くの困難を経験した編集者は、恐らく次の仕事ではもっと御しやすい作家を探すのだろう。この現象はわが国では「頭の中のハサミ」という表現で知られている。編集局は外部からの検閲を必要としない。誰でも何が放映可能か、目立たないか、問題がないかを知っているからだ。簡単な方法が良いに決まっている。そしてこの頭の中に内蔵されたハサミは、ハサミを身に付けた人たちがまだ全く意識しないままに、テキスト、作家、テーマを切り取ってしまう。

私たちの国の軍事化に対する批判は、かつてのドイツ帝国において「不敬罪」として罰せられたようなテーマの一つである。いずれにせよわが国の報道機関の最も公的なものにおいては、あってはならない批判なのである。地下水や大気を保全する問題で、暴力的な産業に対してきっちりと名指しで批判することも同様に困難である。

この点に関して、私は言論の自由だけでなく、宗教の自由も脅かされていると思う。宗教の無害性、神への揺るぎない信頼、生きることの意味の個人的な深化は多くの場所で提供され、消費されている。個人主義の地平での宗教の単純化は許されている、それどころか推し進められている。しかし旧約の預言者たちを支えとし、イエスの宣教の明確さを受け入れる批判的な意識（別の言葉で言えば、豊かな世界で徐々に発展しつつある解放の神学）が大きくなって、意味を持つことがあってはならないのだ。

新約聖書の時代、このような許された宗教を「公認の宗教」と呼んだ。ローマ帝国の皇帝たちは、帝国の主たる宗教との紛争を起こさない限り、ローマの宗教ではなく自分たちの宗教を持つことを臣民たちに許可した。皇帝崇拝が軍事政権への服従を保証していた。片や宗教、片や政治、また片や内面性、片や神の意志を行おうとする努力という分業は、当時、ユダヤ教徒と初期キリスト教徒という二つの宗教集団ではうまくいかなかった。彼らはずっと、世界は神のものであり、権力者のものではないと信じていた。

比較的自由な私たちの国に検閲はあるのだろうか。私がここに書いた小さな例で体験したことは、民主主義の勝利ではなかったのか。私はこれらの問いには答えを出さないままにしておく。そして体制に順応することなく、かなり危機的な現実を理解することにこだわり続ける。

アパルトヘイトに反対して

三十年ほど前、暴力支配とその共犯者に対する闘いが、いかに古くて、どれだけ大昔からあるかを示す話を体験した。当時、私は東ベルリンにいる友人たちを訪ね、出発の直前に買った大きな網袋に入ったオレンジを持って行った。みんな久しぶりに見るオレンジを見て喜んだが、私の女友達の一人であるエリーザベト・アドラーだけは例外だった。彼女は当時東ベルリンのエヴァンゲーリッシェ・アカデミーの所長を務めていた。彼女はオレンジを見るやいなや、「南アフリカから？　そんなものは食べないわ！」と叫んだ。あのときほど自分を恥じたことは久しくなかった。それ以後、産地を見てから果物を買うようになった。当時の東ドイツの一人のキリスト教徒の矜持と憤りについて学ぶと同時に、私自身の中に潜んでいたアパルトヘイトについても学んだ。

同情には二種類ある。一つは世界の多くの場所で起きている恐ろしいことを気の毒だと思うものである。私たちは驚き、心を揺さぶられ、寄付しようという気持ちになり、犠牲者に思いを馳せる。だがそれで終わりだ。私たちの日常とは無関係で、「かわいそうな黒人たち」と自分たちを切り離し、頭と心の中にあるアパルトヘイトを抱えてそのまま生き続ける。強くて直接的な感情と同じように、同情もまた二つの道を進むことができる。分析、理性、専門知識を切り離し、いわば幼児化したままで、すぐに忘れられることが可能な道である。もう一つは、掘り下げ、問いただし、自己批判的になって、分析的能力を用いることができる道である。私たちの報道機関は大部分が幼児化した同情に重点を置いていて、根源に向かう真っ当な同情は除外している。

人間は鋭敏化が進行する中で、かなり正確に自分がどこで回心できるかを知るようになる。

ある程度意識がしっかりしているなら、共犯者にならない可能性は誰にでもある。特定の消費財や、極端なエネルギーあるいは肉の消費に対してノーを言うこと、工業生産の背景について批判的な疑問を持つという可能性がある。さらに、ある状況に達するために、生活様式を変える、政治的意識を変える、ある組織に参加する可能性もある。

数年前、私はアメリカで、南アフリカから来た二人の若い白人の学生に出会った。私たちは少し話し合って、私は彼らに南アフリカの状況、とくに黒人たちの状況について尋ねた。二人の学生にソウェトを知っているか、そこに行ったことがあるか、ソウェトの人たちの小屋やバラックに水道はあるのかないのか、電気や石油はあるのかないのかといった非常に細かな質問をした。ところが二人の学生は知らなかった。彼らが興じるゴルフ場やテニスコートのことは知っていた。自分たちの小さな学校も知っていた。二人はまるで旅行会社から依頼を受けたかのように話した。自分たちの国がいかに美しいかは語ったが、私の的を絞った質問には全く立ち入らなかった。何も知らなかったからである。自分たちの国の現実を知らなかったのである。見えない壁があった。ベルリンの壁とおなじぐらいひどい壁である。

私の同国人のほとんどが、このような壁の後ろに住んでいる。アパルトヘイトは何も南アフリカに限った問題ではなく、豊かな、いわゆる第一世界の問題でもあるからだ。安価なバナナ、おいしいコーヒーのことは知っていても、私たちの視点は旅行者のそれにとどまり、姉妹や兄弟の視点を知らない。

南アフリカ教会協議会総幹事のクリスティアン・ベイヤーズ・ノーデとの会話で、彼は私に対して、何に、あるいは誰に私の変革への希望が基づいているのかを尋ねた。私は彼に言った。私の希望の根拠は何よりもまず女性たちであると。女性たちは、私たちがその中で生きている文化、文化的アパルトヘイト、競争の残忍性や精神の欠如にあまりにも絶望し、その結果、その文化から抜け出さなければならなくなっている。人間的でありたい、あるいはそうなるために。キリスト教徒であることのために払う犠牲は、今後二十年、大きくなるだろう、真のキリスト教徒であることの代価はもっと大きく、もっと厳しくなるだろう、というのが私の答えだった。

私にとって回心のすばらしい例の一つは、プロテスタントの女性たちが組織した運動で、南アフリカ産の果物に対するボイコットを実行するというものだった。八〇年代の初め、彼女たちがこの運動を始めたとき、彼女たちは嘲笑された。ドイツ福音主義教会は彼女たちの組織への支払いを止めたが、その理由として彼女たちには明らかに能力がないので男性が管理しなければならないと説明した。以前は私も、女性の仕事は何よりも靴下を編むことだと考えていた。女性たちがどんなに驚くべきことをなすか、私には想像がつかなかった。ボイコットの流れの中で、彼女たちは朝五時に卸売市場の卸売り商人のところに出向いた。そして、「この南アフリカ産のオレンジは血の味がする。もうこれ以上売らないで。奴隷制に手を貸さないで」と言ったのだ。

これは、権利の剥奪や沈黙の強制を許さない者なら誰でもできる、注目に値する本質的な経験である。弱者たちが強くなり、殺された人たちが命を作り出す経験である。まさにこのことをプロテスタントの女性たちが私たちに教えてくれた。彼女たちもまた罵られ、自尊心を傷つけられた。ある若い女性が涙ながらに私に語ったのは、卸売市場の男性たちが少なくとも彼女の言うことに耳を傾けたが、「お前なんかに何がわかる」と言って怒鳴りつけたことだった。「でも、私はまた行きます」と彼女はしゃくりあげながら言った。このように女性たちは諦めなかった。弱者たちの強さについての小さな話。無力な人たちの力についての小さな話。私たちが受け入れてきた死からの復活についての小さな話。

南アフリカ――これは過去二十年以上私にとって、同情をもっと真剣に「共苦」として言い表すという挑戦だった。この感情は能動的であり、自己批判的だった。食事、お金のやりとり、他人とのつきあいといった日常生活に入り込んできた。殺されたソウェトの小・中学生たちのことを頭で考えながら、日常の中でそのことを忘れることはできなかった。南アフリカの子どもたちは私（そして多くの女性たち）を行動へと促した。口座を解約しろ！　月曜日の朝には、拷問や強制移住や殺害に手を貸している銀行の支店に行け！　若すぎる、失業中だ、口座は持っていないなどの言い訳はいらない！　この共苦は私たちに言う。南アフリカは燃えている。そして銀行はまだ火に油を注いでいる。八歳の子どもたちが刑務所に入れられている、そのことに君たちはお金を払っているのだ。私たちはこの国で十分に人種差別主義を経験したのではないのか。そして共謀者や共犯者、「私たちはそんなことは知らなかった」という愚かな人たちにうんざりしているのではないのか。銀行の中で、そしてその前で、何が起きているのか、このテロ国家がいまだに崩壊しないのはなぜか、この人間蔑視を維持しているのは何であり、誰なのかを人々に説明しよう。そこから利益を得るのはだれか、そしてまだまだ多くの人々が死ななければならないのはなぜかを。

長い間目に見えていたアパルトヘイト政権の経済的崩壊を、ドイツの諸銀行が食い止めていた。白人少数派の支援という銀行の政策は歴史に目を閉ざしていた。過去からは何も学ばず、未来にも目を開いていなかった。歴史は先送りされたが、止めることはできなかった。アパルトヘイト改革への希望はしばしば錯覚として、また黒人たちの生き生きとした希望に対する裏切りとして何度となく現れた。反対はどんな形であれ抑え込まれなければならなかった。政府と違う考えを持つ者は男であれ女であれ、誰もが権利を奪われ、理由なく追放された。そして正当なことを求める世界中の多くの友人たちの連帯は放逐され、禁止された。まるで「あなたの隣人を愛することは禁止されている」と言われているかのようだった。

かなり遅れてフルベルトと私は一九八五年四月、ドレスナー銀行にある口座を解約した。同銀行はその残高で南アフリカのさらなる軍事化を財政支援し、アパルトヘイトが有色人種たちから求める血の犠牲に対する共同責任を負っていた。ニューヨークのシティバンク銀行は、少し前に血のビジネスから撤退していた。私たちはドレスナー銀行も南アフリカへの金融ビジネスを停止し、銀行ビジネスにおいても人権を尊重するように要求した。

しばらくして私たちは銀行との対話に招かれた。そこで銀行の代表者は、彼らも私たちと同じようにアパルトヘイトに反対であるが、経済ボイコットは変革のための正しい手段ではないと考えていると述べた。偶然、同じ日にハンブルグで、ジェシー・ジャクソンが「第四帝国」

と呼んだ体制に対するデモが行われた。私たちがユングファーンシュティークの美しい古い建物で議論している間、下の方から「ドイツの武器、ドイツのお金が世界で殺人を続けている」という叫び声が響いてきた。

ボイコットをした女性たちは、こんなことをやっても何にもならないと言った人たちに惑わされることはなかった。十年にわたる忍耐強く、辛抱強い活動の後、彼女たちは少なくともデパートのヘルティやカウフホーフではアパルトヘイトの果物は売られなくなったという成果を上げた。「私たちのお客様のご要望により、当店では南アフリカ産の果物は輸入いたしません」。この勝利は百倍の勇気を与えた。

だからこそ私は強い、曇りのない共苦を表明する。正義は太陽であり、あなた、私、私の友人たち、そして最後には重役室のある最上階の最も薄暗い隅をも照らすべきである。太陽がそこに来るまで、長い時間がかかった。しかし誰も、そして何も（お金も軍事も秘密警察も）この太陽を食い止めることができなかった。太陽は輝いた、神がアフリカを祝福されたのだ。

アパルトヘイトが終わった後、私はドイツ福音主義教会が教会の鐘を鳴らし、ボイコットした女性たちに感謝してくれることを願った。それはもちろん起きなかったが、私は別のすばらしい体験をした。私の知らない女性が電話をかけてきて、一九九四年の春、ある催しで朗読された詩について尋ねた。私は南アフリカの自由選挙を熱心に見守ってはいたが、八〇年代の初めに書いたこの古い詩のことは忘れていた。幻が実現し、詩が解放について夢見るだけではないというのは、滅多にない幸せである。

コシシケレリ・アフリカ（神よ、アフリカに祝福を）

解放の歌を聞くたびに
私は学校の子どもたちが
いつの日か自分たちの言葉で
歌うことを考えた
神よ、アフリカを守ってください
そして私が思っていることを笑わないで
まだ私が生きている間に
一緒に歌うことができるだろう
天国からではないけれども
ここでセラピムとケルビムとともに
ハンブルグ・アルトナ地区で歌おう
きっと私の声はか弱くなっているだろう
でも私はあなたたちと歌おう
三日間、祝おう
ロベン島は島になり

ソウェトは若い町になり
神がアフリカを守るだろう
そして私は歌うだろう
何があっても

来年こそエルサレムで

一九八〇年春、友人のロバート・マカフィー・ブラウンが、エリ・ヴィーゼルの訪問に私を連れて行ってくれた。ヴィーゼルはユダヤ人作家であり、アウシュヴィッツを生き延び、「ホロコースト」という言葉を広めた。それは、「最終解決」や「絶滅」といった単語に存在しているヒトラーの言語が生き続けないようにするためであり、「大惨事」や「民族の殺害」あるいは「ジェノサイド」といった単語で中立性の言語にならないようにするためだった。

ニューヨークのセントラルパーク近くにあるヴィーゼルのアパートでの会話は、まず、ホロコースト記念碑の計画から始まった。エリ・ヴィーゼルは計画委員会の議長で、委員会の主な困難は犠牲者の制限あるいは選択のようだった。害虫のように抹殺されたのはユダヤ人だけだったのか。ジプシーもそうではないのか。同性愛者もそうではないのか。声を上げ始めた民族集団が増え、彼らの死者や抹殺された人々を記憶することを求めている。エストニア人、リトアニア人、ラトビア人、クルド人、その他。私たちが話している間にも電話がひっきりなしに鳴り、細身のヴィーゼルはその度に肩をすくめて受話器を取った。急を要する問題だったからである。死者を選びわけること。どちらの苦しみがひどいかを問う競争。この問いは残忍で、不可能であって、それでも避けられないものだった。

ここから私たちの会話は個人的になっていった。ヴィーゼルはその当時八歳だった息子との関係について私たちに話した。毎晩、父と息子は決められた一時間を一緒に過ごした。だからあまり旅行したくない、もし可能なら息子を一緒に連れて行くと彼は言った。この一緒に過ごす時間には規則があった。それぞれが何を尋ねても構わない、そして知っている限りのことを答える、というものだった。たとえば息子は父の学校時代のことを話してほしいと言った。父は多くのことを息子に話した。すると息子は、「その友達は今どこにいるの」とか「先生はまだ生きているの？ その後どうなったの？ おじさんの庭にはまだ桜の木はあるの？」といった質問をするようになった。そして父は答えなかった。話さなかった。黙った。するとある日、息子は父に奇妙な質問をした。「それはその前だったの、それともその後だったの？」と言ったのだ。父は子どもに強制連行、絶滅収容所、ガスについて何も話していなかった。それなのに少年はそのことを知っていて、「それ以前」と「それ以後」とに言い換えたである。「お父さん、それはそれ以前だったのでしょう？」と彼は言った。いつの日か父は息子にそれ以前とそれ以後の間に起きたことを語るだろう。

一九四六年、私が『マタイ受難曲』を再び聞き始めたとき、「彼の血は、我々と我々の子孫にかかるがいい」という力強い合唱は削られていた。「それ以前」にはできたことが、「それ以後」は不可能になったのである。あの出来事は言葉、思想、イメージを汚し、これらのものに今までとは違う意味を与えてしまった。

私の世代にとって、アウシュヴィッツが何を意味したかを私の子孫に対して伝えられないことほど、自分が年を取ったことが明らかになることはない。もちろん私はそれを伝えようと努力するし、量子論の内容を説明できる人たちが、選別、積み降ろし場、ツィクロンBといった言葉を知らないことを恐ろしいと思う。私たちはどうすれば恥の歴史を伝承することができるか、私は繰り返し問うてきた。それでも私は世代間の違いという溝を感じる。恥と罪の感情が忘れられないように伝えるにはどうすればよいのだろうか。この私たちの過去を「処理する」のではなく、次の世代に伝えていく国としてのアイデンティティはどうすれば生まれるのだろうか。

私は自分が年を取ることに対して闘う。それは私の経験が使い捨ての経験になることに対して闘っているのである。しかしまた、集団としての恥の感情への明らかな拒否が現れている、「我々は再び大国になった」と宣言することへの闘いでもある。

アウシュヴィッツはアウシュヴィッツで終わったのではない。私たちには何ができるのでしょうか、と私はエリ・ヴィーゼルに尋ねた。ユダヤ人の伝統は、私たちが祈り、正しいことをなすべきだと教えている。私は知らなかったと言ってはならない。何もかもなすがままにされるのではなく、抵抗することだ。飢えている人たちに、どんどん洗練されていく武器ではなく、パンを与えることだ。祈ることは絶望しないことだ。祈ることは死に対する異議申し立てだ。祈ることは、集中して考え、私たちがどこに向かって生きているのか、自分の人生をどうしようとしているのかについて、はっきりとした意識を得ることだ。それは記憶を持つことで、記憶する神に似るようになることだ。それは私たちと、私たちの子供たちのために望みを持つことだ。それは望みを大声で、ひそやかに、共に、また一人で述べることであり、その中で人間以上の存在に近づくことである。

一九八二年に彼のアパートで再会したとき、私は彼と「故郷」というテーマで話すつもりだった。あなたが我が家にいると感じる場所が世界の中でどこかにありますか、と私は彼に尋ねた。アウシュヴィッツを生き延びた人へのこの質問は、私自身にも向けたものであり、彼との対話からは答えではなくても、この問いに対するより深い洞察を得たいと思ったのだ。

エリ・ヴィーゼルは故郷というテーマには三つの手がかり、すなわち故郷にいると感じられる三つの基本的特質があることを明らかにした。それは、一、我々は故郷を空間よりも時間に求めるべきである、二、自分自身の幼年時代に戻ることは一種の故郷に帰ることである、三、彼にとってはエルサレムが故郷と言える場所である、ということだった。

故郷にいると感じられることの基本的特質について話し合っている間は、完全にこれらの三つが入り組み、どれか一つを切り離すことはできなかった。私の質問に対して、彼は咄嗟に「私の町エルサレムで、我が家にいると感じます」と答えたが、それはすぐに東ヨーロッパでの彼の少年時代の思い出とつながった。エリ・ヴィーゼルが我が家にいると感じた時代はルーマニアでの少年時代で、すべてが抹殺される以前の時代であり、それは東ヨーロッパの一人のユダヤ人にとって「故郷」を意味するものだった。彼から出てきた「エルサレム。私の町。そう、エルサレム」という答えから私が最初に聞き取ったのは、ニューヨークでの彼の今の生活への距離だった。もし誰かが私に故郷を尋ねたら、私も全く同じように受け止め、答えると思う。「ここではない。今でもない。場所はない、どこにも」と。

故郷は子ども時代、ルーツ、出生地と多くの関係があるため、亡命させられた人間がこれらのことを別の言語で言い表そうとするどんな試みもうまくいくわけがない。私たちは英語で話した。ヴィーゼルは後にフランス語を学び、自分の本をフランス語で書いたことを話した。彼はドイツ語の「故郷《ハイマート》」(Heimat)という言葉はわかるので、翻訳しなくていいと私に言った。しかし私たちの言葉はどれも彼の少年時代のルーマニア語ではない。こうして言語がすでに一片の故郷喪失を意識にもたらしている。

そして八十四丁目の道路の騒音が上階へ上がってくる間に、外国人にとってニューヨークがなぜこんなに魅力的なのかを私は理解する。この街は偽りの約束は決してしないからだ。ましてや故郷を約束することなどないのだ。それぞれの名前、言語、職種、食習慣、食物、異臭を持ったこの街の多様な隣人たちは、かつての故郷、かつてあった故郷について話す。彼らは言う、ここではない。かつてはあったが、今はない。いかに私たちが我が家にいることと、異邦人にとどまることの両方を必要としているかが私には明らかになった。私にとってマンハッタンは、故郷と故郷喪失のシンボルである。

「私は、私の町、エルサレムで我が家にいると感じます。そこでは、もう何年も前からここにいたという気持ちになります。エルサレムが大好きです。私がニューヨークに住んでいるのは事実です。私には、エルサレムから離れたいという気持ちがあるのでしょうか。私たちの伝統には、天上のエルサレムについての伝説があります。それによると、私たちはいつも探しているのです。この憧れを破壊することはできません。私たちは天上のエルサレムにいることが必要なのです」。

「来年こそエルサレムで!」という過越祭の典礼が思い浮かんだ。これは天上のエルサレム、それとも地上のエルサレムと関係するのですか、と私は尋ねた。

「両方です。本当に、両方です。エルサレムは霊的であると同様に現実です。場所だけではなく、時間です。これがまさに過越しの意味なのです。我々は今年は奴隷だ、でも来年こそは自由になるだろう、ということです。常に将来への投射があり、それは人間的なものへの投射でもあるのです。全人類に向けた人間的想いです。これは今では皮肉に聞こえますね。でも、それがおよそ意味していることです。エルサレム、それは将来をもっともっと人間的にすることを意味しています」。

故郷にいるということのいくつもの次元が交わる点としてのエルサレムについて、私たちは語り合った。このエルサレムでは、東欧にある彼の小さな町への記憶が彼にとって最も鮮明だった。彼が少年時代をこの場所ほどはっきりと、生き生きと思い出すところはなかった。彼はエルサレムを歩きながら小石を掘り出し、子どものときにそうしたようにその小石をポケットに突っ込んだ。

故郷とは記憶が留まることが許され、追いやられることが許されない場所である。調和の場所、と言いながら彼は次のように訂正した。故郷とは不協和音が和音になる場所のことだ、と。エリ・ヴィーゼルは子どもが持つ確信について話した。それは、子どもが黒は黒、善は善、悪は悪だということを知っているからだ。アウシュヴィッツでさえ子どもたちはこの確信で生きていたと彼は言った。感情が出てくるのはずっと後だ。かつてはこの確信があって、一種の保護と抵抗を与えていた。「驚くべき質の抵抗」だった。

故郷を作り出すのは誰か、私は知りたかった。「それは、子どもたちであることがよくあります。私にとっては息子がそうです。私たちが子どもたちにすることよりも、子どもたちが私たちにすることのほうがはるかに多いのです」。最後に私たちはカインとアベルについて話し合った。もし選べるなら、アベルでありたいと思いませんかと彼に尋ねた。しかしエリ・ヴィーゼルは私の平和主義的な夢をたしなめ、二人の兄弟のお互いに対する責任を強調した。どのような意味でアベルに責任があるのかを私は尋ねた。彼は答えた。「カインがアベルを必要としたとき、アベルは無言でした。彼は黙ったのです」と。

戦争への準備と平和運動について繰り返し話が及んだのは避けられないことだった。「核のホロコースト」という表現は、当時何度も用いられた。このように話す正当性を我々は持っていたのか。エリ・ヴィーゼルを含む生き延びた人々が、「燔祭」という単語を、まさにヨーロッパのユダヤ人に対する大量殺戮を指す特殊なものにしてしまった。その結果、六百万人の燔祭が他のすべてのホロコーストを飲み込ことになった。我々が限定的かつ勝利可能な核戦争を計画した人たちにも同じ言葉を用いたなら、我々は正しかったのか。他のユダヤ人とは違って、エリ・ヴィーゼルは私の問いを言下に肯定した。我々はそう話すことができるだけではなく、そう話さなければならない、と。

一九八八年九月三十日、ノーベル平和賞受賞者エリ・ヴィーゼルは六十歳になった。彼に敬意を表して催されたミズーリ州セントルイスでの会議に招待を受け、私はドイツではもはやあり得ないものであるユダヤ教の精神に再び触れることになった。私たちが個別のユダヤ人芸術家に会える会議がないわけではないが、ドイツで欠けている（この欠如が意味したに違いないことを推量すれば、いっそう痛みが強まる）のは、雰囲気、環境、ユダヤ人の生きる世界である。生き残った人々の子どもたち、殺された人たちの親戚といった千人ぐらいのユダヤ人と、大きなホテルのレセプションルームで、もちろん食事はコシェルで、ヘブライ語の祝福や大胆さとユーモアにあふれた祝辞を聞きながら一緒に祝うという経験は、私には全くなかった。エリ・ヴィーゼルには「命の木」という賞が贈られたが、それは彼の名前を冠した森がイスラエルに作られるという賞だった。

ヨーロッパのユダヤ人殺害という大惨事の後、このユダヤ教の精神はどうなっているのだろうか。会議はアウシュヴィッツを生き延びた人たちだけではなく、三十五年前に最初に出版されたエリ・ヴィーゼルの『夜』をきっかけに、彼と交流を続けてきた歴史家、芸術家、医師、哲学者、神学者たちのグループとの出会いでもあった。『夜』は最初アルゼンチンにおいて、『そして世界は沈黙した』という題でイディッシュ語で出版された。今やこの本は多くの大学や高校で読まなければならない本の一つとなっている。わが国ではいつそうなるのだろうか、と私は考える。

そして、アウシュヴィッツでエリ・ヴィーゼルと一緒だったというオスロからきた高齢の精神科医の話に耳を傾けた。この医師、レオ・アイティンガー博士は、アウシュヴィッツで医師であることが何を意味するかを語った。治癒したとして患者を送り返すことは、地獄に送ることを意味した。患者を治療しないことは、患者を放棄することだった。後にエリ・ヴィーゼルが「あなたは私の医師だった」と言ったところ、この老医師は「そう言われるのは最善のことだ」と述べた。

お互いを理解し合うことを求めるものとしての友情というテーマと、諦めないというテーマが、一日を通じて取り上げられた。エリ・ヴィーゼルは言った。「ユダヤ人であることの本質は、決して諦めないということだ。アウシュヴィッツと関係することはすべて最後には暗闇に至る。この暗闇とは何か。問いは問いに留まらなければならない。最終的な答えはないのだ」と。エリ・ヴィーゼルのキーワードの一つが繰り返し言われる、「そうだけど、そうなんだけど」である。諦めないことを言い表すユダヤ人的表現である。

ヴィーゼルには、ニューヨークの病院の外科医とのもう一つの注目すべき出会いがあった。若いエリ・ヴィーゼルが、国連の記者として働いていたときタクシーに轢かれ、四十箇所以上の骨折を負った。救急車が彼を病院に運んだが、二つの病院はお金も保険もない外国人を拒絶した。やっとブラウンシュタイン博士が彼を診察し、数週間治療し、そこから友情が生まれた。しばしばアメリカ合衆国におけるホロコースト研究の父と言われる宗教哲学者フランクリン・リッテルが、このテーマの学術的取り上げ方について秀逸な批判を行った。「社会学者たちは〝人種的〟偏見について、心理学者たちは群集心理について、政治学者たちは独裁について、他の人たちは残酷さとサディズムの結果について語る。しかし、これらすべては無害化の試みである。その話法において、ユダヤ人問題の最終解決が決議された一九四二年のあの悪名高いヴァンゼー会議と同じことをしているのだ」と。

このことに関連して、ドイツ語で用いられた概念の一つが「無害化《フェアハルムローズンク》」(Verharmlosung)だった。実際、ホロコーストの生存者、救助者、目撃者たちと一日を一緒に過ごすと、ホロコーストの一回性と歴史的意味に関するドイツの歴史家論争が奇妙なものに見える。この論争がドイツ文化の無自覚的特殊性のように見えてくる。

私はキリスト教神学者として招待され、恥と記憶というテーマで少しは会議に貢献しようと努力した。思い出さず、知らなかったと言い訳し、さらに後になっても本当のことを知ろうとしない者、あるいは「後から生まれてよかった」などと言う者は、何も理解しなかった。神は記憶であり、だからこそ思い出すことは神に近づくことである。忘れること、否定することはいわば神を離れることである。

英語の remember という言葉には二重の意味がある。文字通りの意味は、再びメンバーになる、すなわち全体の一部になることである。思い出さない者はメンバーから外され（dis-membered）、諸民族の家族に場所を持つことなく排除されることである。

エリ・ヴィーゼルは出席者の多彩なスピーチに対する感謝の言葉をユダヤ人的ユーモアに支えられた軽妙さで述べ、それによって堅苦しさや誉め言葉や儀式的なものも耐えることができた。哲学者リッテルに対しては、「私は問うために哲学に入ったが、答えるために再び哲学を去った」と述べた。そして詩人のウィリアム・ヘイエンに対しては、「第一級の詩の読者である私が、なぜ第二級の詩を書かねばならないのか」と言った。私の方を向いて、彼は知り合ったドイツ人の子どもたちについて非常に感動的な話をした。彼は集団的な恥の概念を放棄せずに、集団的な罪の概念を批判した。彼は、二十歳になって初めて自分の父親たちがナチスの犯罪に加担していたことを知ったと自分に打ち明けた若者たちとの出会いについて語り、またこの若者たちがこの事実を抱えて生きようと努力していることを語った。

それは、現代の偉大な語り手であり、歴史の証人でもあり、ますます敬虔になっていく（私にはそう見えたのだが）ハシディズムのラビとの特別な集会となった。討論が進む中で誰かが、ホロコーストはユダヤ教の終わりを意味するのかと尋ねた。エリ・ヴィーゼルではなく、ある若いユダヤ人女性の答えは、「いいえ、キリスト教の終わりです」というものだった。この答えは一日中私から離れず、それからもずっと私の中にある。私はこの答えを聞き、それに反証しようと思う。論駁によってではなく、「何が善であり、主が何をお前に求めておられるか」（ミカ六・八）と私にも告げた方を前にした生き方によって。

教会による庇護

聖域（サンクチュアリ）運動との出会いは、私のアメリカ経験の最強のものの一つである。一九八五年十一月、私にとって非常に重要なアリゾナの聖域とのいくつかの接触が実現した。カトリック修道女のダーリーン・ニゴースキと一緒にツーソンの砂漠の谷を歩いた。フランシスコ会の学校教育担当の修道女二人も同行した。緩やかな登り道は、色彩と山影が刻々と変化する山脈の下方にあるサブリナ渓谷へと続いた。

私たちは修道女たちが住んでいるホーリー・クロスまで歩き、そこでパスタを食べた。すぐに私は快適に感じた。素敵な浴室があるわけではない。すべてが質素だが、飲み水とワインがあり、近隣や地域の貧しい女性たちが出たり入ったりしていた。ドイツの学校の先生のように見える高齢の女性は、彼女が参加したばかりの人種差別の会議について話した。全員がスープ作りや作業プログラムで忙しくしていた。

ダーリーンは非常に明晰な考えを持った人物だということがわかった。彼女がグアテマラで一緒に働いていた主任司祭が殺害されたとき、彼女は去らなければならなかった。彼女は聖域運動の中で指導的な人たちの一人になったが、女性であるがゆえに公的には表に出ず、注目もされなかった。

私はとても疲れていたが、ダーリーンと一緒に「カトリック・ワーカー」の夕拝に出かけた。

簡単な典礼で聖書の朗読とギター伴奏の讃美歌だけだったが、無口なホームレス、聖餐式用のワインを飲み干そうとする神経症的な四十代の女性、何とも言えない音を鼻から出す六歳児を抱えたシングルマザー、非常に年を取った女性、学生と雑多な人たちが集まっていた。修道女の一人のマリアが礼拝を進め、ギターを弾いた。いろいろな妨害は当然のこととして受け入れられていた。私は謙遜とは何かを自問した。私は真理とピラトについてのヨハネによる福音書のテキストを朗読しなければならなかった。鉛のような疲労を感じながら、難民やホームレスのための他の人たちの祈りの中に入りこんだ。

次の日の夜には車で西ツーソンに行った。この町全体は丘陵に囲まれていて、夕刻には信じられないような色彩の変化がある。私は夜の集会で、聖域運動に対する訴訟の被告たちと出会った。何という多様な人たち！　それらの人たちの中にはグアテマラでの経験と、アメリカ政府が対ゲリラ活動やテロリスト撲滅という名目で行ってきた最も貧しい人たちへの戦争の経験を根底に持つ修道女ダーリーンがいた。メキシコ国境に至るあらゆるルートを知り尽くし、頑固な個人主義者でもあるクエーカーの自然愛好者ジム・コーベットがいた。非常に強い牧会的関心を持つ長老派牧師で、多くの難民に国境を越えさせ、法廷に立つことになったジョン・ファイブがいた。その他、「単にキリスト教徒として」そこにいる多くの若者たちがいた。彼らは何もしていない人たちが、再び拷問と死に送り返されるという考えに耐えられなかった。

私は、コンスタンティヌス的キリスト教の時代の終わりに当たり、今後の抵抗の神学に対するいくつかのコメントを通して、強くあるいは「純粋に」宗教的に動機付けられた人たちの不安を取り除こうとした。私たちは第一世界にいるキリスト教徒の政治的・宗教的使命としての抵抗を学ぶ。日光と空間を有効に利用したコーナーが設けられた建物で、コオロギの鳴き声が響く中、月と砂漠のサグロサボテンの下での真剣な話し合いとなった。真夜中に空港に着き、雨交じりで寒く、不気味な、でも大好きなニューヨークに戻ったときはホッとした。

数日後、私は新たに得た友人たちに次のような手紙を送った。

聖域運動の友人たちへ

あなたたちと一緒にツーソンで数日を過ごすことを許されたことを感謝します。砂漠の美しさを、そしてアメリカ合衆国の法体系の迷路を教えてくださってありがとう。それ以上に、私のいろんな質問に辛抱強く答えてくださったことにも感謝します。それらのうちのいくつかは、いまだに私の木に鳥として宿り、エサが与えられるのを待っています。

私は聖域運動のことを知らせようとドイツの友人たちに手紙を書きました。闘い抜くためには、私たちの運動では国際性がとても重要です。なぜなら敵はすでに多国籍的、国際的に組織されているからです。聖域運動は私を勇気づけました。不公平による犠牲者の側に立つ新しい手段を示しているからです。このことをヨーロッパで知らせれば、アメリカのキリスト教徒のグループを強めることができます。スイスでは今まさに難民の権利が熱く議論され、ハンブルグではフィリピンからの船員の家族が教会に庇護を求めました。

「国際主義」という概念で私が言おうとしていることは、あの晩の短い自由時間に私が抱いた強い気持ちに現れています。私たちはアメリカにいるあなたたちのような人々を必要としているのです。

私は今でもシカゴとツーソンのグループの間にある緊張関係について考えています。私たちは恐怖のシステムのもとで生きています。このシステムに対する抵抗の形を発展させようと努力する私たちにとって、この対立が何を意味するかを自問しています。「神の民」の将来を考えるとき、私たちはこの二つの陣営から何を学べるのでしょうか。聖域運動においてあなたたちが経験している困難は、国家によるテロリズムの犠牲者のために活動するキリスト教徒のほとんどのグループにとって典型的なものであり、緊張関係は避けられないものであることを確信しています。私も、ケルンで六〇年代後半にあった政治的な夜の祈りのグループや、八〇年代初頭の平和運動で同じような論争を経験しました。

これほど多くの関心を持って行動するすばらしい人たちが「政治的」と見なされ、何か未知のことに引き込まれないかという不安を持っていることは、第一世界の私たちの現実の一側面だと思います。ツーソン、シカゴ、あるいはその他の地域の聖域運動の差異を、異なる神学的かつ倫理的原則を理由にして、厳格な排除的オプションとして見ないように提案したいと思います。むしろこれらの差異を異なる立場と戦略が独自のアイデンティティを持つ意識形成の段階として理解したいと思います。

しかし、進んでいく方向は不可逆でなければなりません。それは私たち全員が成長しつつ、もっと強く愛を身に着けるということなのです。この成長とは意識を政治化させることを意味します。それは、私たちの霊的な強さを私物化し、家族化し、個人化することに躍起になっている私たちの通常のキリスト教教育とは全く反対のものです。このような教育の結果、私たちのブルジョワ性が示しているように、霊的な強さが慈善のレベルに留まってしまっています。自らの地平を乗り越えず、私たちがその下で生きている恐怖の根源について厳しく問うことをしない愛は、愛ではありません。

どうして人々はある特定の立場に置かれることをこんなに恐れるのでしょう。彼らの不安(あなたたちの数人からも同じようなことを聞きました)は、匿名の装置とその政治的「イデオロギー」によって〝取り込まれる〟ことです。彼らは中央委員会よりも脱中心化を、特定の党の路線や党のレトリックよりも多元主義を優先させます。身近な場所での難民のための緊急の活動に参加し、国全体の組織には不信感を持っています。何がしかの「イデオロギー」に巻き込まれることなく、難民を助けようとしているのです。そのためには、右であろうと左であろうと、どんな政治的分析も抑制します。

ほとんどの人たちがキリストの弟子になろう、自分たちが必要とされるならどこでも慈しみを行うという実践的な意味で、キリストに従おうとしていると私には見えます。運動が「政治的になりすぎる」と、彼らは自分たちが宗教的な人間として無視されたように感じ、悪用されたとすら感じます。政治目的のための難民の「利用」について人々が語っているのを聞いたとき、私はこの議論の深刻さを意識しました。運動の一派が国家のレトリックを身に着け、他の一派に対してそのレトリックを用いると、運動の誠実さが危機にさらされるように私には思えるのです。その誠実さは、難民を操るあらゆる形態を排除し、難民を作り出す原因について黙ろうとすることを認めません。

不安を感じるこれらの草の根の活動家たちの精神的状況について考えているとき、聖書、とくに新約聖書の構造が思い浮かびました。最初の三つの福音書をパウロの書簡と比べてください。一方には良き知らせ、救い、食事、神のわざを行うことがあり、他方には使徒パウロの考察と実践があり、それらの間にあなたたちの緊張関係と類似した緊張関係を見つけるでしょう。私たちは全体としての新約聖書の中に、初期のキリスト教徒たちも感じたに違いない、もっと完全に組織された理論的発展の必要性が大きくなっていることを感じます。

私がパウロと彼の生涯の仕事に称賛の言葉を語れば、（あなたたちの中で私をフェミニストだと思っている人たちは）びっくりするかもしれません。けれどもツーソンであなたたちと一緒にいたことは、初期のイエス運動がいかにパウロを必要としたかを新たに私にわからせてくれました。この運動は成長していく中で組織文化を必要とし、運動の世界において愛が何を意味するかについての「理論」をますます必要とするようになったのです。運動は、パウロが作り出したこれらの小冊子やビラといった文書類（普通は「牧会書簡」として知られています）を必要としました。また運動の小さな集団の間での発信者を必要とし、愛、信仰、神の似姿として作られた存在、自由などが何を意味するかを分析して文章化しなければならなかったのです。運動は「神学」として知られている「理論」を必要としたのです。

一方にはパウロとローマ、コリント、シカゴにいる彼の友人たち、他方にはガリラヤとツーソンにいるイエスの友人たち、これら二つの間にある相違は私の見解では理論と組織という二つの点にあります。これら二つは、私たちの隣人と私たち自身を愛するという義務から生まれ育つ必要な歩みです。ところが両方ともある種の冷たさがあり、草の根運動の人たちが理論と組織へと進んでいくことを困難にしています。

初期のキリスト教徒たちは、愛の理論と組織という二つのものへの自覚的な決断をしなければならなかったのだと私は考えます。それはイエスの教えにおいても存在していた社会政策的な分析への自覚的決定であり、当時エクレシアと呼ばれていた教会という組織への一歩でした。ローマ帝国とその「平和」を宣伝する者たちがパウロの教えをイデオロギーとみなしていたとしても、これは決して現実から離れ、現実を隠蔽する「イデオロギー的」決断ではありませんでした。それは「ローマの権力と暴力」のもとにある歴史的状況の分析であり、この分析こそが理解する明晰さと、体制に対して抵抗する勇気を初期キリスト教徒たちに与えたのです。

二十世紀の終わりにおけるキリスト教徒の状況には初期のキリスト教と多くの類似性があります。私たちの地球の軍事化、（そしてそれ以上に）全知・全能・遍在である国家テロリズムのシステムを守るために作られた貧困、抑圧、拷問、殺人部隊、そしてその結果としての難民たち。聖域運動は被抑圧者たちの叫びに耳を傾ける人たちが出す答えです。アメリカ合衆国の非政治化された中流階級市民たちの間に土台を持つこの運動は、完璧に北アメリカの最良の伝統を主張しています。それはこの合法的手段の伝統（奴隷解放から公民権運動に至る伝統、国際的かつ国内的な人権をめぐる闘争の伝統）を獲得する試みであり、合法的な手段と、必要な場合には市民的不服従さえ用いる闘いなのです。

自らの歴史を手に入れるこの過程で明白になるのが、悪の構造の中における自発的慈善から愛への運動の必要性です。愛は他者の中にある「神からのもの」を解き放つ力であり、他者の中にある「ヤハウェを知る」隠された力を明らかにします。ヤハウェを知るということは、正義を生きることを意味します。愛はそのための力を与えてくれます。また分析と組織化への自覚的決断は、愛の行為の一つです。

国家テロリズムによって直接的に脅威を受けている人、すなわち難民たちにとってはこの決断はもっと容易です。けれども私たちが彼らの声を聞くなら、どんな形のものであれ抑圧の原因を無視する安易な慈善に対する彼らの批判を理解しなければなりません。解放の神学の原則の一つが説明しているように、貧しい人々は私たちの教師なのです。彼らの言うことをよく聞けば、難民発生の分析に至り、実質的にテロを維持している人たちが誰であるのかを学びます。そこから利益を得ている人たちです。ベルトルト・ブレヒトは三〇年代に「悪には住所がある。電話番号がある」と言いました。私たちは今まさにこの教訓を学ばなければなりません。私たちは悲劇への支援や慈善活動を越えて、組織、構造、理論に不安を持たず、目的のためにこれらを用いる聖霊に信頼しなければなりません。
神が聖域運動を祝福し、私たち全員に平和と正義を与えてくださいますように。

D. S.

今、九〇年代半ばのドイツにも、私はこの祝福の一片を見出している。迫害された人たちの滞在権が空洞化されることによって、教会による庇護が新たな緊急性を帯びてきた。これは聖書的伝統の力にとって良い徴である。この聖書的伝統は、たとえば人間のセクシュアリティについてなど、いくつかの点では問題があるにせよ、難民の問題において、また私たちが経済難民として難民の資格を奪おうとしている人たちの問題において、疑いの余地なく明白である。イスラエルの民にとって、異邦人たちを受け入れ保護することには、「あなたたちもエジプトで寄留者だった」という根拠がある。不当な扱いを受けた苦しみの記憶が、障壁を築くことや現状を維持することへ導いてはならない。

教会による庇護が教会内においてどのように議論されるかは、「上から」と「下から」の視点で異なる。しかしルイーゼ・ショットロフが主張するだけではなく、繰り返し証明しているように、聖書は「私たちの最良の同盟者」であり、またあり続ける。

ハインリッヒ・ベルの思い出

私がここにいてほしいと思う人の一人がハインリッヒ・ベルである。一九八五年の夏に彼が亡くなって以来、誰かが欠けてしまった。その人のもとで私は身をひそめることができる。その人は私の言葉に耳を傾け、「そんなことを我慢したらだめだ」と言ってくれる。その人が語れば、私は音を聞き取り、匂いをかぎ取る。その人は、女性がそうするように戦争を心底憎んでいる。その人は、どんな目立たない過去の否定や美化にも、また無害を装った官僚主義的な準備措置にも戦争を嗅ぎ取る。その人は、この国では身近にある二つの事、すなわち脱走と亡命をしなかった。この国もこの地上も我が家ではなかった人。その人がいなければ、ますます冷え冷えとしてくる。そんな人がいなくなった。

フォアアイフェルのランゲンブロイヒでのある夏の夕べのことを思い出す。ハインとアンネマリー・ベル夫妻と義理の娘、そしてケルンからやってきた私たちは庭に机を出して座っていた。私たちはいつもお喋りしたり、議論したりするのだが、その日はなぜか歌い出した。次から次へと歌が出てきた。ドイツ民謡の「五羽の白鳥」や「小さかったころ」が出てきた。アンネマリーはどんどん若返り、昔歌った歌詞をすべて思い出していた。私がドイツ青少年運動の歌を多く知っていることにハインは驚いたが、映画『扉のない家』で老女が歌うカトリックの歌の一つである「アヴェ・マリア・ステラ」を私が一緒に歌ったときには特に驚いた。

歌うことは、食べたりワインを飲んだりすることと同じように自然だった。「空腹ではない」と思っていたのに、ベル家ではいつも食事をすることになった。最後の数年、ハインリッヒが私のことを優しさとからかい半分で「ばあさん」と呼ぶことがあり、「まあ少し飲みなさいよ、ばあさん」と言っていた。

今では当たり前となった密接な友人関係だが、この関係がすぐにできたのではなく、徐々に育っていった。ベルと知り合ったのは、一九六七年、ヴィルマ・シュトゥルムの家だった。ベトナム戦争のときで、私たちは皆、その後第三世界と呼ばれるようになった貧しい国々について学びの過程にあった。ミュンガースドルフ区のベルヴェデーレ通りにあるベル家を訪問したときのことを思い出す。住居は戦後の粗末な家具だらけだったが、家具のことなど全く気にならないという感覚はすばらしかった。

私たちが知り合って二、三年経ったころ、当時はそれほど普通ではなかったのだが、ハインから「ドゥ」〔親しい間柄での二人称〕を使おうという申し出があった。「ああ、ついでだけど、君たちとはドゥで呼び合おうよ」と。そこで試すように、「フルベルト！　ドロテー！」とファーストネームで呼び合った。私たちはとても嬉しかった。ハインには変わった贈り物の仕方があって、優しく触れられるような感じだった。女の子が遠慮して「それはいただけません。受け取るわけにはいきません」というような、贈られる側に気まずさを起こすことは決してなかった。彼は、「来て、僕たちはヒマだから」という言い方で私たちをよく招待してくれたことを思い出す。私たち全員に時間がない今の世の中で、このような言い方自体が花束と同じようなプレゼントだった。花束と言えば、私の記憶では、彼は茶色の包装紙にくるんだままの花をズボンの左側にギュッと押し付けて、私たちの結婚式に持ってきた。

私たちのケルンの政治的な夜の祈りの仲間の間では、ハインリッヒ・ベルは父親のように受け止められていた。彼は、私たちのテキストを判定する内面的基準であった。教会の官僚主義や情報機関との多様な紛争についての相談役として、注意深く話を聞いていて唐突に「最低の奴らだ！」とか「だめだ、うんざりだ」とため息をつく人として見られていた。一九六八年十月から毎月行われていた夜の祈りをベルは支援していたが、できればカトリックの教会で行いたいという私たちの希望に対しては批判した。

当時ベル夫妻は、彼らが払う教会税をエクアドルのチコ教区に捧げるという考えを実現しようと闘っていた。司教区は当然この要求を拒否した。私たちは教会を脱会せずに留まったが、結局ベル夫妻は脱会した。

ボンでのいくつかのデモ〔西ドイツの首都だったボンでは多くのデモが行われた。一九八一年十月十日、核の脅威に対してともに行動しようというモットーのもとで行われたデモで、ハインリッヒ・ベルがメインスピーカーとして演説した〕や、一九八三年のムートランゲンでのバリケード〔ドイツ南西部にあるムートランゲンにアメリカによる中距離核ミサイルパーシングⅡが配備され、それに反対して、一九八三年九月一日から三日までドイツの多くの著名人がムートランゲンでの座り込みに参加した〕以外に、ケルンの大聖堂にハイン・ベルが姿を現したときも、私は一緒にいた。それは一九七〇年の秋、フランコの支配するスペインで死刑判決を受けた十六人のバスク独立運動の闘士をめぐる集会だった。私たちがケルンのヒュルヒラーター通りでベル夫妻と練った計画は、大聖堂で一夜を明かすというものだった。「大聖堂占拠」という言葉は私たちの側から出たものではなかったが、これは「私たちの大聖堂」であると感じた私たちは、大聖堂が閉まる十五分前に祈りと抗議のためにそこに集まった。エルネスト・カルデナルが書き直した詩編で祈り、拷問の報告を聞き、スペイン人、共和国クラブの人たち、夜の祈りの参加者であるドイツ人たちの誰も大聖堂から追い出されないようにした。その結果、私たちが大聖堂に閉じ込められてしまった。

それに続く遅々として進まない教会当局との交渉で、ベルはケルン特有の役割を演じた。ずる賢く、諭すように、同時に信心深く。彼はまず、全く理解できていない教会役職者たちを獲得しようと試みた。二人の若者がタバコに火をつけたとき、彼は驚いている聖堂参事会の一員に、ケルンの方言の抑揚でやんわりと説明した。「あの若者たちは知らないのです。あなたがきっちりと説明してやらないとだめです。世の中には、教会でタバコを吸ってはいけないことを知らない人たちがいるのですよ」と。

さらに補佐司教が出てきて、（トイレがないことを理由に）私たちを出て行かせようとした。また別の日に来てお祈りできますよ、と言うのだった。判決を受けた人たちの命が今スペインで危機にさらされているにもかかわらず、補佐司教が提案したのは翌月に行われる男性世界祈祷日のことで、スペイン人たちにもその日に来るようにと言った。そこで司祭に対して、「でもゲツセマネを延期することはできないでしょう」と言ったハインリッヒ・ベルの言葉を、私は決して忘れることはないだろう。

ゲツセマネは今、ケルン大聖堂の暗い夜の中にあり、何人かは毛布にくるまり、また何人かは教会のベンチに横たわっていた。妊娠八か月だった私はまっすぐ家に帰った。夫とハインは駅でシュナップスを一杯飲んだ。死刑囚たちは世界中からの抗議の結果、二日後に釈放された。

友人、あるいは年上の兄弟が亡くなると、それは身体の一部が切断されたように感じる。何かが欠けているのだ。それがまだあったときは決して気づかないのだが、突然その空洞がずっと存在するようになる。身体の一部を失った人は、あるはずもない失われた場所が痛むという。切断後、私にとって必要なことは思い出すこと、イメージを湧きあがらせること、「まだ覚えている？」と友人たちに言うこと、ハインリッヒ・ベルが娘ミリアムの受洗に際して贈ってくれた、ロシアの土を入れた木製の容器のような思い出の品を探し出すことである。彼は半分困ったように「ロシア人ってヘンだね、ロシア人と土」とブツブツ言っていたが、彼は確実に子どもが土を必要とすることを知っていた。

思い出すという悲しみの作業の後、もう一つの要素が浮かんできた。それは、もはや誰も私を守ってくれない、自分が年を取ったことを知ることだった。思いがけず私が他の人たちを守る役になったが、それはきっと死に近づくことであり、ハインリッヒ・ベルのように悲しげに微笑むことであり、私は彼からもっとその方法を学びたかった。

ハインリッヒ・ベルが死んだとき

今となってはだれが私を守ってくれるのか

武装していない群衆に向かって撃つ

警察の銃弾から
誰が私の目を
催涙ガスから守ってくれるのか
誰が私たちの声を
沈黙の猿ぐつわから守ってくれるのか
誰が私たちの理性を
ビルト&ベーニッシュ〔ビルト紙はドイツで最大の購読者数を持つ大衆紙で、ベーニッシュは当時その編集長だった。ベルはベーニッシュを「無意味な言葉を語る戦争屋」と批判した〕一味
から
そして誰が私たちの心を
絶望から
誰が私たちの絶望を
冷たさから守ってくれるのか
今となっては誰が私たちに思い出させてくれるのか
遠い昔のパンのことを
罪の味を
狭いアパートの
湿った衣類の臭いを
分かち合ったタバコの秘跡を

今となっては誰が私たちに
敵を愛することを思い出させてくれるのか
あなたはそれを丁寧さと名づけた

今となっては誰が私たちを
私たち自身から守ってくれるのか
慰める術がないのに
誰が私を慰めてくれるのか
いっそう美しく輝いている戦闘機の
空の下で
私たちに勝利を約束してくれる人はいないのか
しかし少なくとも涙がある
誰が武器を持たない私たちを
強めてくれるのか
誰が私たちのために執り成しをしてくれるのか

東西ドイツ統一後の左翼

東ヨーロッパでの共産党支配の崩壊後、これで（やっと）社会主義は終わったのではないかという質問をよく受けた。満足感も露わに、マルクス主義的な理想郷だけではなく、すべてのユートピアの終焉が確認され、資本主義の最終勝利が宣言されたのだ。

やっと私は自分がどこに属しているかを理解した。taz〔『ディー・ターゲスツァイトゥング』〕紙が私に明らかにしたことは、私が「知的に裏切られ侮辱された人たちの相続共同体」に属していることである。相続共同体という表現は気に入ったが、私も当然裏切られた一人だったのだ。国家社会主義の崩壊後、私の知的システムを修正する理由は十分そろったのではないか。

知識人に関しては、私は全く何も知らずに生きてきたのに違いなかった。知というのはいつも左翼的だと私は思い込んでしまっていた。たとえば、七〇年代に「西ドイツ赤放送」〔ドイツの公共放送 Westdeutscher Rundfunk＝西ドイツ放送の Rundfunk＝放送を Rotfunk＝赤放送と称した。西ドイツ放送のあるノルトライン＝ヴェストファーレン州は社会民主党が政権与党であったため、西ドイツ放送は社会民主党が多数派として放送局の最高責任者を決定していた。社会民主党のシンボルカラーが赤であるため、〝西ドイツ赤放送〟と言われたことを指している〕として知られていた放送局が一新されたとき、赤い知だけではなく、この知の実質を示唆するものはすべて撃退され、あるいは取り消されたという印象を受けた。すべてが心地よく、穏やかな響きを持つべきだということなのだ。

その当時、私は右翼知識人については聞いて知っているだけだった。私は彼らをリュプケ〔ドイツ連邦共和国第二代大統領〕のように、気分を陽気にするが、愚かで精神的に無感覚だと思っていた。この偏見を埋葬するときがきたようだった。この種の人間が大量に存在していたのだ。権力に仕え、「市民的」と称賛される社会、敵とは無関係に軍事予算を獲得する社会と示し合わせる知識人のことである。これらの新しい知識人は雄弁で利発である。広い意味で教養がある。私は愉快な気分と苦痛が相半ばする気持ちで、彼らの中の最もユーモアに富んだ人物たちが書いたものを読んだ。統一がもたらした一つのすばらしい果実は、ｔａｚ紙とＦＡＺ（『フランクフルター・アルゲマイネ・ツァイトゥング』）紙がやっと一つになったことだろうか。以前は両紙で意見が分かれていたことについて、今では軽妙洒脱なｔａｚ紙があの重厚堅実なＦＡＺ紙をまさに再統一に合わせて補うようになったのではないか。

こうして私が属している相続共同体は歴史の残骸の前に立っている。家は取り壊され、所有物は捨て値で売り飛ばされた。この家の中のある場所には、知とも呼ばれたユートピア的ブランデー入りの棚、別の場所にはライオンと小羊を描いた主戦論以前の幻の絵画、貧しい人たちを搾取するときに子どもたちには害が及ばないようにするための銀行家への提案が入った書類などなどがあった。ユートピア（ユートピアはいつも教条的ではなかったか?）、社会の変化（何かを改善したことはあっただろうか?）、あらゆる種類の先進的な考えについての左翼知識人的饒舌にやっと終わりが来た。歴史の終焉の鐘は、すでにアメリカの大統領顧問のフランシス・フクヤマが鳴らしていた。ポストモダンの時代が新たな岸へと招いていた。

私はキリスト教と社会主義が、ポストモダンにおける一種の恐竜として辛うじて存在することを恐れる。ポストモダンの生活世界はあらゆる種類のキリスト教的・社会主義的人間のビジョンを、すべて古ぼけたもの、完全に終わったものとして片づけている。自分の村、あるいは町の一部で、隣人や子どもたちに起きていることに対して、人間が責任を感じるような共通善はないのだ。

共苦のない、あるいは共苦を除去する新しい人間の発展の形態、単身者の視点からの人間の組織化、人類の美学的実現としての消費主義、これがポストモダンである。若くてダイナミックな企業家や高収入の支配階級（もしそう呼びたいなら）は、人道的あるいは社会的あるいはキリスト教的であれ、私たちに対して気の毒そうな微笑みしか持っていない。そうなると私の質問は次のようなものだろう。このような人間相互の関連性、共通性、全員にとって良い人生を確保するためには、やはり一片の宗教的言語が必要なのではないか、と。

こうして人類の夢の相続共同体は、自らの希望をオルタナティブな資本主義に根づかせられるかという問いに直面する。獣を飼いならし、その爪を切り、（より多くの車、より良い武器への）病的な欲望を失うようにさせることはできるのか。「私たちと同じようにみんなが豊かになれる。そうなれないなら、自己責任だ」という獣のビジョンは、生態学的にも経済的にもこの世では実現されないことは誰もが知っている。だからわが国の勝ち組の右翼知識人たちは「みんな」という言葉を削除する。まだそんなことを夢見ているのは誰だ、歴史は豊かな国々の上流・中流層の白人男性の視点に限定され、事実、これらの人々にとって歴史は栄光ある終焉に至ったのである。「教条的」あるいは「狂信的」と交互に呼ばれる、永遠不変なユートピアは極めて邪魔なだけで、都合のよい実用主義を妨害するのだ。だから山上の説教やそれに類似した宣言はもう終わったのだ！

嘲笑は別にして、東西ドイツ統一後の状況は新しく考え直すことを要求している。自己批判なしには、現在の左翼が置かれている立場、すなわちふて腐れ、後退、傷つけられた沈黙から抜け出すことはほぼ不可能だろう。私たちは何を間違ったのかという問いは正当である。

そのためには、私は時間を遡らなければならない。キリスト教が歴史の流れの中で成し遂げた自己歪曲、自己敗北はひどいものであった。その結果、苦労することに慣れてしまった私たちは革命的な忍耐をもう少し奮い起こすことができるかもしれない。スターリン主義以後の社会主義についての問いに対して、キリスト教徒としての私の体験を述べておきたい。魔女を焼き、新大陸征服者を支え、異端審問を発明し、さらに弾圧を作り出してきた奇妙なキリスト教が二千年前から存在している。それでも私は、これらの恐ろしい自己破壊を見据え、逃げずに受け止めるという意味で、イエス・キリスト、神、希望、人間を信じる。これは私の日々の糧である。キリスト教に失望し、歪められ、破壊され、嫌な気持ちにされて、「まだあんなものをどうするつもり？」と私に尋ねる人たちに出会う。

それでも悪用の歴史が必要の歴史にとって代わることはできないと私は考える。社会主義も同様だ。私たちは社会主義と袂を分かつことはできないし、すべきでもない。なぜならこの思考体系の中に具体化されている原則と洞察が、ひどく悪用されたことによっても否定はされなかったからである。ただし私たちはこれらの概念を実践的に「純化」することと、権威主義的な国家社会主義に取って代わるものを必要としている。どうすればうまくいくか、他にどんな可能性があるかを私たちはまだ示すことができる。しかし私たちの体制批判的分析を忘れてはならないし、私たちの間にあるオルタナティブな試みも破壊させてはならない。第三の道があるはずだ。資本主義か、さもなければスターリン主義かというこの単純な分断の論理に乗ることは私には考えられない。

歴史的必然だった共産主義の没落は、西洋における反共産主義の扇動と悪意に起因するのではなく、国家社会主義の権威主義的で非民主主義的特徴と、その耐えられない人権への嘲笑とに関連している。私たちはしばしば間違った思考モデルを用い、国家社会主義の不当性はあれもこれも単に西洋的反共産主義の結果ではないのかと問うてきた。私たちは反共産主義と闘おうと努力してきたが、国家社会主義の機能不全は歴史的にも経済的にも反共産主義からは説明できない。東側における生産性のみじめな数字は多くの東ドイツの友人にとっても、また私にとっても愕然とするものだった。誰もこの数字を認めることを避けられなかった。

だからこそ私たちは語るべきだったのに、どこで沈黙したのか、理論のどの要素を問うことなく持ち続けたのか、東ドイツの発展に対して、私たちはどこで何も知らなかったのか、といった自己批判的な問いを発するべきである。

これらの問いは東ドイツの市民権運動から私たちに、中でも西ドイツの平和運動に向けて出された。私たち（ここで私はキリスト教的左翼という私の母集団について語っている）にとって、権威主義的な国家社会主義の崩壊は私たちの希望の終わりではなかった。私たちは東ドイツのような状況を樹立することに関心はなかった（この旧石器時代的反共産主義の言い草は統後も何千回と繰り返され、四十年前に比べても正しくなってはいない）。しかし、何人かの友人たちや同行者たちの批判的な問いは考え直すことを強いる。八〇年代、数台の車に尾行されながら訪問したベアベル・ボーライのことやライナー・エッペルマンのことを考える。彼らのアパートのほんの数メートル先に、尾行した車は止まっていた。

中心的な政治的問いは平和運動と人権運動の関係だった。これらは切り離せない密接な関係にあるのではないか。どうして西側の平和運動はミサイル反対だけに集中したのか。同じような情熱を持って不正の構造、言論や旅行や教育や職業の不自由についても反対しなければならなかったのではないか。

私はこの問いにおいて、違った意見を持っていた。私は軍拡の圧力の縮小によって、事態の沈静化と民主化が徐々に進むことを願っていた。私が多くの人たちと望んだのは、外からの平和と内からの世論喚起が、二つの目的を近づけられることであった。私の東ドイツでの経験もこれを裏づけていた。

八〇年代の半ば、私はドレスデンのある教会で「軍拡は戦争がなくても殺す」というテーマで、満員の聴衆を前に講演した。講演に続くディスカッションで、聴衆の一人が国家社会主義の教育を激しく批判した。彼は父親として情熱と高い知性をもって、体制に順応させ上司に追従させる教育に反対して語った。最悪のことは、若い人たちが自らの批判的確信に対して冷笑的にさせられることだと言った。彼が話している間、超満員の会場には深い静寂が支配していた。私は彼のどの言葉も実感することができたが、同時に不安のために腹痛をおぼえた。「もう黙って。今に連行されてしまう。彼らはそれを待っているだけ」という不安だ。しかし彼には何も起こらなかった。後になって私は友人たちから、彼がとても有名な医者であることを知った。友人たちからは一連のスパイが「会社〔国家保安局、東ドイツの秘密警察〕」から教会に来ていたが、それはいつもそうだということも聞いた。「何が変わったのですか」という私の問いに、私を招待してくれた牧師が「不安が小さくなりました」と答えた。

統一の後、私はこの経験を思い出さなければならなかった。国家の崩壊がこんなに速く起きることは誰も予想できなかったが、市民的不服従、知的独立、民主主義的な大胆な勇気の予兆はすでにあった。

私は教区会館での自然と環境の調和を求める小さなグループの会合にも参加した。そこで一人の物理学者が空気中の有害物質について語り、それを精神安定剤的な公式発表と比較した。ここでもまた私は会合の後に、国家保安局が居合わせていたのかを尋ねた。「あなたの隣に座っていた女性は、四年前からグループの会員になっていますが、今まで一言も発言したことがありません。彼女は〝会社〟の人だと私たちは考えています」という答えだった。勇気と、育ってきた自信が私を驚かせた。

これと関連するのが、去るのか留まるのかという東ドイツにおける市民権運動のもう一つ別の基本的な問いだった。私はこのことに関する教会的議論に注目し、預言者エレミヤの言葉を書き換えて、「信じる者は留まる」という立場を取った。教会は協働者たちに、少なくとも通常の場合は、西に行かないように求めた。その根拠となる聖句は「わたしが、あなたたちを捕囚として送った町の平安を求めなさい」だった。

私はイエナの平和運動のグループを訪問したことを思い出す。アパートの居間に集まった十八人ほどの対話集会は、一人の女性の「ここに留まることを決意した私たち……」という言葉で始まった。それをどう解釈すべきか私にはわからなかった。しばらくして私は背景を理解した。つまり、この平和運動グループの中の若い人たち数人が、国外に追放されるために国家権力を挑発したというのだ。残された人たちはこの行動を苦々しく思っていた。「平和」を口にしながら「出国」を考えていた人たちによって、自分たちが利用されたと感じたのである。

この問題に対して私はもちろん何の判断も下すことはできないが、しかし私は残った人々に共感を覚えた。この時期、私はある会議で会ったクリスタとゲアハルト・ヴォルフ夫妻とすばらしい会話をした。クリスタ・ヴォルフがドイツ統一後、彼女への攻撃キャンペーンの中で、彼女が（もっと民主主義を望みながら）留まったことを理由に攻撃されたとき、私は憤った。文芸欄の批評家たちが、彼女に資本主義への忠誠を要求する権利がどこにあるというのか。

西側の左翼における自己批判への最後の問いは人権に関わるものである。「あなたたちはどうしていつもチリ、南アフリカ、あるいはエルサルバドルのことしか語らないのか。自分の国にも許すべからざる不正義が起きているではないか。どうしてそんなに一面的にしか見ないのか」。これらの質問は私を最も疲弊させた。この一面性に対する私たちの弁解、つまり西側のプレメディアは冷戦時代、東欧ブロックでの人権侵害はどんなものでも喜んで取り上げたが、プレトリアやワシントンやサンティアゴといった私たちの同盟国で起きていたことについては何も報道しないか、簡略化されたものだけだという弁解は明白だった。したがって私たちの民主主義的と言われているシステムにおいて、中心では相対的な法的安定性が支配している一方で、周辺では人権侵害が勃発していることを示すことがより重要だと思えた。この方法では東側で起きていることが視野から抜け落ちることがよくあった。これは私たちの行動の苦い後味として残っている。

しかしこの全世界への視野こそ、「統一後の左翼」と呼ばれるかもしれないものを規定している。人権が西側の意味だけで定義されるなら、それは不十分な簡略化であると思う。居住、労働、飲むことができる水、呼吸できる空気への権利、医者に行くことができる、保育園に行くことができるという集団的権利が維持された、あるいはやっと達成できるだろうということは、私にとって、そしてまさに統一後はなおのこと、手放すことはできない。ドイツ統一以後私たちが望んだことは、高齢の女性、精神的に脆い人たち、その他あまり機敏に働けない人たちといったこの非生産的な最後の三分の一の人たちにも労働が許されることだった。

気になるのは不平不満ではない。むしろ私が何度も見た一種の不安への不安である。そのことをここ十年の運動の一部で明らかにしたい。その運動においてキリスト教的ユートピアは、「正義、平和、被造物の保全」の三つで現された「公会議的プロセス」と呼ばれた。それは、私たちは現時点では「和解して」生きているのではなく、貧しい人々に対する一種の戦争、恐怖政治によってのみ保証されている平和、創造をなかったことにする氷山に向かっていることを意味した。つまり、創造の否定という予想に納得がいくのである。教会で生まれた「公会議的プロセス」は、今までとは違う世界経済秩序、正義に根差した平和、「被造物の不可侵性」に固執する。

旧東ドイツではそれなりに活発に存在していたこのプロセスが消え去ったように見える。すでに数年前、私はキリスト教徒の友人たちから「『公会議的プロセス』は死んだ」と聞いた。私は怒りのあまり「あなたたちが死んだのだ」と言った。和解なしに生きることは考えられるのか。子どもたち、魚、蝶々への敵意は、陽気で、活発で、中毒的な自我への敵意に急変する。命から断たれる、すなわち聖書で罪と呼ばれたこの敵意は相続共同体にとって耐え難いが、しかしそれだけではない。つまり、この「朽ちることのない遺産」(パウロをこれほど多く引き合いに出すことをお許しいただきたいが、パウロは特別に明晰なのだ)はみんなに豊かに約束されていた。ポストモダンのアイデンティティが何人かの人たちに提供するものより、もっと多くのものをみんなが必要としている。今後のことを私は心配していない。この相続共同体を永遠に不妊にすることは誰にもできない。私たちは子どもたちを産む、私たちしかいないのだ。

左翼に基づいたキリスト教が対抗勢力を示すことはできないのかという問いに、私は言葉を詰まらせる。キリスト教会の一部は、カタツムリの速度でこの方向に向かって動いている。たとえばアメリカのカトリック司教たちの司牧教書である。これはもう穏健な社会民主主義と言えるものだ。また、ファンダメンタリストたちのセクト的敬虔さへの対抗プログラムのように作用する、霊性における新たな目覚めとともに、福音主義教会大会が第三世界、「公会議的プロセス」に広く門を開いていることに、私はこの動きを見ている。これは神学的には非常にゆっくりと浸透している。慎重に表現すれば、私はこの点について希望がないわけではない。私は今、二十年以上前より強く支えられていると感じる。エキュメニカルな潮流の流れは幅広くなり、平和と正義と被造物の保全を受け入れ、「公会議的プロセス」の三つのテーマを政治の対象にまでしたキリスト教徒たちが支えている。

これは時代遅れかもしれないが、「甘い安らぎの中で、私はここに立って歌うのだ」（バッハ・ファンたちはこの歌詞の前と後の荒れ狂う「世界」について一緒に歌いたいだろう）。あるいはパブロ・ネルーダが言うように、「今や私は食べる権利以上のものは要求しない」。私たちが正義への飢えと渇きなしに生きることができると、本気で考えている人はいるのか。

飛ぶことを学ぶ

神学と文学――これは私の人生における定旋律である。私には必要と思えたこの関係を、教授資格論文で学問的に追究した。論文のタイトルは「具体化――啓蒙主義以後の神学と詩の関係についての研究」で、一九七三年に本として出版された。この論文は文学への神学的関心から出発した。この関心に火をつけた材料は、聖書からの引用や暗喩、宗教的分野の人物像やモチーフ、形象やイメージといった、決して宗教的ではないと思われる文学作品の中にある多彩な宗教的言語の痕跡にあった。世俗化の過程で、キリスト教信仰の言語は比喩的・暗喩的に語ることに自由に用いられるようになり、冒瀆と聖別の間で、非常に多様な機能を獲得したのだった。

文学における宗教的言語の解放的な使用は、女性神学者だけではなく女性文学者も、聖書からの引用によって起きる神学的含意について問うことを正当化した。聖書の言語的次元あるいは一般的な宗教性は、聖書の言語とは別の規則にしたがって書き上げられたテキストでどのような役割を果たしているのか。作者にとって聖書の言語は何のために必要だったのか。神学はそのようなテキストにどのように関与しているのか。そしてどのような展望を持ち込むのか。私はこれらの問いを、ゲオルグ・ビューヒナー、ウィリアム・フォークナー、トーマス・マン、カール・フィリップ・モーリッツ、ジャン・パウル、アルフレート・デーブリンの作品の解釈によって追究した。

すでにその数年前の一九六七年にペーター・ハマー出版社が、『文学と神学年鑑』を実験的に開始し、ヴィルヘルム・フィートカウ、アルミン・ユーレ、クルト・マルティと私が編集者となった。この年鑑は十五年の間、毎年一冊が刊行され、「社会における死」、「権力」、「革命と愛」、「不安」、「男性」、「結婚」、「オルタナティブな人生」といったテーマが扱われた。編集会議はとても楽しく、心地よい思い出となっている。

このときからクルト・マルティとの友情が始まった。ベルン出身のこの偉大で寡黙な男性は会議の間中、何時間でも聞き続けることができた。きっと私たちのせわしない動きを楽しんでいるのだろう、というのがマルティについての私の最初の記憶である。私たちラインラント出身の敏捷な人間より、ベルンの人たちはゆっくりとしていることを私はすぐに理解したが、彼が私たちの人生や行動に対してとても慎重に考え、ためらいがちに眉毛を上げるだけで、あるテキストや作家に対して注意深く接するように私たちを促すには十分だった。このことについて、私はこれからもずっと不思議に思い続けるだろう。私は簡単に「私たち」と言ってしまったが、正確に言えばクルト・マルティよりも前から、私には夫人のハニとの関係があった。彼女こそ人々をつなぐ存在である。たとえそれが私たちを取り囲むあまりにひどい状況が広がっていることへの嫌悪だけでのつながりだったとしても。ハニとの関係、ひどい状況への嫌悪という二つの点は今に至るまで何も変わっていない。

クルト・マルティは『周辺の詩』(一九六三)以降、私にとって文学的に近い存在となった。

僕は尋ねられなかった
僕が作られたとき
誰も尋ねられなかった
たった一人を除いて
そしてその人は言った
然り

『誕生』と題されたこのテキストで神が語る言語は難解なものではなく、そのまま口に出して繰り返すことができる。これは私にとって一つの奇跡である。この詩は、コラール「キリストはよみがえり」の要素を用いたペーター・ヤンセンスによる音楽で、ケルンの政治的な夜の祈りにおいて「今までとは違うイースターの歌」となり、私たちの間でヒット曲の一つとなった。

ケルンでは、キリスト教徒ではない人たちと議論になった。彼らは、私たちのことを「天国の子守歌を歌って、子どもを寝かしつけるようなものだ」と貶めようとした。そのとき、私たちの仲間の高齢の女性が大声で歌い始めたことを思い出す。

死んだ後に正義がやってくるなんて
この世の支配者にはまさに都合がいい
支配者たちの支配
奴隷たちの隷従
忘れられたままになりそう

この歌の神学は、キリスト教がずっと溜めてきた塵芥の山全体をきれいにする十分な強さを持っていた。

マルティとの最も美しい再会の一つが、脅威にさらされた被造物のためのオラトリオを一緒に作る作業だった。スイスの医師たちは環境保護のために、このような大きなテーマを情報や行動を通じて取り組むだけではなく、芸術的な表現によって、知的な観察だけでは起きやすい麻痺を阻止しようと考えた。

オルガン瞑想曲に編曲されたグレゴリア聖歌、複数の合唱隊による構成、楽器奏者、ソリスト、詩的なテキスト、エッセイ風のテキスト、さらに宗教改革直前の時代に生まれた大きな教会建築が一つになった、長い時間をかけて、互いに密接に協力しながら作り上げられた総合芸術の公演は、一九八九年十一月二十五日と二十六日、ベルン大聖堂で行われた。作曲はダニエル・グラウス、テキストを書いたのはクルト・マルティ、アドルフ・ムシュクと私だった。

一九八九年一月、私たちは準備のためにマルティのところに集まった。私には希望についてを書くという役割が考えられた。私はため息をついて、「希望なんてどこに持てって言うの。あなたたちはヘンよ」と言った。クルト・マルティは、以前ほど無口ではなくなり、私を励ました。私たちは作品の根底をなす歌詞についての議論を重ねた。この歌詞がなければ、全体が実現することはなかった。アドルフ・ムシュクが、ウェルギリウスの「事物のための涙がある」を引用したタイトルを持ち込んだ。物、「私たちの間で最も小さいもの」としての原子でさえ悩むことができる。マルティは地球を「命の惑星」と名づけたが、私たちが「物」として生物から区別するものでさえ、「命の惑星」全体と同じように魂を持っている。

ベルンのギムナジウムのいくつかの合唱団、オーケストラ、ソリスト、さらに三人の作家が自らのテキストを語りながら参加した公演は、注目に値する文化的事件だった。ある高齢のベルン在住の男性は、この事件について次のように書いた。「一四二一年（大聖堂の定礎）以来、教会の内陣はこのようなものを聞いたことがなかった。世界の事物がやっと本当の言葉を手に入れたことは、希望の根拠であると私には思える。そして感謝の気持ちと賛同を呼び起こす」と。私の古くからの友人で、心理療法士であるルート・コーンは、「コンサートあるいは礼拝で今まで体験したことのないような、破られることのない静寂。それは集中して耳を傾けることの表現であり……不要な雑音はなく、この巨大な空間に耐えられなくなった証拠である咳払いもなかった」と書いた（一九八九年十二月十三日付の『ベルナー・ツァイトゥング』紙）。

私を個人的に最も驚かせたのは、非常に異なる三人の作家のテキストが、何よりも音楽が作り出した繋がりで統合されたことである。いろいろなものを全体へとつなぎ合わせることについても、クルト・マルティは実質的に関与した。彼はこのオラトリオで、非神話化的批判と主張されてきた信仰のリベラルな神学の矛盾を克服し、神話詩的な新たな創造の物語を示した。この物語は選び、自覚、創造の喜びといった聖書的モチーフを消し去ることなく、科学研究の本質的成果を取り入れている。このテキストにおいて、言いようがないほどぼろぼろにされた「創造性」という言葉が、本当に何を意味しているかを経験できた。

「喜びに満ちて知恵は仕事にとりかかった。知恵は周囲を固められた殻に地の炎を詰め込んだ。知恵は海と陸地を分けた。そして知恵は偉大な太陽を小さな地球の発電所に仕上げた」。

ここでマルティが聖書を新しく語るために用いた自由は、いくら褒めても褒め足りない。新しいことは、女性原理と男性原理である神と知恵の共同作業である。科学的な言語表現と聖書的言語表現の統合も新しい。人間が中心ではない視点も新しい。この視点では、もし知恵が、無限の人間以外のもの、たとえば「穏やかなイルカ」を命のオアシスの番人にしていたなら、知恵はもっと良い決断をしたのではないかという問いも提起される。

詩、宗教、政治がお互いから分離し、知的なアパルトヘイトの中で並存するなら有害である。この意味で、少なくとも詩の欠如が学問的な神学に与えた害について、クルト・マルティはその害を限定するためにオラトリオを創作した。神学の美しさ、その真剣さ、遊び心が、彼の作品で明らかになっている（この点は私の夫の論文や本と類似している）。そしてマルティに会うたびに、地にしっかりと立つように呼びかけられていると感じるが、それは私個人だけではなく一般的にも当てはまるかもしれない。このような詩は決して贅沢品ではなく、日ごとの糧であり、この地球という惑星をさらに身近なものにする。

美学、政治、宗教の領域の分断こそ近代性の一つの教義である。私はこの教義と自分が一致したと感じたことはない。その理由は、一見政治から自由な宗教が権力と偶像の崇拝に向かうからだけではなく、詩は限界を吹き飛ばす自由を作り出すからである。大海原にいるような気持ちである。実際、私は近代の「純粋詩」の主張を信じない。もっと正確に言えば、最も美しいものの混じり気のない純粋さが響きと言葉となるところでは、詩はもはや「純粋」でも「自己目的のため」だけでもない。まさしくパウル・ツェラーンの抒情詩は、極度に切り詰められた、しばしば密閉言語のような言語の中に、いかに世界の現実や状況が入り込み、そして伝統の約束に光を当てるかを示す実例である。

ギリシャ語を学んだとき、私には美と善（*kalonkagathon*）という概念が大事なものになった。

十七歳の何もわかっていない私がそこで不思議に思ったのは、私たちのところでは互いに無関係のこの二つの言葉を、どうしてギリシャ人は美しい・善いという一つの言葉にすることができたのかということだった。美と倫理を一つにするところが一体どこにあるのか。このことについての驚きは、中世の神学が神は美しさを通して私たちに触れ、変化させ、神へと引き寄せると信じていたことを学んだときに、さらに深められた。この考えは多くの神秘主義の伝統、たとえばイスラムの伝統にも現れる。そして私の中にどんどん深く根付いていった。本当に神学をするためには、私たちは今までとは違う言語を必要とする。詩と解放は私の生涯のテーマである。長い間詩を書かないでいると、私には何かが足りなくなる。

私を怒らせるもの、私を喜ばせるもの、私を慰めるもの、私を苦しめるものを、私は詩で言い表そうとする。現代文学の大部分は自己憐憫であり、それが私を不安にする。詩で敬虔に語るためには、神をたたえなければならないと思うからだ。ほめたたえることなしには、私たちは本当に呼吸していない。そして何が善いのか、何が解放的かを挙げることが、解放の経験を伝える唯一の方法である。マイスター・エックハルトが言うように、「神は最も話ができる存在」である。神を伝えることが、なぜこんなにも不可能なのか。

『飛ぶことを学ぶ』、『狂おしく光を求めて』、『でもパンとバラを歌って』と題された私の詩集は、幸福について語っている。私にとって幸福とは一息つくようなものであり、同時に、不幸なこと以外しか話さなくてもいいようにすることが中心的課題である。私が書く出発点は感じるように聞くこと、話されることである。そして言葉の正確さ、真剣さに取り組む。

宗教と詩というテーマについて、ゴットリープ・クロプシュトックはすばらしい考えを持っていた。「詩にしか表現できないような考えがある。むしろこう言おう。ある特定の対象物について詩的に考え、語ることがその本質にふさわしいものが、もし別の方法で表現されたなら、その本質はあまりにも多くのものを失うだろう。神の遍在についての考えは、こういうものに属していると思える」と。クロプシュトックはここで少し汎神論を求めていたと私は考えている。神の現存は日常の言語、通俗性の言語において、また学問において言い表すことはできない。

神を伝える、すなわち日常言語を越えるものを語ろうとするなら、探しにいかなければならない。そして私の探求は、学問研究をしようとする多くの神学者と反対に、学問の方には向かわない。それが私たちを先へ進めるとは思わない。神学は学問というよりも芸術であり、日常言語の限界を、抽象、理性、中立性への方向ではなく、芸術の方向に向けて打ち破る努力として自己理解をしなければならないと考えている。西洋世界ではなぜ神の詩学ではなく、神学だけが発展したのだろうか。

神を伝えようとする努力は、私を現実あるいはイメージから抽象のレベルに導くことはない。私はイメージで考えようと努力する、それ以上に物語、つまり専門用語で言えばナラティブで考えようとしている。この点で私はユダヤ教から多くを学んできた。ユダヤの人たちと議論することが何を意味するか、私はしばしば体験した。いつの間にか論争が中断され、真似のできない身振りで、「さあ、あなたに話を一つ聞かせましょう」という時点がやってくる。同じような方法でユダヤ人の聖書の解釈も機能する。つまり、解釈は教義的な主張ではなく、応用、人生の知恵を目指している。

詩においても私はしばしば自分にとって重要な出来事やニュースを取り上げて書き残してきた。ナラティブな要素は私にとって詩的魔力を持っている。

そして私は百二十六丁目で
手に箒を持った男を見た
道路を二メートル半掃いている
注意深くゴミと汚れを取り除いていた
ゴミと汚れでいっぱいの
巨大な土地の真ん中で
とても小さな場所を

そして私は百二十六丁目で男を見た
そして悲しみが彼の背中に座っていた
道路を二メートル半掃いている
両腕には疲労困憊があった
狂った者たちだけが

望むものを見つける
都会の中で
そして私は百二十六丁目で
手に箒を持った男を見た
祈りには多くのやり方がある
手に箒を持って
祈っているのは
今まで見たことがなかった

祈ることと詩を書くこと、祈りと詩は、私にとっては別々のものではない。私が伝えたいメッセージは、人々が自分自身で話すことを学ぶように勇気づけることだ。たとえば、人は誰でも祈ることができるという考えは、人間の創造性を非常に強調している。キリスト教はすべての人間が詩人である、つまり祈ることができることを前提としている。本当に自分に関わることを嘘偽りなく誠実に語ろうとするなら、人間は祈りながら詩人でもある。このことを再び掘り起こす、あるいは実現する、あるいは知らせることが、私が自分の詩でやろうとしている目的である。

誰かと一緒にいて、その人との会話の中で、ある特定の点が私を揺るがせたときは、しばしばその点を書き留め、自分のために整理し、あるいは解明したいと思った。そうすることで、会話をもっと深く再体験できるようだった。このことは、恐らく私が今、現在と私の関係を深めたいと思っている、つまり本当に今を生きていたい、後からやってくるもっと喜びに満ちた状態へと人生を先延ばしにしたくないと思っていることと関係があるのだろう。今、そこにあるものを感じ取ることを学びたい、見ることや聞くことを学びたい、それはもっと注意深く生きたいということである。注意力は私にとって、特にシモーヌ・ヴェイユのテキストによって非常に重要な概念になった。日常において注意深く、対話において注意深く耳を傾ける、あるいは問い直す、あるいは解釈する――これらを経て詩は作られる。

私たちの言葉が破壊された、全く腐敗しきったと私は感じる。「愛」という単語が車に用いられたり、「純粋」が洗剤に使われたりするとき、これらの言葉はもはや意味を失っている。盗まれてしまったのである。感情を言い表すすべての言葉は、私たちの国では恐ろしいほどに損なわれてしまった。まさしく宗教の言葉においても同じだと言っても差し支えない。「イエス・キリストは私たちの救い主」というのは破壊された、死んだ言葉である。こんな言葉は全く意味がない、誰も理解しない宗教的おしゃべりであり、山ほどあってももはや何も語ることはない。これが、「言葉が壊れた」というときに私が意味していることである。

反対の例を挙げたい。五歳になる私の孫娘ヨハンナが、幼稚園から帰ってきて話した。「イエスにすごくひどいことがあった。殺されちゃった、手に何本も釘を打ちつけられて。でもね、イースターのとき、ヒヒヒ、また起き上がったの」と。楽しげに意気込んで発したこの「ヒヒヒ」のためなら、私は数メートル並べられた聖書解釈の文献をも捨てることができる。

書くことには、古い言葉への何がしかの絶望、嫌気が必要だと私は思う。これはごく自然の感覚である。恥は革命的な感覚だ、とマルクスは言った。だらだらと無駄話がなされ、言語が壊され、人間が破壊される、あるいは語られていることにもはや自分を見いだせなくなっていることを恥じ、そのことに苦しまなければならない。私はこの恥の中で、どこかにあるかもしれない言葉を見つけるために、何かに向かっている。たとえば私は聖書の言葉に多くを見つける。作り出すのではなく、見つけるのだ。私は詩編なしに、そして私自身の詩編を見つけることなしに生きたくない。それがたとえヨハンナの「ヒヒヒ」のように短いものであっても。人間は自分自身の痛みを明らかにし、自分の問いを大きな深さの中で声に出し、もっと正確に言うこと、飛ぶことを学ぶことは重要である。

母の死

一九九〇年九月、母が亡くなった。その年の夏、彼女は八十七歳になった。最後の九夜と八日を、両親の家で彼女の死の床の傍らで過ごした。最初、母は私だと気づかなかったが、骨だらけの両手で私の手をしっかりと握った。身振り手振りで話し、深くため息をついたかと思うと、大声で「ママ」、「パパ」、彼女が幼年時代を過ごした町であるストラスブール、そしてときどき孫である私の子どもたちの名前を呼んだ。母のベッドの横に立って、私は思い浮かんだことを話し始めた。「もうそんなに長くかからないわよ。暗いトンネルを通り抜けないと。抜けたら明るくなるの。怖がらないで。私が傍にいるから。トンネルは恐ろしい、狭すぎる。でも、その後は広くて明るいから」と。

そのとき私が思ったのは、五人の子どもを産んだ母が、よく産みの苦しみと痛みを死と比較していたことだった。死は最期までやりとげなければならない仕事であるという考えは、母を落ち着かせたようだった。母が私の言葉から何かを受け止めたかどうかはわからない。確かなのは私の手に触っていることと、私の静かな、しかしはっきりとした声が母を落ち着かせたことである。

その後、言葉はもはや届かなくなったので、歌うことを思いついた。母が大好きで、八十歳の誕生日に私の娘の一人が暗唱した讃美歌「あなたの道を主にまかせよ」を歌った。暗記していた最初の三節か四節までを歌い、その後は他の歌の歌詞や、テゼの典礼の「すべての国よ、主を賛美せよ」を付け加えた。それ以上歌詞を思いつかなければ、もう一度旋律だけを大きく、そしてはっきりと口ずさんだ。母は静かになり、寝入った。

それに続く昼夜、私は長い間歌った。讃美歌を買ってきて、思い出せなかった歌詞を読み聞かせた。そこで私は多くの歌が、たとえ夜明けあるいは静まりかえった森を題材にしていても、死を歌っていることを発見した。「体は休息へと急ぐ　服も靴も脱ぎ捨て　死ぬべき定めの徴」という歌詞に母は頷いて、両足を伸ばした。靴をぬぐことは、しばしば母をほっとさせた。「それを脱げば　キリストが名誉と栄光で　私を包むだろう」と続く歌詞を、母がどれだけ聞き、さらに信じたかまではわからない。

しかし、私が歌ったことはすべて彼女と関連しているように見えた。彼女の両足は青くて腫れていたが、パウル・ゲルハルトは私の母親の足に関することよりももっと多くの言うべきことを知っていた。「主は雲、空気、風にも　道を与え　歩みを導かれる　道も備えられる」。よく空気と叫んでいた母は、「空気」という言葉をしっかりと聞いていた。

私の散文の言葉より、他の人たちとの思い出と結びついた歌の言葉のほうが、はるかに母に訴えたことは明らかだった。そこで私の洗礼立会人で、ベーテルの施設職員だった人を思い出して、感傷的な歌「私の手をとって」も歌った。彼女はもう五十年以上も前に亡くなったが、私が子どもとして初めて自覚的に見た最初の死者だった。「あなたの憐れみで私を包んで」という節は、母と私（いや、私だけかもしれない。それはどうでもいいことだ）の目の前に、夕暮れ、夜、死の大きな覆いを呼び出した。

私はここで何をしたのだろうか。母が愛していた人たちを、母と一緒にいるようにと招いたのだ。戦争捕虜として死んだ兄の名前も呼んだ。死者たちとともに過去が戻ってきた。また、「泣いている人たちに優しく輝き、静かな部屋に導き入れてください」という節が気に入った母が、ひ孫に歌っていた「夕べの雲を通り過ぎるお月さま」も歌った。

母の友人たちは母のことを十八世紀のご婦人と称していたが、母は十九世紀の子どもだった。教会や敬虔さと彼女の関係は形式的なもので、晩年はむしろ冷ややかだった。「そんなことは誰にもわからない」というのが宗教や信仰に反応するときの彼女の常套句だった。ほぼ四週間続いた死との闘いの中で、まるで叫ぶだけでは十分ではないかのように、彼女が何度も両手を組み合わせる様子を見て私は驚いた。

また、良き羊飼いについての二十三篇や百二十六篇など詩編も読んだ。「主がシオンの捕われ人を連れ帰られると聞いて、わたしたちは夢を見ている人のようになった」と。しかし外国語であるラテン語の祈りの言葉のほうが、母にはもっと届くように見えた。歌っている間、母が満足しているような、母との一体感を感じた。「彼女のために」何かをしているのではなく、私たちよりも偉大な何かに向かって、私たちが一緒に進んでいるようだった。相互性のない愛、二人の間にギブアンドテイクのない愛はあり得ない、私たちが神の愛を担い、与える人にならなければ神もまた私たちに「何も」与えることはできないという私がずっと持っていた神学的確信が、死の床の傍らにいる夜に確固たるものとなった。

村のカトリック文化ではまだ生きている歌うことと祈ることは、死に行く人にも、付き添う人にも一つの力である。「そっと揺らして　愛しい馬車」を母と、そして私自身のためにも歌った。「故郷へ運んで」と、まるで私たちがヨルダン川の前に立っているように歌った。そこでは、キリストが不気味な渡し守カロン〔現世と冥界を分ける川の渡し守〕に取って代わるのだ。

医師や家族はすでに何度も死を予告した。そして母自身も一年前から死を望んでいた。よく彼女はヒンデンブルグの死にまつわる逸話を話した。ヒンデンブルグが主治医のザウアーブルッフに「先生、もう友達のハインは部屋にいますか」と尋ねると、「閣下、まだです。扉の前には立っていますが」と答えたという逸話である。このような話で母は死に慣れることを言っていたのだが、後になってみれば、死への望みを口に出していたのだということがわかる。

ところが母の意識よりも、命のエネルギーのほうが強かった。彼女はまだ多くのことをやろうとした。起き上がりたい、もっと息をしたい、寝返りをしたい、飲みたい、と。一日中、嘆くような、訴えるような、哀願するような声で「寝返り！」と叫んだこともあった。「助けて」「ママ」「寝返り」「出ていけ」といったような単語が、別々の日に発せられても、まるで同じ目標に向けられていたようだった。言葉から離れて、頭を横に、あるいは縦に振るだけのこともよくあった。手と腕の動きは小さくなっていった。

最初の夜、「いつかこの世に別れを告げるとき」という節を、私は最後まで歌うことができなかった。涙があふれてきたからである。最後の夜、私は落ち着いて歌い、それに続く「姿を現してください　死にある私の慰めに」の節では、死ぬときに浮かび上がる多くのさまざまなイメージを考えた。幼年時代の見捨てられるのではないかという不安のイメージである。

母からは子どもたちの名前よりも、孫たちの名前のほうがよく出てきた。私たちは、トンネルとそれを抜けた後の明るさといったイメージにこだわるべきなのだろうか。これらのイメージは受動的に死ぬ人、あるいは死を求める人に必要とされるのか。死がイメージのない状態であるなら、死にイメージを与えて、人間らしくすることは可能だろうか。マティアス・クラウディウスが（そしてシューベルトも）書いたように、死は「罰しに来たのではない友」として来ることができるのか。

私が最後に歌った歌は、「主よ、あわれみたまえ」だった。母は短い間だったが、久しぶりに安定した呼吸をした。私の手を母の手に重ねた。母の顔は穏やかだった。「アッ」と驚いたような軽いため息が最後だった。一瞬、私は長く待たれていたものの存在を疑った。しかし、死はすでに部屋に踏み入っていた。

いちばんの友達

子どものように言うとしたら、ルイーゼ・ショットロフは「いちばんの友達」である。六〇年代、毎年秋に開かれる「古いマールブルグ仲間」というルドルフ・ブルトマンの学生や友人たちの集まりで、私たちは表面的に知り合った。そこにいた数少ない女性たちには、基本的にあまり口を出す権限はなかった。一度私が友人たち（マリー・ファイトとマリアンネ・クリンガー）と一緒に、この有名な集まりの招待の方法を変更しようという声を上げたとき、マールブルグの新約学者のエルンスト・フックスは激しく侮辱されたとして会場から立ち去った。

六〇年代後半、すでに学生時代は終了していたが、ルイーゼと私は大学と教会という組織との最初の重大な争いに陥っていた。一九六八年から六九年にかけての冬学期に教授資格を取得したルイーゼは、マインツ大学の学生たちの熱い支援を受けてヘルベルト・ブラウンの後任として教授職に応募したが、教授会の多数派による拒否権によって挫折した。学生たちは抗議して、神学部本部を占拠した。この闘争において重要な役割を演じたのが、学生たちの共同決定、つまり三分の一の同等の権利を求めた大学改革である。一九七一年、私はケルンで最初の教授資格取得のための講義で落ちたが、ケルンではまだ共同決定まで行っていなかった。約六十人の男性たちで構成された旧態依然とした哲学部だけが決定権を持っていたのである。

ルイーゼと私の友情は、私たちの闘争意識が培った。今から見れば、アカデミックな神学からの分離、霊性についての新しい理解、女性運動を通じての成長という三つの点が特に重要だったように思う。

ドイツの大学の神学に対する私たちの敬意が崩れ始めた。この神学は実践から離れているだけではなく、実践を持っていない、もしくは間違った実践を支持していることを自慢にさえ思っていた。結果として、この神学はエキュメニカルな諸教会との激しい対立へと陥った。このことは、一九六九年の世界教会協議会の反人種差別プログラムが神学部で議論されたとき、マインツにいるルイーゼに明らかになった。教区委員でもある教授たちは、この勇気ある、未来を指し示す「人種差別と闘うプログラム」（*Program to combat racism*）に対して反対声明を出したのである。そこで私たちは、この教授たちはどんな聖書理解を持っているのか、いったい何を信じているのかを自問した。

聖書解釈の社会史的誕生をこの文脈におくことは、言い過ぎではないだろう。私たちを既成の神学を批判せざるを得ないようにさせたのは、六十八年世代の学生運動（因みに私たちのケルンでの政治的な夜の祈りでもそうだったが）というより、むしろキリスト教内部の考察だった。

このことが私たちを第二の点に導いた。ブラウン、メッガー、オットーといったマインツの教授たちによって主宰された集まりで、夜の祈りでの自分自身の経験から「新しい敬虔さ」を必要なものとして述べた場面を思い出す。ゲルト・オットー周辺の左翼リベラルの神学者たちの多数派は、これを一種の敬虔主義的後退と見なし、リベラルな知性にはふさわしくないと考えた。分析はいい、今あるものへの批判もいい、構造的変化もいい、しかしいったい何のために敬虔さが必要なのか。そんなものを必要とするのは誰なのか、そしてそれから利益を受けるのは誰なのか、と。

急進化しているカトリックの友人たちの理解に基づいて論じようとしたが、無駄だった。最後にベルント・ペシュケ（ずっと後にラテンアメリカで働くことになったが）が仲介して、私がこの「もっと過激に、もっと敬虔になる」という掴みどころのない表現で何を言おうとしているかをコメントした。それは恐らくフランス語で「スピリチュアリテ」（*spiritualité* 霊性）と呼ばれるものだろう、と。この言葉は当時まだ私の語彙にはなかった。しかし、今ならポスト・キリスト教的と言われるであろう世俗的批判と、解放の神学（そのときはまだ解放の神学という言葉はなかった）的立場の間にある緊張が明らかになっていた。

ルイーゼがこの根本的決断においてどこに向かうのか、私が不安に思ったことを思い出す。彼女は、伝統の力や、聖書を注意深く読み直すことの必要性や、希望の経験主義的基盤が弱々しく見える時代における希望を、よく礼拝と祈りへの「回心」という単語で表した。

いったいいつになったらフェミニズムの列車が走りだすのかとイライラしている読者がいるかもしれない。この列車は歴史的かつ市民的理由で出発が遅れていた！　当時、大学や教会でほとんど毎日のように私たちが体験した差別が、女性であることと何らかの関係があるのかという問いに対し、私たちはほとんどの場合「本来はない」と答えてきた。それは、ベトナム戦争に対する私たちの意見表明と関係があった。さらに神は上から天上のボタンを押すことを通して行動するのではなく、私たちの中で、私たちとともに行動するのだという私たちの考えとも関係があったのだろう。

（各人がそれぞれのやり方で）見えない存在にされ、カリキュラムに組み込まれず、あるいは「非学問的」だと疑われている事実に対して、私たちは政治的かつ神学的な諸々の理由を挙げた。間違った神学、間違った大学の構造、間違った人生の計画性を説明する一つの（あるいはそのものずばりの）決定的な点として性差別主義を認識するまでに、長い時間と多くの女性の仲間を必要とした。この意識をフェミニズム化する過程は長い時間がかかった。その過程は、その中で私たちの不安や自由な期待が表現することができ、生き生きとあり続ける敬虔さの新しい形を探求することと同じくらい危険であった。

新約学者であり、解放の神学者であるルイーゼ・ショットロフは、聖書を正確さと感動を持って読むこと、すでにトーマス・ミュンツァーが語っていた「聖書泥棒」から聖書を奪い返すこと、そして何よりも聖書を必要とすることを教えてくれた。男性たちが傲慢すぎるほど男らしさをまき散らしたときには、彼女と私はいつも一緒に笑い、ライン河の魚たちが死んだときは一緒に泣いた。彼女のプロイセン的現実主義は私が霊的方向に向かうことをやや憤然として眺め、私のライン地方独特の楽観主義は彼女が持っている疑い深さをからかった。彼女の粘り強さが、私を何度も私たちの母たちの国に引き留めた。

年とともに、私たちの友情はさらに育った。猜疑心と軽率さがぶつかり合ったこともある。自然の中を歩くことや水泳で私たちは競い合う。ルイーゼの造形芸術を見る目は私の目より鋭い。私は目を閉じ、全身を耳にして音楽に耳を傾ける。私たちは三冊の本（そのうち一冊はベルベル・フォン・ヴァルテンブルグも共著）を一緒に書いたが、これで終わりではないことを望んでいる。ルイーゼの冷静な思考がもっと私の神秘主義を受け入れ、私はルイーゼから、自分たちが受け継いだ宝物の上にある醜い汚点を除去することを学ぶかもしれない。

私たちは二人ともこの十年間、病気、弱さ、年を取るという経験をした。それらの背後で薄笑いしながら、私たちを破滅させようとしているものも経験した。私が大病をしたとき、ルイーゼは二度訪ねてくれた。一度は、私は知ることも、気づくこともできなかった。後で彼女の訪問を知ったときにまず思ったのが、私は聞くことも、触ることもできなかったのに、彼女はいったい何がしたかったのだろうということだった。しかし、突然私は理解した。それは無償の行為であり、それはバラの花が動機や目的なしに咲くように、命の贈り物の一つなのだというこことを。友情とは、私たちがほぼ当たり前のように、そしてそれを知らないまま神をほめたたえることだと私は考える。

もっと軽くなる

階段をゆっくり上がっていると、自分が年を取ったことに気づく。私は緩慢になることが不安だ。また自分がジャンプできないと、自分自身にイライラする。というのも、私はもともと敏捷で、すばしこいものが何となく好きだからだ。たとえば流れ落ちる川や、縄跳びをする女の子たちだ。

もっとゆっくり生きる、時間がある、もっと軽くなる、いったいどうしたらこれらのことができるのだろうと自問する。今までとは違う時間との関係を獲得するという点で、私にはまだ少し学ぶことがあるようだ。年を取ることは今の時点では、自分自身へのイライラが募ることを意味している。自分が病気だと感じる、自分が弱いと感じる中で、完全に自分を失わないで、どのように年を取っていくのかを少し学びたいと思う。人生全体が、病気や弱さを感じることだけになるのではないかということが、私にとって最大の不安だと思う。こういった自己喪失を時おり見ると、とても怖い。極端な場合として、自死すら想像できるし、そこまで行ってしまうことも考えられると思う。これは私の宗教的確信を邪魔するものではない。私たちは科学技術による延命の強制の下で生きているが、これは私たちの生きる意志自体に反し、創造にも反する。生きることにしがみつく、あるいは無自覚にしがみつかされることは病的であり、人工的である。これは命を期限付きの与えられたものとしてではなく、所有物として受け止めることだ。

死の技術万能主義をも克服することは、自由の証拠だと私は思う。まるで私は自分が命よりも上にいると感じているというのではない。カナダのインディアンの間には、「フクロウが私の名前を呼ぶのを聞いた」という美しい表現がある。もしフクロウを聞いたら、村から出て行って荒野にある小屋に一人で行きなさい、そこで死ぬのです、世話も食事もないですよ、という意味である。確かに心地よいものではないが、私はここに私たちの文化が培ってきたものより大きな死の尊厳を見る。

私は死後の命、私の個体としての死に続く命、私が死んだ後、長い時間を経ていつか存在するであろう平和、正義、喜びを信じる。私は個体の存在が継続することは信じないし、それを信じなければならない状況が来てほしくないと思う。これは信仰の松葉杖のようなものであると私は受け止めているが、しかし私たちは本来、歩くことを学ぶべきであり、私はこの俗物的な松葉杖を使用する必要なしに歩くことを学びたい。

イザヤあるいはエレミヤほどの信仰があったなら、私は満足していただろう。ニーチェが「大衆向けのプラトン主義」と見なしたキリスト教は私には必要ないが、私を選び出し、解放し、共に歩む方への信仰は必要としている。

一人の若い女性が私に尋ねたことがある。「あなたにとって死がすべての終わりですか」と。私は答えた。「それは、あなたが〝すべて〟ということで何を理解しているかによります。あなたそのものが〝すべて〟なら、あなたにとってすべてが終わるでしょう。そうでないとしたら、美しいイディッシュ語の歌が歌っているように〝私たちは永遠に生きる〟でしょう」と。個体としての知的、霊的、肉体的な存在は死とともに終わる。私は自然の一部であること、葉っぱのように落ち、朽ち果て、やがて木が成長し、草が生え、鳥たちが歌う、私がこれら全体の一部であるという考えが私に恐怖を吹き込むことはない。恐らく七十年間私は宇宙の一部であるのだろうが、宇宙の一部として生き続ける必要なしに、私はこの宇宙で我が家にいるのだ。

私たちは東アジアの諸宗教から多くを学べると思う。それらの宗教は全体への信頼を持ち、全体はそれを構成する部分よりも大きくて、私はその一部であることを特に明確に見ていた。パウル・ティリッヒはこのことを、「自らの有限性を肯定する勇気」と名づけた。つまり、絶望する必要なしに、私は有限だ、私は死ぬのだということを理解する勇気である。

これらの問題について最善のものを、数人の死刑囚の最後の手紙から学んだ。彼らの多くは、「自分自身の中に身を縮み込めた者」とルターが記述した罪びととして死んだのではなく、尊厳と自由の中で死んだ。救われた罪びと、恩寵を受けた人間は自分を閉じ込めることから自由になったのである。

このことと関連して思い出すのが、一九八八年十一月に亡くなった作家のエーリッヒ・フリートである。エーリッヒ・フリートはフランクフルトに行けば、いつもそこにいる私の友人のフリーダーとザビーネ・シュティッヒラー夫妻の家に滞在した。夫妻はエーリッヒの死に私を与らせてくれた。夫妻の小さな娘のカトリンは、「ママ、おじいちゃんが死にかけているって学校で話したの」と言って、有名な作家の名前を口に出すことを控えたのだったが、私たち全員も同じような思いを持っていた。率直さ、公私の境はないという態度によって、彼は非常に多くの人たちの家族の一員となった。すべてに興味を持つ人間の一人だった。笑い、泣く（公衆の面前でも）男性、愛すべき男性、どんなときでも友情、集中力、思いやりの能力を持つ男性だった。

一九八五年のデュッセルドルフでの福音主義教会大会の後、リュッセルスハイムの市立図書館での催しへ車で一緒に行ったときのことを思い出す。若いネオナチのミヒャエル・キューネンと会ったことについてエーリッヒに尋ねたところ、彼はとても詳細に、そして深い思いやりを持って話してくれた。まるでネオナチの若者との出会いを、彼自身も不思議に思っているかのようだった。この出会いを報じたテレビ番組で、ネオナチとはいったいどんな人間かという質問で会話が始まったとき、エーリッヒはこう答えたそうだ。「ネオナチは多分サッカーをするだろう、仕事に行くだろう、恋もするだろう」と。彼が作家として繰り返し努力してきたこと、すなわち固定観念から解放する努力、私たちが憎まなければならない人間を再人間化しようとする努力をしただけである。

この後、キューネンはエーリッヒ・フリートに刑務所にいる自分への訪問を依頼した。そのときすでに重病だったフリートは、この若者に親しみをこめた「ドゥ」〔親しい間柄での二人称〕を使うことを提案した。六百万人のユダヤ人が殺されたのは嘘だという若者の主張に対して、フリートは憤りや統計で反応するのではなく、全く違った反応をした。フリートは、自分の祖母がウィーンに住んでいて、テレジンに連行され、戻ることはなかったことを話した。読者に対して散文や詩で祖母を愛していたことを伝えるように、ミヒャエル・キューネンに対しても説明したのだろうと私は推測する。

年老いた反ファシストが若いネオナチに解き明かしてゆく物語は、奇妙な特徴を持っている。エーリッヒ・フリートのような鋭い頭脳の持ち主が、理性を失った若者の理性的能力や人間性にどうしてこんなに理想主義的に、そして疑うことなく信頼を置くことができたのだろうか。それとも「解き明かす」という言葉は、フリートのやっていることには弱すぎるのかもしれない。彼がやろうとしたのは解き明かす以上のことだった。彼にとって重要なことは、人間が自分自身に憐れみを持ち、回心するように手を差し伸べることだった。神学的に言うなら、彼ほど罪びとと罪を区別する人を私は知らない。さらに、たとえ彼がどんなに罪を憎んでも、罪を犯した人を彼はほとんど憎むことができなかった。

この変えようのない特徴は、多分、エーリッヒ・フリートが持つユダヤ人らしさだった。ユダヤ教の伝統はテシユヴァ、つまり回心について、回心することが不可能な日も時間もないことを教えているからである。

一九八六年十二月、ヴァンツベークでヴォルフガング・グレル牧師に敬意を表して、「階級社会において敵を愛すること」という公開の対話集会が行われた。フルベルト・シュテフェンスキーへの問いは、解放を手放すことなしに、いかにして力を放棄することができるかだった。私への問いは、神の国の敵を憎むことなしに、いかにして神の国を求めることができるかだった。そしてエーリッヒ・フリートへの問いは、誰の敵にもならずに、誰の友人になることができるかだった。この夕べは「竜の道徳」に反対し、暴力を恥じる訓練にはよかったが、ただ私たち三人の意見が一致しすぎたかもしれない。

その次の週末、エーリッヒ・フリートと私は、数か月前にがんで亡くなったインゲボルグ・ドレーヴィッツについて話した。エーリッヒはソファに体を折るようにして沈め、頭を隠した。それは倒れるというのではなく、身をひそめるというものだった。彼は泣いていた。彼は、インゲボルグのがんとの付き合い方を羨ましがっていた。彼は、「あの付き合い方を学びたい」と再び頭を上げながら言った。

別の出会いでは、死に対する彼の自覚が私の心を揺さぶった。一九八七年十一月十八日、エーリッヒ・フリートは一連の作家、中でもあまり知られていない若手の作家たちをヴィースバーデンでの朗読会に招待した。彼は司会と紹介の役割を引き受け、ディスカッションにも参加した。私が朗読した『夜中、四時に』と題された詩は、「私のところに来て。眠れない者たちの天使よ」という言葉で始まる。詩は次のように終わっている。

眠る者たちの天使を私は数時間前から呼んでいる
お前の暗い覆いを眠れない私の目に
かけて
お願い、私のところに来て

そして、もう一人の別の天使
お前よりも暗い兄弟によろしく伝えて

朗読が終わった後、しばらく沈黙があった。最後のところが聴衆には理解されなかったからだろう、思わず大きな拍手をしたエーリッヒ・フリート以外は。一瞬、参加者たちの間で私たち二人だけが、もう一人の別の天使と一緒にいた。

それがエーリッヒ・フリートを見た最後になったが、それ以外に私を非常に喜ばせたことがもう一つあった。三か月後に彼からかかってきた電話である。「エーリッヒ・フリートだよ、今ロンドンにいる。これからも絶対に詩を書き続けるべきだって言いたかった」。私たちの仲間の多くが政治的な詩に関してブレヒトから最も多くのことを学んだが、私はそれに疑念を表明していた。誰に向けて書くのか、もっと知ることが何を変えるのかという問いが私にはあった。私たちはしばらくの間がんについて、彼のがんと、軍拡という大きながん、ニカラグアについて話した。これらのことを話すためには私たちには詩が必要である。

この電話での会話の最中も、彼は泣かずにがんと闘っていた。もっと後には公然と泣きながら、不安を抱えながら、日々新たな気概を持ち、諦めることなく、他者の不安と不安を煽る人たちに対して立ち向かっていた。そして最後には「今は死ねる」と言って。彼は何人かの若い人たちが、「あなたから、見ること、聞くこと、味わうこと、読むことを学びたい」という思いで探し求める教師であった。何を学びたいかと言えば、この完全に不滅の命への愛である。

いちばんいいものを忘れるな

八年前、初めて孫が生まれたとき、この新しい役割（今では孫は三人になったが）が年を取ることを容易にしてくれるだろうと感じた。そして、私の世代にとって重要だったことを少しでも伝えておきたいと意識するようになった。

私の国の人たちにはファシズムを忘れてほしくない。テオドア・W・アドルノは言った。「アウシュヴィッツが決して二度と起きないことが、教育に対する最優先の要請である。この要請は何事にも優先されるものであり、そのことを理由づける義務も必然もないと信じる」と。

私はこの基本的感情から離れるつもりもないし、離れることもできない。このドイツの出来事が（たとえば「歴史家論争」において）平準化されることにも、他の民族も同じようなことをやっているという比較によってあたかもドイツの出来事が相対化できるかのような現在の風潮にも抵抗する。このことについて広まっている本当にくだらない話は私には我慢ならない。この意味で、私は年を取ることに本当に抵抗している。忘れさせてはならないことがあるのだ！　記憶、集団の記憶は贅沢ではなく、解放の秘密である。

それは私のような老人にとって、次の世代に引き継ぎたいものなのだ。忘れるな！　記憶を持つ者だけが未来と希望を持つ。私は自分を鎖の一つの輪、大きな波の動きの中の一つの波と見ている。私はすべてではなく一部である。パウロが言っているように、私が根を支えているのではなく、根が私を支えている（ローマ一一・一八）のだ。これは私を落ち着かせてくれる。ドイツ農民戦争では「我々は打ち負かされて家に帰る、我々の孫たちが闘い抜くだろう」という言葉がある。これをエルンスト・ブロッホは好んで引用した。ここでは記憶と未来の関連が考えられている。打ち負かされても、正義の敗北は無駄ではない。

王子や王女と近しくなる人間は恐ろしい試練を受ける、というアイルランドの童話を思い出す。私が近しくなった王子は、百二十年前から堆肥でいっぱいになった小屋をきれいにしなければならないのだが、王子がシャベル一杯分の堆肥を外に投げ出すたびに、四十の開いた窓からそれぞれ三杯の臭い肥えが投げ込まれる。

私が理解している神学はどこで生まれるのだろうか。歴史的な不正の悪臭に満ちた小屋で生まれるのだと思う。私たちはそこで小さすぎるシャベルを持って立ち、語り合っている。生きとした神学は決して状況の外では生まれないし、「神の言葉」として空から下に垂直に降りてくるのでもない。当事者たちの団結の中で築かれていくのだ。

私は今でも信頼、不安、希望、疑い——これを福音書のイエスは、薄いあるいは大いなる信仰と呼んだ——の混じり合いの中に信仰を見る。私は信仰を命の強さ、真の王子の探求、神の国を目指すこととして見ている。言葉の完全な意味での対話とは、重苦しくて知性のない時代にあって、人間が知への飢えを共有するところに成立する。満腹の人たちは互いに語りあう必要などないのだ。

私の人生は、神の痛みと神の喜びを少しでも共有しようとした一人の女性神学者の人生である。私の言葉は「より敬虔に」なったかもしれない。ここへと私を導いたのは、私がこの本で辿ろうと試みた私の主観的変化だけではなく、正義と平和と被造物の保全を再びはっきりと信仰の中心に立てるという「公会議的プロセス」に向かう世界に広がるキリスト教運動への関わりだった。神学的に言えば、私は数年前よりも孤立していないと思う。そしてそう言えることは一種の幸福であり、まさに神に感謝！　である。

一九九〇年のことだが、ドイチュラント放送のシリーズのために、「人生で本当に大切なこと」という題で自分の子どもたちに宛てた手紙を書いてほしいという依頼を受けた。自分にとって慰めとなったもの、忘れてはならないもの、失ってはならないものを、大人は次の世代に伝えてほしいという趣旨のシリーズだった。そこで私は次のような小さな文章を書いた。

愛する子どもたちへ

昔、あなたたちによく伝説や童話を語って聞かせましたね。それらの中に貧しい羊飼いの話があります。ある日、羊飼いは灰色の小人に遠く離れた謎の山へ連れていかれます。山がパッと開き、そこには見たこともないような宝物がきらきらと輝いています。羊飼いがその宝物を袋いっぱいに詰め込んでいる間に、「いちばんいいものを忘れるな」という声がします。そして、その伝説では貧しい羊飼いの後ろの扉が大音響とともに閉まり、袋の宝物が落ちて埃になってしまいます。

「いちばんいいもの」とは何のことか、私は正確にはわかりませんでした。もしかしたら山の入り口にあった花の群れ？　もしかしたらアラジンのランプのような見栄えのしない古ぼけたランプ？　もしかしたらこの山に再び来るための鍵？　もしかしたらまたここに来て、忘れないようにという望みだけ？

いちばんいいものを忘れないで！　あなたたち四人みんなが知っているように、灰色の小人の声は、私を平凡な人生から宗教へ、「宗教を軽蔑する教養人」からどんどんと信仰へ、教養的キリスト教的信仰より、むしろユダヤ教的信仰へと招き寄せました。

そして、あなたたちの人生を揺さぶっている、これから揺さぶるかもしれない敵意に対して、私があなたたちに持たせてやりたいと思っているものすべての中で、伝えるのが最も難しいものがこれです。私の宝物をそのまま簡単にあなたたちに残すことはできません。伝統が破綻してしまった世界では、心を尽くし、力を尽くし、思いを尽くして神を愛しなさいということを、遺産のように引き渡すことはできません。

あなたたちをキリスト教徒として教育しようとする私の試みは、成功するチャンスはあまりありませんでした。組織は繰り返し私を裏切りました。教会が信頼に値することはほとんどなかったし、今もありません。それでも習慣や象徴を信じることができるものとして受け止め、歌や祈りを日常生活に取り入れなかったことについては、私はとてもよくわかっています。親として、居住可能な宗教の家ではなく、壊れかかった家を提供してしまったようです。

一番若いミリアムは、みんなと同じように宝物の山の近くにいたし、灰色の小人の声も聞いたはずなのに、それでも信仰告白をしなかったのは、キリスト教徒の両親のもとで育った利発な子どもが持つ困難を示しています。私は多分、あなたたちの気持ちをキリスト教へ動かすことを躊躇したのかもしれません。ここで「教育」という言葉を使うのは全く間違っているでしょう。

組織化された宗教であるかどうかは別にして、あなたたちが少しでも敬虔になってほしいと思います。いちばんいいものを忘れないで！　私が言いたいのは、あなたたちが時には神をほめてほしいということです。いつも、とは言いません。そうするのは口先だけの人間と、神にへつらう者だけです。でも、あなたたちが幸せで、その幸せが自然と感謝の気持ちになり、「ハレルヤ」とかインドの宗教の「オーム」を歌い出すほど幸せなときには、そうしてほしいのです。

私たちの旅行ではいつもあなたたちを教会に連れて行きましたね。あるときひどい教会に入ったら、あなたたちの中の一人、カロリーネが「神様はここにいない」と言いました。「この中に神様はいない」と。まさにそのことがあなたたちの人生にあってはならないことです。海の中、雲の中、ろうそくの中、音楽の中、そしてもちろん愛の中に、「神様はいる」となってほしいのです。

私たちが喜ぶことには常にきっかけや何かが関係していて、根本的に理由のない真の喜びはないのです。しかし生きていることの真の喜びとは、イチゴがあるからとか、学校が休みになったからとか、素敵な来客があるからという喜びではありません。真の喜びとは、中世の私の友マイスター・エックハルトが言うように、理由なし（sunder warumbe）なのです。

強い母親かどうかは別にして、あなたたちにこの「理由なし」の喜びを少しでも持たせることができたなら、もうそれはとても大きなことです。もしそれができたら、厚かましい余計な願望、母親としての過大な要求（たとえば、マイスター・エックハルトを生きている間に一度でもいいから読んでほしい）は心安らかに諦め、灰色の小人に姿を変えて、青い洞窟のきらきらと輝く石の間に座って、「いちばんいいものを忘れるな！」と言うほうがいいなと思います。

年老いたあなたたちのママより

略年譜

一九二九年九月三十日　ドロテー・ニッパーダイ、ケルンで誕生。カール、オットー、トーマスの三人の兄と妹のザビーネ。学校時代はケルンで過ごすが、疎開で中断。
一九四九年以降　哲学と古典文献学をケルンとフライブルグの大学で学ぶ。
一九五一年　ゲッティンゲンに移り、専攻をプロテスタント神学とドイツ文学に変更。
一九五四年　国家試験。画家ディートリヒ・ゼレと結婚（一九六四年に離婚）。「『ボナヴェントゥーラの夜警』の構造についての研究」で文学博士号請求論文。博士号取得。
一九五四―一九六〇年　ケルン・ミュールハイム地区の女子ギムナジウムで宗教およびドイツ語教師。
一九五六年　息子マルティン誕生。
一九五七年　娘ミヒャエラ誕生。
一九六〇年以降　神学および文学のテーマで、ラジオや雑誌の仕事。
一九六一年　娘カロリーネ誕生。
一九六二―一九六四年　アーヘン工科大学哲学研究所助手。
一九六四―一九六七年　ケルン大学ドイツ文学研究所正教師。
一九六八―一九七二年　ケルンの政治的夜の祈り。

一九六九年　ベネディクト会元司祭フルベルト・シュテフェンスキーと結婚。
一九七〇年以降　ドイツ連邦共和国ペンクラブ会員。
一九七〇年　娘ミリアム誕生。
一九七一年　ケルン大学哲学部教授資格取得。
一九七二―一九七五年　マインツ大学プロテスタント神学部講師。
一九七四年　「テオドア・ホイス・メダル」受賞。
一九七五―一九八七年　ニューヨークのユニオン神学校で組織神学教授。
一九七七年　パリのプロテスタント神学院より名誉博士号授与。
一九八一年　ハンブルグ市の「レッシング賞」受賞。
一九八二年　メアースブルグ市の抒情詩のための「ドロステ賞」受賞。
一九八五年八月六日（広島の日）　ムートランゲンのパーシングⅡ格納庫前で市民的不服従の活動。「強要罪」により有罪判決。
一九八七―一九八八年　カッセル総合大学（現在はカッセル大学）客員教授。
一九八八年　フィッシュバッハにあるアメリカ軍毒ガス保管施設入り口で「平和のための座り込み」。「強要罪未遂」により有罪判決。
一九九〇年　ブリュッセル市の「聖ゲオルギウス騎士賞」受賞。
一九九一―一九九二年　バーゼル大学プロテスタント神学部客員教授。
一九九四年　ハンブルグ大学名誉教授。
二〇〇三年四月二十七日　ゲッピンゲンにて没。

訳者あとがき

『逆風に抗して　ドロテー・ゼレ回想録』は、一九九五年ハンブルグのホッフマン&カンペ社から刊行されたGegenwind Erinnerungenを訳出したものである。本書は、二〇一〇年にクロイツ社から刊行されたドロテー・ゼレ全集では第十二巻に収められていて、全集の編集者であり彼女の夫であったフルベルト・シュテフェンスキーによる追悼文が添えられている。今回の訳出では、一九九五年刊行版を元にしたこと、またゼレ自身の手になる回想録であることから、シュテフェンスキーの追悼文は省略した。

私が翻訳に用いたのは第二版である。表紙の裏に「一九九六年三月十六日フランクフルト」と書き込んである。ドイツを旅行中、フランクフルト空港内の書店に平積みにされていたのが目に留まり、購入したと記憶している。空港の書店にこのような本が平積みにされ、しかも版を重ねていることは驚きであった。ドイツにおけるゼレへの関心の高さは、教会に対する挑発的とも言える彼女の鋭い批判とこの批判に裏打ちされた行動が、激しい論争を起こす一方で、同時に大きな共感を呼んだからである。

ここで簡単にドロテー・ゼレを紹介しておこう。彼女は一九二九年ケルンに生まれ、フライブルグ大学で哲学と古典文献学を専攻し、さらにゲッティンゲン大学で神学とドイツ文学を学んだ。一九五四年、同大学で国家試験を終え、文学博士号を取得している。ゼレはドイツを代表するプロテスタントの神学者であり、また多くの詩集を発表した詩人でもある。早くから神学と文学の関係に注目した彼女は、「文学」と「神学」という概念より、もっと狭い「詩」と「祈り」という表現を好んだ。神学者としての出発点には、アウシュヴィッツ以後、神についてどのように語ることができるのかという問いがあった。

ゼレの最初の神学的な著書は、一九六五年に発刊された『代理』（Stellvertretung）である。「『神の死以後』の神学の一章」という副題が出版社から拒絶されたことが、学問の世界での彼女の将来を暗示しているようだ。すなわち、彼女は教授資格を取得していたにもかかわらず、ドイツの大学で神学の教授職に招かれることはなかったのである。神学的思索に裏打ちされた実践として、彼女はケルンでの「政治的夜の祈り」に始まり、ベトナム反戦運動、ラテンアメリカの解放の神学、第三世界の民衆との連帯、フェミニスト神学、反核運動、「正義と平和と被造物の保全」のためのエキュメニカル運動へと活動を広げていった。ゼレの神学的著作については、日本でもすでにいくつかの作品が翻訳されているが、『逆風に抗して』は神学的著作というよりは、彼女の生涯の歩みとそれを支えていた信仰を証する回想録と言えよう。

少女であったドロテー・ニッパーダイが思春期にいたる成長の時期は、ヒトラー支配下のナチスの時代であった。あるテレビ番組で、幼年時代で最も記憶に残っていることは何かと尋ねられた時、ゼレは「二つの異なる言葉を話していたことだ」と述べている。彼女は、自分の家庭で話される反ナチスの言葉と、家庭の外で話される言葉の違いを幼い子どもとして感じ取っていたということである。ナチスが支配していたようなドイツとは違うバッハ、ベートーベン、ゲーテ、シラーなどを生み出したドイツを彼女は愛していた。戦争が終わった後、自分の両親も含めナチスの台頭を止めることができなかった教養市民層と、戦後まるで何もなかったかのように「再び」ドイツの復興と軍事化を推し進める大人たちの中で、ゼレは長い間もがき苦しむことになる。この苦しみの中で彼女が支えとして見出すことになったのがイエス・キリストであった。そのことを彼女は本書の中で次のように記している。「死に至る拷問を受けても、虚無主義者あるいは冷笑的になることのなかったイエス・キリストは、ドイツの悲劇の後、私の周囲にいる多くの人とは違って見えた」と（五五頁）。

こうして虚無主義に至らなかったゼレは、哲学、古典文献学、神学、ドイツ文学を学び、生まれ故郷のケルンでプロテスタントの宗教の教師として職を得る。六年間の教師生活の間に結婚し二児を出産した後、教師を辞しフリーの著述家としての活動を始める。三人目の子どもを産んだ後、ゼレはアーヘン工科大学とケルン大学で助手や教員として働くが、この間、画家であった最初の夫と離婚し、三人の子どものシングルマザーとなった。ゼレは、一九六八年、ケルンで始まった「政治的な夜の祈り」の創始者の一人として社会に向けて積極的に発言するようになる。

第一回目の「政治的な夜の祈り」で発表されたゼレの「信仰告白」をはじめ、ドイツ福音主義教会大会での発言やエキュメニカルな平和運動への積極的関与は、神学が社会や政治に関わることの重要性を持つことを示すものであった。それゆえに教会側から反発を受けることは稀ではなかった。ドイツ福音主義教会からの反発が最高潮に達したのは、一九八三年、カナダのバンクーバーで開催された世界教会協議会の大会で、彼女がドイツ代表として基調講演を行うことに対してであった。強烈な批判が起きれば、賛同し連帯を表明してくれる人が必ずいると彼女は書いている。その賛同者の一人が本書でも一章が割かれているノーベル文学賞受賞者のハインリッヒ・ベルである。

一九六六年、ニカラグアのカトリック司祭であり詩人であったエルネスト・カルデナルとの出会いがゼレをラテンアメリカの解放の神学へと導いた。この出会いによって「貧しい者から学ぶ」ことが彼女の基本となる。搾取された貧しい民衆の視点から第一世界のあり方を厳しく問う姿勢が鮮明になっていった。一九七五年からニューヨークのユニオン神学校に教授として招かれて教鞭を取り始めたゼレは、ドイツの大学生とは違って多様な社会的背景を持つ学生たちや新しいことに対してオープンな同僚たちとの出会いを通して、視野を広げ、国際的なネットワークを築く。彼女がニューヨークとハンブルグの二つの拠点を持っていた八〇年代には、レーガン政権の誕生による東西冷戦の緊張の高まりを背景に、当時の西ドイツに中距離核ミサイル配備が決定された。これに対して、ハインリッヒ・ベルをはじめ西ドイツの数多くの著名人や市民が反対運動を展開した。ゼレはこの反対運動だけではなく、一九八八年にはアメリカ軍の毒ガス貯蔵所での座り込みにも参加し、有罪判決を受けるという経験をした。

ナチスに支配されていた子ども時代、戦後の不安と混乱を経て徐々に神学的な歩みを確立していく過程、厳しく社会のあり方を問う神学者の姿が綴られた本書からは、ドイツ現代史の一証人としてのゼレの存在が浮かび上がってくる。しかし、母親や娘たちや孫たちとの交流を語る箇所からは、時代を越えて女性たちが直面してきた、また直面している問題にも触れられている。

本書の翻訳作業を始めたころ、ユニオン神学校でゼレのもとで博士論文を書いた栗林輝夫さんが亡くなった。夫の友人で、私の大学での同級生であった彼は、ハンブルグのゼレの家に一時期滞在していたことがある。訃報を受けた一か月後、夫と娘とともにハンブルグに行き、郊外のエルベ河畔にある彼女の家を訪れた。その時、雨が降っていたが、家の中から偶然、一人の女性が現れた。それはゼレの四番目の娘ミリアムで、突然の私たちの訪問にも嫌な顔をせず、丁寧に受け答えをしてくれた。その後、これもまた偶然であるが、毎朝聞いているラジオ番組で、本書に出てくるラムシュタイン航空ショーの事故のことが取り上げられた。事故が起きてからちょうど三十年ということで、当時の状況が詳しく語られ、テキストを理解する助けになった。最後に、もう一つまさに偶然と思えることがあった。それは、私が翻訳作業を終えた日が、ゼレの誕生日であり、また日本では沖縄知事選で玉城デニー氏が勝利した日でもあったことである。忘れることのできない本当に嬉しい偶然であった。

本書の校正作業は、新型コロナウィルスの全世界的な感染拡大が伝えられる中で行っている。ふと手を休めて、もしゼレが今も生きていれば何をどのように語りかけてくれるのだろうかと考える。

翻訳に当たり、本書の英訳版（Against the Wind）を参考にしたが、二つの章が割愛されていて、章の順番が変更され、訳出されていない箇所や意訳が数多くあったことを付記しておく。本書では、原書の全体を翻訳している。訳注は〔 〕内に入れた。

翻訳作業中、人間としてのゼレを知らなければよく理解できないところがあって、ゼレを個人的に知っているゲッティンゲン在住の友人に助言を求めたところ、ゼレとシュテフェンスキー夫妻と非常に親しく、マルティン・ニーメラーの後任としてベルリン・ダーレム地区の聖アンネン教会の牧師を務めたベーレンツ・ヴェーゼマン氏が紹介された。同氏をハノーバーに訪ね、テキストの解釈について教えていただいた。同氏からは、夫妻との出会いから始まって、ベルリンに来れば牧師館の窓辺に座って美しい花が咲く庭を喜んで眺め、それを詩に書いていたゼレの様子などを語っていただき、さらに彼女が写っている多くの写真も見せていただいた。議論に熱中しているゼレの姿はとても印象的だった。また、本書に登場するスイス在住の作家アドルフ・ムシュク氏にもご教示いただいた。

最後に、本書を翻訳したいという私の提案を受け入れて、ご支援くださった新教出版社社長の小林望氏に心から感謝の気持ちを表する。

二〇二〇年三月

三鼓秋子

や行

ら行

わ行

ま行

な行

は行

さ行

た行

な行

は行

さ行

た行

か行

索　引

本文に現れる主な人名・事項を拾った。（編集部作成）

訳者 三鼓秋子（みつづみ・あきこ）
1948年、奈良市生まれ。1971年、国際基督教大学卒業。1972～76年、ゲッティンゲン大学留学。1976～2008年、京都ゲーテ・インスティトゥートに勤務。2009年9月、ベルリンに移住。訳書にドロテー・ゼレ著『幻なき民は滅ぶ』（新教出版社、1990）、同『神を考える』（新教出版社、1996）など。

逆風に抗して
ドロテー・ゼレ回想録

2020年4月30日　第1版第1刷発行

著　者……ドロテー・ゼレ
訳　者……三鼓秋子

発行所……株式会社新教出版社
発行者……小林　望
〒162-0814 東京都新宿区新小川町9-1
電話（代表）03 (3260) 6148
振替 00180-1-9991
印刷……モリモト印刷株式会社

ISBN 978-4-400-51764-1　C1016